중국 황제시

-당 태종과 현종-

역주자 金勝心

숭명여자대학교 중어중문학과를 졸업하고, 대만 국립사범대학 국문연구소에서 「盛唐田園山水詩硏究」로 박사학위를 받았다.
1988년부터 지금까지 경북 안동대학교 중어중문학과에서 교수로 재직하면서 '중국당시감상', '중국고전시가', '중국문화의 이해', '기초중국어회화', '한문강독' 등을 강의하고 있다.
「盛唐詩之詩趣及意象之運用」, 「盛唐自然詩의 美學硏究」, 「王維詩의 畵趣美」, 「唐詩와 詩畵관계」, 「建安風骨과 盛唐氣象의 詩歌美學」, 「盛唐詩歌와 盛唐氣象」 외 여러 편의 논문이 있다.

중국 황제시

-당 태종과 현종-

역주자 김승심

인 쇄 2016년 8월 16일
발 행 2016년 8월 26일

펴낸곳 도서출판 역락
등 록 1999년 4월 19일 제303-2002-000014호
펴낸이 이대현
편 집 권분옥·고나희

주소 서울시 서초구 동광로 46길 6-6(문창빌딩 2F)
전화 02-3409-2058(영업부), 2060(편집부)
팩시밀리 02-3409-2059
e-mail youkrack@hanmail.net
역락블로그 http://blog.naver.com/youkrack3888

값 18,000원
ISBN 979-11-5686-328-1 93820
파본은 구입처에서 교환해 드립니다.

이 도서의 국립중앙도서관 출판예정도서목록(CIP)은 서지정보유통지원시스템 홈페이지(http://seoji.nl.go.kr)와 국가자료공동목록시스템(http://www.nl.go.kr/kolisnet)에서 이용하실 수 있습니다.(CIP제어번호: CIP2016019291)

중국 황제시
—당 태종과 현종—

김 승 심 역주

역락

서문

참으로 오랜 시간이 걸렸다.

지금으로부터 8년 전, 中國 武漢에 있는 華中科技大學의 徐安琪, 秦惠民 教授로부터 ≪全唐詩≫(陳貽焮 主編, 文化藝術出版社, 5冊)를 선물 받았다.

두 분은 夫婦教授이다. 徐 교수는 2007년 우리 대학 객원교수로 1년을 근무하다가 7년 후 2014년 안동이 좋아 우리 대학에 다시 오셔서 또 1년을 근무하다 가신 분이다. 아마 서 교수가 안동대학에 재직하고 있을 때 내가 주석도 없는 ≪全唐詩≫(中華書局出版, 25冊)를 번역하면서 끙끙대고 있다가 간혹, 서 교수에게 도움을 요청한 적이 있어, 그것을 기억하고 있다가 귀국 후 나에게 책을 선물한 것이라 생각한다.

그 후 틈나는 대로 번역을 했다. 이런저런 일로 미루어지기도 하고, 번역상 어려움에 봉착하기도 하고, 우리말 표현에 또 몇 날을 고민하기도 하면서 이제야 마무리를 하게 되었다. 아직도 군데군데 마음에 들지 않고 이해가 되지 않는 부분이 있다. 이러다가 편집이 미루어지면 영 원고가 묻혀버릴 것 같은 불안감에 이쯤해서 마무리하고 독자들의 叱正을 기다리려고 한다.

중국 고대 문학 중 하나의 독특한 현상은 역대 제왕들의 문학 사랑이었다. 황제들이 남긴 문학은 중국 고대의 특유한 문화현상이라고 볼 수 있다. 그 한 예로 淸代 乾隆황제는 四萬餘 數 되는 시를 남기기도 했다. 문학사 측면에서 보면 唐代 300년은 문학 발전, 특히 시가 발전에 있어 그 어느 시대보다 최고의 발전을 이룬 때이다. 그 이유 중 하나가 황제들의 문학 사랑이고 시가 사랑 때문이었다. "上有所好, 下必甚焉" ≪文心雕龍 時序≫ 劉勰의 이 말처럼, 제왕의 문학에 대한 사랑이 대중들에게 많은 영향을 끼쳐 당대 문학 발전으로 이어지게 된 것이다.

唐代에 시를 제일 많이 남긴 황제는 太宗과 玄宗이다. 이 두 황제는 당대 "貞觀之治", "開元之治"의 역사를 만들어 낸 당사자들이기도 하다. 국가의 최고 권력이 황제 1인에게 집중되어 있는 봉건시대 그들이 어떠한 생각을 가지고 나라를 통치했는지, 그들이 어떻게 시를 사랑하여 당대 시가가 최고봉에 오를 수 있었는지 그들의 시 속에서 사회사조와 시대 풍기를 엿볼 수 있기를 기대하면서 이 두 황제의 시를 번역했다.

≪全唐詩≫에는 태종 시 87首, 현종 시 63首가 수록되어 있는데 본고는 陳貽焮 主編 ≪全唐詩≫를 底本으로 삼았기에 이 책에 수록되어 있는 태종 시 91首, 현종 시 65首를 번역하게 된 것이다.

이제 마무리하려고 보니 여러 사람에게 신세를 많이 져 고마운 마음이 가득하다. 먼저, 무한 화중과기대의 서안기 교수가 보내 준 文化藝術出版社의 ≪全唐詩≫가 없었다면 아직도 마무리를 못하고 있었을지도 모른다. 이 책이 황제시 번역에 큰 역할을 한 셈이다. 또 잊을 수 없는 분은 2011년도 오셨던 서 교수와 같은 학교에 재직하고 있던 陣于全 교수이다. 이 분은 내가 번역하면서 이해가 안 되는 문장들을 참으로 자상하게 설명하며 많은 도움을 주신 분이다.

또한, 이 책이 세상의 빛을 볼 수 있도록 애써준 도서출판 역락 이대현 사장님과 권분옥 편집장님 정말 감사하다. 찾아가 공손하게 인사를 드리고 싶은 마음이다. 끝으로 늘 나를 위해 기도해 주시는 어머니와 형제들, 남편 이청무 先生, 그리고 아들 이지현, 딸 이가영에게도 이 지면을 빌려 고맙고 사랑하는 마음을 전하고 싶다.

2016년 8월

학교 연구실에서 김승심

차례

태종太宗 시

현종玄宗 시

태종太宗 시

太宗(599~649)

皇帝의 姓은 李氏이고, 諱는 世民이다.

그의 선조는 隴西 成紀(지금의 甘肅省 秦安)人이고 후에 長安(지금은 陝西省 西安)으로 이사했다. 高祖 李淵의 둘째 아들이다. 隋末에 李淵을 설득하여 군대를 일으켜 隋를 공격하였다.

唐 武德 元年(618)에 尙書令이 되었고, 후에 秦王으로 봉해졌다.

武德 9년에 玄武門 반란으로 인해 그 공으로 太子가 되었다가 같은 해 아버지로부터 양위받아 武德 9년(626)에 황제로 즉위하였다. 다음해에 연호를 "貞觀"으로 바꾸었다. 죽고 난 후, 謚號는 "文"이었고, 廟號는 "太宗"이다.

존칭하여 "文武大聖大廣孝皇帝"라고 추서했다.

24년 재위기간, 정치가 잘 이루어졌고, 경제도 발전하여 역사서에서는 이를 "貞觀之治"라고 불렀다.

재위에 있으면서 文學官, 弘文館을 설립하여 文士들을 불러 모아 典籍을 토론하게 하고 자료를 모아 책을 편찬하고 시를 주고받아 唐代 300여 년간 風雅의 성대함을 이끈 공로가 크다.

≪全唐詩≫에는 시 87首와 몇몇 句가 전한다. 그 외, ≪唐太宗集≫ 30卷과 ≪帝苑≫ 4卷이 있었는데 모두 없어졌다. 지금은 詩 1卷이 전해진다.

그의 生平事蹟은 ≪舊唐書≫ 卷2, ≪新唐書≫ 卷2 本紀에서 볼 수 있다.

001 帝京篇

황제의 거처에서 10首

序：予以萬機[1]之暇，遊息藝文. 觀列代之皇王，考當時之行事，軒・昊・舜・禹之上[2]，信無間然矣[3]. 至於秦皇・周穆[4]，漢武・魏明[5]，峻宇雕牆，窮侈極麗，征稅殫於宇宙，轍跡徧於天下，九州無以稱其求，江海不能贍其欲，覆亡顚沛，不亦宜乎! 予追蹤百王之末，馳心千載之下，慷慨懷古，想彼哲人，庶以堯舜之風，蕩秦漢之弊，用鹹英之曲[6]，變爛熳之音，求之人情，不爲難矣. 故觀文敎於六經[7]，閱武功於七德[8]，臺榭取其避燥濕，金石尙其諧神人，皆節之於中和[9]，不係之於淫放. 故溝恤可悅[10]，何必江海之濱乎? 麟閣可玩[11]，何必山陵之間乎? 忠良可接，何必海上神仙乎? 豊鎬可遊[12]，何必瑤池之上乎[13]? 釋實求華，以人從欲，亂於大道[14]，君子恥之. 故述 <帝京篇> 以明雅志云爾.

서：나는 제왕으로써 일상의 복잡한 업무 중에 한가한 시간이 나면 예술과 문학을 감상하며 휴식을 한다.

역대 황제를 보면서 당시의 일을 생각해 보면 軒(軒轅氏)・昊(황제의 아들 少昊)・舜(虞帝)・禹(夏代를 개국한 황제)의 사이에는 감히 낄 수가 없다. 秦皇・周穆・漢武・魏明 때의 높고 큰 건물, 조각하고 장식한 벽은 쓸데없이 사치스럽고 아름다웠으며 세금을 거두어 세상에 다 써버리고 바퀴자국이 천하에 고루 나도록 두루 돌아다녀 나라에서는 그들이 요구하는 것을 다 댈 수 없었고 강과 바다도 그 욕망을 충족할 수 없었으니 망하고 곤궁에 빠진 일 또한 마땅하지 않은가?

나는 여러 왕이 교체되는 과정에서, 천년이라는 긴 세월을 달려온 세월들을 한탄하지 않을 수 없다. 잘 생각해보면 지혜롭고 탁월한 백성들을 요순(堯舜)의 태평한 시대에 살게 하고, 秦漢의 폐단을 없애고 황제와 제곡이 즐겨부르던 선명하고 아름다운 소리로 바꾼다면 사람 마음 구하는 일 어렵지 않으리라 생각한다.

그러므로 인문교화는 육경(六經)으로 가르치고, 무공(武功)은 칠덕(七德)으로 교화해야 한다. 그러면 이것이 어떠한 정신일까? 한마디로 말하면 누각과 정자는 단지 건조함과 습함을 피하면 되고, 금석(金石)의 음악은 신과 사람이 조화롭게 되면 되는 것이다. 모두 중용과 화해의 도(中和)에 맞게 하면 음탕하고 방종하지 않을 것이다.

밭 사이에 있는 도랑으로도 기뻐할 수 있는데 어찌 강과 바다의 해변이 필요할까? 궁중에 있는 기린각에서 놀 수 있는데 어찌 산과 구릉이 필요한가? 충성스럽고 선량한 신하를 접할 수 있는데 어찌 바다 위의 신선이 필요한가? 풍(豊)과 호(鎬)에서 충분히 즐길 수 있는데 어찌 옛날 西王母가 노닐던 곤륜산에 있는 요지(瑤池)가 필요한가?

실용적인 것을 버리고 화려함을 추구하며 사람 욕심을 좇는 것은 대도(大道)를 어지럽히니 군자는 그것을 부끄럽게 여겨야 한다. 그래서 <帝京篇>을 지어 나의 아름다운 뜻을 분명하게 하려고 한다.

✿ 주석

1 萬機 : 제왕의 일상적인 많고 복잡한 국정 업무. ≪尙書・皐陶謨≫에 보인다.

2 軒, 昊, 舜, 禹 : 전설 중의 黃帝 軒轅氏, 黃帝의 아들 少昊, 虞帝舜, 夏代를 개국한 帝禹를 가리킨다.

3 無間然 : ≪論語・泰伯≫ : "子曰 : 禹, 吾無間然矣.(우임금, 내가 그 사이에 낄 수가 없구나.)" 孔子는 禹의 공덕이 극진하고 아름다움을 잘 받들어 자신은 그 사이에 낄 수 없다고 말했다.

4 秦皇 周穆 : 秦始皇이 정권을 잡고 나서 70여 만 명과 큰 재물을 이용하여 阿房宮과 驪山 왕릉을 보수하였다. 재위하는 20년간 郡縣을 5차례나 순시했고, 순시하는 길 옆에는 그의

德을 기리고자 돌에 새겨놓았다. 이처럼 천하를 두루두루 유람하였다. 周穆王 姬滿은 이미 서쪽의 崑崙산에서 놀면서 西王母를 만났다고 전하고 있다.

5 漢武魏明 : 漢武帝 劉徹의 통치 후기에는 요역과, 병역이 끊임없이 증가하여 많은 농민이 파산하고 유랑했다. 魏明帝 曹叡가 재위할 때 토목공사가 크게 흥하였고 사치가 극도에 달하였다.

6 鹹英 : 黃帝가 즐겨 부르던 <鹹池> 曲, 帝嚳이 즐겨 부르던 <五英> 曲을 말한다. ≪漢書・禮樂志≫에 보인다.

7 六經 : 유가경전을 가리킨다. ≪詩≫≪書≫≪禮≫≪樂≫≪易≫≪春秋≫.

8 七德 : 곧 武에는 七德(武七德)이 있는데, 폭행과 난동을 저지하는 것(禁暴), 군대를 줄이는 것(戢兵), 대중을 보호하는 것(保大), 천하평정의 공을 세움(定功), 백성들을 편안하게 함(安民), 만민을 화락하게 함(和衆), 재물을 풍부하게 함(豊財)의 7가지를 가리킨다. ≪左傳・宣公 12年≫.

9 中和 : 기뻐하고 성내고 슬퍼하고 즐거워하는 情이 아직 나타나지 아니한 상태를 中이라 하고, 나타나서 모두 절도에 알맞게 된 상태를 和라 한다.

10 溝洫 : 고대 전답 제도로 十夫의 땅에는 도랑이 있고 百夫의 땅에는 봇도랑이 있는데, 논밭 사이의 길을 말할 때 사용하였다.

11 麟閣 : 기린각(麒麟閣)의 약칭. 기린각은 漢宮의 누각 명칭이며 궁궐에 비서, 현명하고 유능한 인재를 도처에 두었다.

12 豊鎬 : 豊과 鎬는 周나라의 도읍을 말하며 文王邑이 豊이며, 지금 陝西 戶縣東에 있다. 武王邑은 鎬이며 鎬京을 말한다. 지금 陝西 西安 서남쪽에 있다.

13 瑤池 : 고대 신화에서 신선이 살고 있는 땅, 지금의 崑崙山에 있다. 西王母는 일찍이 먼 곳에서 온 周穆王에게 이곳에서 잔치를 베풀었다.

14 大道 : 세상을 다스리는 正道, 상식적인 도리. ≪禮記・禮運≫ : 大道가 행해지던 시대에는 천하가 대중이니 현명하고 유능한 자를 택하여 신의를 말하게 하고 화목하도록 했다.

■一首

황제의 거처에서

秦川雄帝宅[1]	진천에 거대한 황제의 저택
函穀壯皇居[2]	함곡관에는 건장하신 황제가 거하지
綺殿千尋起	아름다운 궁전은 천길이나 높이 솟아 있고
離宮百雉餘[3]	담의 길이가 삼백장, 높이가 백장 되는 궁전 또 있었지
連甍遙接漢[4, 5]	연이어 있는 지붕은 멀리 은하수에 맞닿아 있고
飛觀迥凌虛	멀리 하늘에 높이 솟아 있네
雲日隱層闕[6]	구름과 해는 층층 궁궐에 숨고
風煙出綺疏[7]	바람과 연기는 아름다운 창문으로 흘러 들어가네

✿ 주석

1 秦川 : 섬서 중부 渭河 유역일대이며 關中이라고도 불린다. 周・秦・漢・唐 등의 왕조가 계속 여기에 도읍을 세웠다.

2 函穀 : 함곡관(函穀關)으로 하남 靈寶 남서쪽에 있다.

3 百雉 : 고대 성 벽으로 길이가 3장(1척의 10배), 높이가 일 장(一丈)을 일 치(雉)라고 부른다. 백치(百雉)는 규모가 굉장히 큼을 말한다.

4 甍 : 용마루, 屋脊을 말한다.

5 漢 : 은하수.

6 闕 : 황궁 문밖의 누각. ≪說文≫徐鍇 注 : "爲二臺於門外, 作樓觀於上, 上圓下方, 以其闕然爲道謂之闕.(문 밖에 두 개의 대를 짓고, 위에 누각을 짓는데 위는 둥글고 아래는 모가 나있다. 궐(闕)은 도(道)가 이르는 궁궐이다.)"

7 綺疏 : 꽃을 조각한 창문을 가리킨다. ≪後漢書, 梁冀傳≫ : "窗牖皆綺疏青瑣.(창문은 모두 조각한 창문, 푸른 궁문(宮門)이다.)"의 句가 있다.

■ 二首

황제의 거처에서

巖廊罷機務[1]	조정에서 업무 파하고
崇文聊駐輦[2]	숭문관에서 잠시 수레를 멈추네
玉匣啓龍圖[3]	옥상자에서 옛책을 꺼내어
金繩披鳳篆[4]	금먹줄로 된 고문자를 펼치네
韋編斷仍續[5]	가죽줄로 묶은 책 끊어지면 또 묶고
縹帙舒還卷[6]	쪽빛의 책갑 폈다가 또 접네
對此乃淹留[7]	이것으로 근심을 잊어보며
欹案觀墳典[8]	책상에 기대어 고전을 읽네

주석

1 巖廊 : 원뜻은 높고 험한 통로이며, 후에 廟堂과 朝廷을 비유해서 썼다.

2 崇文 : 즉 숭문관(崇文館)을 말하며 관청 이름이다. 貞觀 때에 숭현관(崇賢館)이라고 했으며, 학사, 직학사원(直學士員)이 있어 경적도서(經籍圖書)를 담당했으며 여러 학생을 가르쳤다. 左春坊에 속했다. ≪唐六典≫ 卷26에 보인다.

3 龍圖 : 모든 강의 지도는 龍馬가 책임지고 그렸다. 그래서 용도(龍圖)라고 하였다. ≪禮記・禮運≫에 보인다. 여기에서는 고대 전적(典籍)을 가리킬 때 사용한다.

4 鳳篆 : 鳳을 鳥라고 쓴 곳도 있다. 鳥篆은 새의 발자취와 같은 전서체 고문자이다.

5 韋編 : 고대에 가죽줄로써 죽간을 엮어서 책을 만드는 것. ≪史記・孔子世家≫ : “(孔子)는 ≪易≫을 읽고, 위편삼절(韋編三絶)이라고 했다” 후에 “韋編”은 ≪周易≫에서 보편적으로 고적(古籍)을 가리켰고, “위편삼절”은 열심히 공부하는 것을 비유했다.

6 縹帙 : 본래는 옅은 청색 비단을 이용해서 만든 책갑(冊匣)을 가리킨다. 후에 서적을 칭하여 縹帙이라고 하였다.

7 淹留 : ≪全詩校≫에서는 忘憂로 썼다.

8 墳典 : ≪三墳≫≪五典≫을 같이 합쳐서 칭하는 말이며, 두 가지 모두 상고시대 서적의 이름이다. ≪左傳・昭公十二年≫에 보인다. 후에 일반적으로 고대 전적(典籍)을 가리키는 말로 사용되었다.

■ 三首

황제의 거처에서

移步出詞林[1]	걸음을 옮겨 한림원에서 나와
停輿欣武宴[2]	수레 멈추고 무연을 감상하네
琱弓寫明月[3]	조각한 활은 밝은 달과 같고
駿馬疑流電	준마는 번개처럼 질주하네
警雁落虛弦[4]	놀란 기러기 빈 시위에 떨어지고
啼猿悲急箭[5]	민첩한 원숭이도 쏜살같은 화살에 서글피 우네
閱賞誠多美	감상하니 너무 아름다워
於玆乃忘倦	여기에서 잠깐 시름을 잊네

✿ 주석

1 詞林 : 문장이 한곳에 모이는 곳으로 翰林院의 별칭으로 쓰인다.

2 武 : ≪全唐詩≫ 校注에는 "截"라고 되어 있다.

3 琱弓 : 다듬어 조각하고 꾸민 활.

4 "警雁"句 : ≪戰國策, 文策四≫ : 원래 기러기가 화살을 맞아 상처 입고 무리에서 떨어졌다. 활 당기는 소리를 듣자 놀라서 떨어진 것이다. 후에 이것을 이용해서 좌절하는 자가 마음속에 아직 공포가 남아 있는 상태를 비유했다.

5 "啼猿"句 : ≪淮南子, 說山訓≫ : "楚王有白猿, 王自射之, 則搏矢而熙. 使養由基射之, 始調弓矯矢, 未發, 則猿擁柱號矣.(초왕에게 흰 원숭이가 있었다. 왕이 그것을 쏘자 화살을 붙잡고 즐거워했다. 잘 기른 후 그루터기에서 쏘려고 화살을 조정하였다. 쏘지도 않았는데 원숭이는 기둥을 끌어안고 울부짖었다.)"

■ 四首

황제의 거처에서

嗚笳臨樂館[1]	호루라기 불며 악관에 도달하니
眺聽歡芳節	좋은계절 기뻐하는 소리 멀리 들려오네
急管韻朱弦[2]	빠른 피리소리 붉은 현이 조화를 이루어
淸歌凝白雪[3]	맑은 가락에 따뜻한 백설곡조 아름답고 우아하네
彩鳳肅來儀[4]	아름다운 봉황새 엄숙한 자태
玄鶴紛成列[5]	현묘한 학은 분분히 열을 짓고
去玆鄭衛聲[6]	정나라 위나라 음악 버리니
雅音方可悅[7]	좋은 소리에 마음이 즐겁구나

✿ 주석

1 嗚笳 : 귀한 사람이 외출할 때 안내자가 호루라기를 불며 길을 열어준다.

2 韻 : 소리가 서로 조화되는 것이다. ≪晉書, 律曆志≫에 "凡音聲之體, 務在和韻.(소리의 본체는 음을 조화롭게 힘쓰는 데 있다.)"

3 白雪 : 옛 가곡 이름이다.

4 彩鳳 : ≪書, 益稷≫ : "簫韶九成, 鳳凰來儀.(소소가 음악을 아홉 번 연주하니 봉황이 와서 예를 갖춘다.)"

5 玄鶴 : ≪古今注, 鳥獸≫ : "鶴千歲則變蒼, 又二千歲則變黑, 所謂玄鶴也.(학이 천년을 살면 푸르게 변하고, 또 이천 년을 살면 검게 변하니, 현학이다.)" ≪韓非子, 十過≫에 "師曠鼓琴, 一奏而有玄鶴集於廊門, 再奏而玄鶴成列, 三奏而長鳴舞蹈.(사광이 거문고를 뜯는데 한번 연주하면 현학이 복도에 모이고, 두 번 연주하면 열을 짓고, 세 번 연주하면 노래 부르며 춤을 춘다.)"

6 鄭衛聲 : 본래는 춘추전국시대 鄭, 衛 두 나라의 음악인데, 두 나라의 音調와 雅樂이 다르다. 유가에서 말한 공자의 "鄭聲淫"은 '鄭衛의 음악이 음탕한 소리이다'라는 의미이다.

7 雅音 : 조화롭고 평안한 음악이다. ≪論語, 陽貨≫ : "惡鄭聲之亂雅樂也.(정나라 음악이 아악을 어지럽히는 것을 미워한다.)"

■ 五首

황제의 거처에서

芳辰追逸趣[1]	좋은 시절 우아한 정취 쫓으니
禁苑信多奇[2]	황제가 노닐던 뜰에 기이한 것 많네
橋形通漢上	다리모양은 은하수와 통하고
峰勢接雲危	봉우리의 형세는 위태로운 구름에 맞닿아 있네
煙霞交隱映	안개와 아지랑이 서로 숨었다 비쳤다
花鳥自參差[3]	화조는 스스로 들쭉날쭉
何如肆轍跡	어찌 수레 마음대로 질주하지 않을까
萬里賞瑤池[4]	만리에서 요지를 실컷 감상하려고 하나?

주석

1 芳辰 : 吉日이며 좋은 시절이다.

2 禁苑 : 禁苑은 천자의 정원이고, 백성들이 마음대로 진입하는 것을 금지했다.

3 參差 : 길고 짧음, 높고 낮음, 크고 작음이 일정하지 않다.

4 瑤池 : 신선이 있는곳(仙境), 전설에서 西王母가 살았던 곳이다.

■ 六首

황제의 거처에서

飛蓋去芳園[1]	빨리 수레몰아 향기로운 뜰에 나가
蘭橈遊翠渚[2]	향나무 노를 저어 비취빛 물가에 노니네
萍間日彩亂	부평초 사이에서 해는 눈부시게 어지럽고
荷處香風擧	연꽃 도처에 향기 나는 바람 이네
桂楫滿中川[3]	계수나무 노는 중천에 가득하고
弦歌振長嶼	현악기 노래가 길다란 작은 섬을 진동시키네
豈必汾河曲[4]	어찌 꼭 黃河 汾河의 계곡이 필요할까?
方爲歡宴所	바야흐로 즐겁게 연회를 거행하는 장소가 되리

주석

1 飛蓋 : 수레가 급히 가는 것이다. 曹植의 <公讌詩> : "淸夜遊西園, 飛蓋相追隨.(맑은 밤에 서쪽 뜰에서 놀다가 수레 빨리 몰아 서로 쫓아가는구나.)"

2 蘭橈 : 목란으로 만든 노, 귀하고 화려한 배를 대칭하기도 한다.

3 桂楫 : 계수나무로 만든 노, 귀하고 화려한 배를 대칭하기도 한다.

4 汾河曲 : 汾河는 水名이고 山西에 있다. 漢武帝 <秋風辭>에 "泛樓船兮濟汾河, 橫中流兮 揚素波(떠 있는 누각배 분하강을 건너네. 이리저리 흘러가네, 흰 파도 높이 솟아오르고)"

■ 七首

황제의 거처에서

落日雙闕昏[1]	해가 지니 높은 쌍대궐이 어두워져
回輿九重暮[2]	수레 몰고 돌아오니 구중 궁궐 어둑어둑
長煙散初碧	긴 연기 처음에는 푸른 색으로 흩어지고
皎月澄輕素	밝은 달은 가볍고 밝게 비추네
搴幌玩琴書[3]	휘장 걷어올리고 금서를 완상하고
開軒引雲霧	창문 열고 구름과 안개를 부르네
斜漢耿層閣[4]	은하수는 층층 누각을 밝히고
清風搖玉樹	맑은 바람 아름다운 나무를 흔드네

✿ 주석

1 雙闕 : 황궁 대문 밖 좌우에 있는 높은 대를 말한다.

2 九重 : <九辯>에 "君門九重"의 말로 천자의 거처가 깊이 있는 것을 형용한다. 후에 九重을 이용해서 황궁을 대칭하기도 한다.

3 搴幌 : 창문의 휘장을 걷어올리는 것이다.

4 斜漢 : 은하수를 말한다. 斜는 ≪全詩校≫에서는 "銀"이라고 썼다.

■ 八首

황제의 거처에서

歡樂難再逢	즐겁게 노는 것 다시 만나기 어려운데
芳辰良可惜	좋은 시절 정말 애석하구나
玉酒泛雲罍[1]	좋은 술은 구름 모양 술 항아리에 철철 넘치고
蘭肴陳綺席[2]	귀한 안주 비단자리에 차려 놓았네
千鍾合堯禹[3]	곡식이 가득차니 요임금 우임금에 합당하고
百獸諧金石[4]	온갖 짐승 금석장단에 화답하네
得志重寸陰[5]	뜻을 얻으려면 촌음을 중히 여기고
忘懷輕尺璧[6]	1척 되는 벽옥도 가볍게 생각하지 말자

주석

1 雲罍 : 구름 모양을 조각하여 장식한 술 그릇이다.

2 蘭肴 : 안주가 좋다는 의미이다. 뜻은 향기가 마치 蘭과 같다는 것이다. 嵇康 <琴賦> : "華堂曲宴, 密友近賓, 蘭肴兼御, 旨酒淸醇.(화려한 집에 연회열어 가까운 친구 손님으로 모셔 향기 나는 안주로 대접하는데 술맛이 맑고 깨끗하네.)"

3 千鍾 : 鍾은 고대 분량을 재는 도구이다. 千鍾은 곡식이 많은 것을 형용한다. ≪孔叢子, 儒服≫ : "堯舜千鍾" 춘추시대 魯大夫인 季孫斯가 일찍이 공자에게서 千鍾의 곡식을 하사 받았다. ≪孔子家語, 致思≫에 보인다. 그 후, 많은 상을 하사 받을 때 千鍾으로 형용한다.

4 "百獸"句 : 많은 짐승들이 음악을 듣고 감동하여 일어나 춤을 춘다. ≪尙書, 益稷≫ : "豫擊石拊石, 百獸率舞.(내가 돌을 치고 두드리니 온갖 짐승 다 춤을 추네.)"

5 寸陰 : 매우 짧은 시간. ≪晉書, 陶侃傳≫ : "大禹聖者, 乃惜寸陰, 至於衆人, 當惜分陰.(우임금 같은 성인은 촌음이 아깝고 대중들은 1분의 광음이 아깝네.)"

6 尺璧 : 직경이 一尺이 되는 옥. ≪淮南子, 原道訓≫ : "故聖人不貴尺之璧, 而重寸之陰, 時難得而易失也.(성인은 1척의 옥은 귀하게 여기지 않으면서 짧은 시각을 중시하니 때때로 얻기 어렵고 잃어버리기 쉽다.)"

■ 九首

황제의 거처에서

建章歡賞夕[1]	건장궁에서 달을 감상하는데
二八盡妖妍	어린 시녀들은 요염하고 예쁘기 그지없네
羅綺昭陽殿[2]	비단으로 장식한 소양전에서
芬芳玳瑁筵[3]	향기로운 대모연회 열리네
佩移星正動[4]	허리에 찬 구슬 움직이니 별도 움직이고
扇掩月初圓	부채는 둥근달을 가리우네
無勞上懸圃[5]	애써 신선이 사는 곳 올라갈 것 없이
即此對神仙	이곳에서 신선을 대하리

주석

1 建章 : 漢의 궁전명. 宮은 어머어마하게 크고, 長安城 未央宮 서쪽에 있다. ≪漢書, 武帝紀≫에 보인다.

2 昭陽殿 : 漢 武帝 때 後宮 八구역 중에 있는 궁전이다. 漢 成帝 때 황후인 趙飛燕이 그곳에서 살아서 후궁중에 귀하게 여기는 곳이었다. 후에 소양전은 총애를 받는 後妃가 거주하는 궁전으로 사용되었다. ≪三輔黃圖≫ 卷3에 보인다.

3 玳瑁筵 : 대모로 장식된 술자리이다.

4 佩 : 허리띠에 장식으로 다는 구슬이다.

5 懸圃 : 玄圃라고도 한다. 전설로 하늘 위에 있는데 天界로 통하는 신선의 산으로 崑崙의 중간 층이다. 신선이 거주하는 곳이다. ≪淮南子, 地形訓≫에 보인다.

■ 十首

황제의 거처에서

以玆遊觀極	여기에서 두루두루 보며 놀다가
悠然獨長想[1]	한가롭게 홀로 오랫동안 생각에 젖네
披卷覽前蹤	책을 펼치고 선인들의 옛 자취 살펴보고
撫躬尋旣往	자신을 어루만지며 지난 과거 떠올려 보네
望古茅茨約[2]	옛날 띠와 갈대 지붕의 절약함을 보고
瞻今蘭殿廣[3]	오늘의 향기로운 궁전 넓음을 보네
人道惡高危	사람 가는 길 높고 위태로움 싫어하니
虛心戒盈蕩[4]	마음을 비우고 제멋대로 노는 것을 경계하라
奉天竭誠敬[5]	하늘을 받들어 정성껏 공경 다하고
臨民思惠養[6]	백성들 앞에서는 은혜롭게 보살필 생각하네
納善察忠諫	선을 받아들이고 충성스러운 간언 살피고
明科愼刑賞	법조문을 밝혀 벌과 상을 신중히 하리
六五誠難繼[7]	여섯왕과 다섯 황제 진실로 어렵게 계승하고
四三非易仰[8]	네 왕과 세 왕도 쉽게 우러러 보지 말라
廣待淳化敷	다방면으로 순박하고 넉넉하게 실천하여
方嗣雲亭響[9]	운정산의 울림을 이어받아야지

주석

1 長想 : 오랫동안 그리워한다. ≪晋書, 成公綏傳≫ : "希高慕古, 長想遠思.(높은 곳을 바라보고 옛것을 그리워하는데 오래오래 생각하네.)"

2 茅茨 : 띠로 지붕을 덮다. 堯舜이 집을 이렇게 만들었다고 전한다. "堂高三尺, 土階三等, 茅

茨不剪, 采椽不刮.(집의 높이는 삼척, 흙 계단 세 칸, 띠 지붕 손질하지 않고, 서까래는 다듬지도 않았네.)" ≪史記, 太史公自序≫에 보인다.

3 蘭殿 : 산초향기가 나는 궁전

4 盈蕩 : 자만하다. 마음대로 거리낌 없이 놀다.

5 誠敬 : 성실하고 신중하다. ≪韓詩外傳≫ 四 : "惟誠感神, 達乎民心.(오로지 성실하며 신에게 감사하며 백성들의 마음을 얻는다.)"

6 惠養 : 정성들여 기르다. ≪漢書, 疏廣傳≫ : "惠養老臣.(늙은 신하를 정성들여 보살피다.)"

7 六五 : 六王은 즉, 夏禹, 商湯, 周武王, 周成王, 周康王, 周穆王을 가리키고, 五帝는 黃帝, 顓頊, 帝嚳, 帝堯, 帝舜을 가리킨다. ≪左傳, 昭公四年≫, ≪史記, 五帝本紀≫에 보인다.

8 四三 : "四"는 네명의 왕을 말하는데 즉, 夏禹, 商湯, 周文王, 周武王을 가리킴. "三"은 세명의 왕으로 夏禹, 商湯, 周文王을 가리킨다. ≪左傳, 成公二年≫, ≪孟子, 告子下≫에 보인다.

9 雲亭 : 雲雲, 亭亭을 말하는데 모두 泰山 부근에 있는 산 이름이다. 고대 제왕이 태산에서 제사 지낼 때 雲雲山과 亭亭山에서 참선을 하였다. ≪史記, 封禪書≫에 보인다. 그래서 雲亭은 제왕이 제사 지내는 것으로 형용하였다.

002 飮馬長城窟行[1]

장성에서 말에게 물을 먹이다

塞外悲風切　변새 밖은 차가운 바람으로 처량하고
交河冰已結[2]　교하의 얼음 이미 얼어붙었네
瀚海百重波[3]　사막 가운데 모래언덕 파도처럼 이어져 있고
陰山千裏雪[4]　陰山 위에 쌓인 눈 끝이 없어라
迥戍危烽火　멀리 수루 위의 봉화 활활 타오르고
層巒引高節　겹겹이 쌓인 산줄기에서 기백있는 영웅을 부르네
悠悠卷旆旌[5]　오색 깃발 펄럭이며 대군 출정하며
飮馬出長城　장성에 도착하여 말에 물을 먹이네
寒沙連騎跡　차가운 사막에서 싸우는 말발자국 멀리까지 뻗쳐있고
朔吹斷邊聲[6, 7]　울부짖는 북풍은 변방의 처량한 소리에 묻혀버리네
胡塵淸玉塞　옥문관 밖의 떠들썩한 흉노를 모조리 없애버리니
羌笛韻金鉦[8]　강족의 피리 군악 소리와 서로 어울려 조화를 이루네
絶漠干戈戢[9]　아득히 먼 사막에서 방패와 창을 거두고
車徒振原隰[10]　들판엔 개선하여 돌아오는 거마와 사병들 행진하네
都尉反龍堆[11, 12]　무관들 용퇴에서 돌아오고
將軍旋馬邑[13]　용사들은 마읍에서 개선했네
揚麾氛霧靜　깃발을 흔들고 대군은 나쁜 기운 물리쳤으니
紀石功名立[14]　연산의 돌에 새겨 그 공을 기록하리
荒裔一戎衣[15]　변경에서 한차례 전쟁 일어나더니
靈臺凱歌入[16]　서울에 개선가 울려 퍼지네

✿ 주석

1 飮馬長城窟行 : <飮馬行>이라고도 한다. 漢樂府 琴調曲名이다. 古詞에서 말하는데 변경을 지키러 가는 나그네가 長城 쯤에 가서 말에게 물을 주고 쉬게 했다. 부인이 그 수고로움을 생각하며 지은 것이 곡이 되었다. ≪樂府詩集≫ 卷38에 보인다.

2 交河 : 지금의 新疆 吐魯番이다.

3 瀚海 : 커다란 사막이다.

4 陰山 : 지금의 內蒙古 서부지역이다.

5 悠悠 : 깃발이 바람을 맞아 펄럭이는 모양. ≪詩・小雅・車功≫ : "蕭蕭馬鳴, 悠悠旆旌.(말은 호응하며, 깃발은 길게 나부끼네.)"

6 朔吹 : 北風을 말한다.

7 邊聲 : 변경지방에서 느낄 수 있는 처량한 소리. <答蘇武書> : "側聽, 胡笳互動, 牧馬悲鳴, 吟嘯成群, 邊聲四起.(옆에서 들으니 오랑캐들의 피리 소리 서로 얽히고, 방목하는 말들 슬피울며, 읊어대는 소리 무리를 이루어, 변경 사방에서 처량한 소리 나오네.)"

8 金鉦 : 옛날 軍에서 사용하는 타악기이다. 동(銅)으로 만든 것으로 자루가 달려 있다. 모양은 종과 같으면서도 좁고 길다.

9 戢 : 거두다. 거두어 넣다. 수집하다.

10 原隰 : 평탄하고 습지가 있는 곳.

11 都尉 : 武官 이름.

12 龍堆 : ≪地≫ 천산남로(天山南路) 방면의 사막지대. 오늘날 이름은 庫姆塔格 사막이다. 오늘날 新疆 羅布泊과 甘肅 돈황의 玉門關 사이에 있다.

13 馬邑 : 오늘날 山西 朔縣 일대. 西漢시대 漢安國이 병사 30萬을 이끌고 이곳에서 매복해 있다가 흉노를 공격하였다. ≪史記・匈奴傳≫에 보인다.

14 紀石 : 軍功을 돌비석에 기재하여 후세에 남기다. 東漢 때 竇憲이 北흉노를 크게 무찔러 燕然山에서 돌에 새겨 그 공을 기념하게 했다. ≪後漢書・和帝紀≫에 보임.

15 荒裔 : 변경. 끝. ≪後漢書・笣篤傳≫ : "信威於征伐, 展武於荒裔.(정벌하는 데 믿음과 위엄이 있고 변경에서 무술이 펼쳐지네.)"

16 靈臺 : 周文王 시대의 천문대. 지금의 陝西戶縣 국경에 옛터가 있다. 詩 속에서는 京城을 대신해서 사용했다. 靈은 全詩校에서는 '雲'으로 쓰였다. 雲臺는 漢의 南宮 속에 있는 臺 이름이다.

003 執契靜三邊

변경 지방에서 군대를 통솔하다

執契靜三邊[1]	변경 지방에서 군대를 통솔하며
持衡臨萬姓[2]	모든 백성들 재능을 가늠하네
玉彩輝關燭[3]	옥과 같은 찬란함이 관문의 봉화를 비추고
金華流日鏡[4]	금과 같은 화려함 태양처럼 밝히네
無爲宇宙淸[5]	무위 정치로 온 세상은 밝고
有美璇璣正[6]	아름다운 덕이 있어 북두칠성이 반듯하네
皎佩星連景[7]	새하얀 허리띠 경성이 나타난 것 같고
飄衣雲結慶[8]	나풀거리는 옷은 상서로운 구름이 나타난 것 같네
戢武耀七德[9]	무기를 거두어들이니 七德이 빛나고
昇文輝九功[10]	문치를 중시하니 九功이 찬란하네
煙波澄舊碧	연기와 안개 망망하게 펴져 있고
塵火息前紅	봉화 불도 꺼져 붉은 빛 사라졌네
霜野韜蓮劍[11]	서리 덮여 있던 들판에 연꽃처럼 빛나는 보검 감추고
關城罷月弓	변방의 성에도 밝은 달 같은 굽은 활은 없으리
錢綴楡天合	느릅나무 잎사귀 이어져 하늘을 가리고
新城柳塞空	버드나무 새 성은 황량하기만 하네
花銷蔥嶺雪[12]	푸른 산꼭대기에 쌓인 눈은 녹아 알록달록한 그물같고
縠盡流沙霧	사막의 짙은 안개 주름진 비단같네
秋駕轉兢懷[13]	가을수레 조심스럽고 두려운데
春冰彌軫慮	봄날 얼음 더욱 염려되네
書絶龍庭羽[14]	흉노의 깃털편지 끊어지고

烽休鳳穴戌[15]　수자리 봉화 꺼져버렸네
衣宵寢二難[16]　날이 밝기 전 일어나 성실한 품격 갖추고
食旰餐三懼[17]　날이 어두워 밥을 먹으며 좋은 군왕이 안될까 걱정하네
翦暴興先廢　무자비하고 난폭함 제거해버리고
除兇存昔亡　과거의 버려야 할 일들 다 버리고
圓蓋歸天壤[18]　둥근 것은 덮개가 있는 하늘과 같고
方輿入地荒[19]　네모난 것은 대지 위에 천자가 타는 수레 같네
孔海池京邑[20]　넓은 바다는 제왕이 있는 수도의 못이고
雙河沼帝鄉　두강은 제왕이 살던 고향의 못이네
循躬思勵己[21]　나 스스로를 반성하고 힘쓰고 노력하며
撫俗愧時康[22]　백성들 어루만져 태평한 시대 부끄럽게 얻었네
元首佇鹽梅[23]　천자는 천하를 조화롭게 다스리길 갈망하고
股肱惟輔弼[24]　대신은 군왕을 보필하네
羽賢崆嶺四[25]　황제의 4명의 현신들처럼 현인을 보좌 삼고
翼聖襄城七[26]　황제의 일곱현신처럼 세상이 순하게 돌아오기 바라네
澆俗庶反淳[27]　각박한 풍속 어떻게 순박하게 돌아 오게 할까
替文聊就質　꾸미는 문식대신 질박함 찾게 해야지
已知隆至道[28]　응당 최선의 도리 다하며
共歡區宇一　함께 온 천하 태평함 즐겁게 누려야지

✿ 주석

1 執契 : 兵符를 장악하다. 군대를 통솔하다.
契 : 符(옛날 군대를 동원할 때 쓰던 부적)와 같다. 옛날에는 금이나 옥, 동, 대나무 등으로 만들어 위에는 글씨를 쓰고 둘로 쪼개어 각자 그 반쪽을 가지고 있다가 필요한 때 맞추어 증거로 삼았다. 통솔자나 장수들 사이에서 사용되었다.
三邊 : 漢代의 幽, 竝, 涼의 三州이다. 그 땅이 모두 변방에 있어 합해서 三邊이라 칭했다.

후에는 광범위하게 변경지방을 가리킬 때 사용하였다.

2 持衡 : 衡은 본래 물건의 가볍고 무거운 것을 가늠하는 도구이다. 持衡은 사람의 재능을 논평하는 것을 비유한다.

3 關燭 : 관문의 봉화.

4 日鏡 : 태양을 말한다.

5 無爲 : 공자가 일찍이 舜을 칭송하여 "無爲而治"라 함. ≪論語 · 衛靈公≫에 보임. 후에 군주가 정치를 맑고 바르게 할 때 칭했다.

6 璇璣 : 옛날 천문을 측정할 때 쓰는 도구(渾天儀에 해당됨). 또 북두칠성의 첫째에서 4째까지의 별도 璇璣라고 칭한다.

7 星連景 : ≪史記 · 天官書≫ : "天精而見景星, 其狀無常, 常出於有道之國.(하늘이 맑으면 景星이 보이는데 景星은 德星이다. 그 모습은 일정하지 않고 항상 정도가 있는 나라에 나타난다.)" ≪正義≫ : "景星狀如半月, 生於晦朔, 助月爲明, 見則人君有德, 明聖之慶也.(경성은 모양이 반달 모양 같고, 그믐과 초하루에 생기고 달이 밝도록 도와주며 임금이 덕이 있고 훌륭한 성인군자의 출현을 보여준다.)"

8 雲結慶 : ≪漢書 · 天文志≫ : "若煙非煙, 若雲非雲, 鬱鬱紛紛, 蕭索輪囷, 是謂慶雲. 慶雲見, 喜氣令也.(연기인 것 같고 아닌 것도 같고, 구름인 것 같고 아닌 것도 같고, 왕성하기도 하고, 적막한 둥근 창고 같기도 하다, 이것은 상서로운 구름이다. 상서로운 구름이 보이면 기쁨의 기운이 생긴다.)"

9 七德 : 무술의 七德인데 禁暴, 戢兵, 保大, 定功, 安民, 和衆, 豐財 등 일곱 가지 일이다. ≪左傳 宣公 十二年≫에 보인다.

10 九功 : 六府三事를 가리키고 고대 文治의 주요 내용이다. ≪尙書 · 大禹謨≫ : "'九功惟敍' 孔穎達疏 : 養民者使水, 火, 金, 木, 土, 穀, 此六事惟當修治之 ; 正身之德, 利民之用, 厚民之生, 此三事惟當諧和之.('九功은 단지 서술하자면' 공영달 소에 백성을 기르는데 물, 불, 금, 목, 토, 곡 이 여섯 가지를 마땅히 잘 다스려야 한다. 몸을 바르게 하는 덕, 백성들을 이롭게 하는데 사용하는 것, 백성들을 후하게 사는 삶, 이 세 가지 일은 마땅히 그들을 조화롭고 화평하게 하는 것이다.)"

11 蓮劍 : 검이 연꽃같이 빛나는 귀한 보검. ≪初學記≫ 券22에서 ≪吳越春秋≫를 인용했다.

12 蔥嶺 : 지금 新疆 西南을 가리킴.

13 "秋駕" 2句 : 王融 ≪三月三日曲水詩序≫ : "念負重於春冰, 懷禦奔於秋駕.(봄철의 살얼음에 무거운 짐을 짊어지고, 가을의 수레에 천자가 분주하네.)"

兢懷 : 조심하고 경계하고 두려워하는 마음.

軫慮 : 비통한 마음으로 염려하다.

14 龍庭 : 흉노의 왕정.

羽 : 옛날 닭의 털을 뽑아 급한 일을 표시하던 격문. 긴급한 군대의 편지.

15 鳳穴 : 북방을 수비하는 곳을 가리킴.

16 衣宵 : '宵衣旰食'의 뜻으로 날이 새기 전에 기상해서 날이 저물어서야 겨우 식사한다. 침식을 잊고 나랏일에 열중하다. 옛날 제왕이 政務에 근면함을 비유해서 사용하였다.

二難 : 기회를 알고, 성의를 가지고 상대하는, 이 두 가지 쉽지 않은 귀한 품격을 가리킴. ≪三國志・魏志・管輅傳≫ 注 : "(何)晏謝之日 : '知機其神乎古人以爲難 ; 交疏而吐其誠, 今人以爲難, 君今一面盡二難之道, 可謂明德惟馨.'('기회를 아는 게 신통하구나 옛 사람은 어렵게 여겼는데 ; 사귀는데 소통하며 성실함으로 말하기를 지금 사람들은 어렵게 여긴다. 그대는 두 가지 어려운 도를 다하니 밝은 덕이 오로지 향기롭구나.')"

17 三懼 : 孔子가 말한 훌륭한 왕이 나라를 다스리는 데 두려워 할 3가지 일들. 하나는, 존귀한 자리에서 과오를 듣지 못하는 걸 두려워하고, 둘은 뜻을 얻었으나 교만한 걸 두려워하고, 셋은 천하에 도가 이르는 것을 듣고서도 실행하지 못하는 것을 두려워해야 한다. ≪韓詩外傳≫ 卷7에 보임.

18 圓蓋 : 천체는 둥글면서 위에 덮어씌워져 있다.

19 方輿 : 대지. 宋王. ≪大言賦≫ : "方地爲輿, 圓天爲蓋.(네모난 땅은 수레가 되고, 둥근 하늘은 덮개가 된다.)"

20 孔海 : 크다.

21 循躬 : 자기를 반성하다.

22 撫俗 : 백성들을 위로하다.

23 鹽梅 : 소금기와 매실의 신 맛(옛날에 조미료로 썼음.) ≪尙書・說明≫ : "若作和羹, 爾惟鹽梅.(국이 조화롭게 되려면 자네가 단지 소금과 매실이 되어야 한다.)" 이것은 은나라 고종이 부열에게 명하여 재상을 맡아달라고 한 말인데, 그는 국가에서 필요로 하는 사람이니, 후에 재상의 업적을 미화해서 썼다.

24 股肱 : 보좌하는 신하를 비유함. ≪左傳・昭公九年≫ : "君之卿佐, 是謂股肱.(임금의 보좌관을 股肱이라고 한다.)"

25 羽賢 : 성현으로써 보좌하는 사람.

26 翼聖 : 성현으로써 보좌를 삼는다.

"黃帝將見大隗乎具茨之山, 方明爲御, 昌寓驂乘, 張若謵朋前馬, 昆閽滑稽後車, 至於襄城之野, 七聖皆迷, 無所問塗途, 適遇牧馬童子.(황제가 대외를 보려고 구지산으로 떠날 때 方明은 御가 되어 말을 몰고, 昌寓는 수레 오른쪽에서 말을 타고, 張若과 謵朋은 앞에서 말을 인도하고, 昆閽은 滑稽와 수레의 뒤를 따랐다. 그렇게 해서 襄城의 들에 이르러 일곱 성인은 그만 길을 잃었는데 물을 곳이 없었다. 그러다가 마침 말 먹이는 소년을 만나 길을 물었다.)" ≪莊子・徐無鬼≫에 보임.

27 澆俗 : 경박한 풍속.

28 至道 : 지극한 도, 최선의 도.

004 正日臨朝[1]

정월 초하루 조회에 앞서

條風開獻節[2]	봄바람이 불기 시작하면 공물 바치는 절기
灰律動初陽[3]	계절을 가늠하는데 아침 해 움직이네
百蠻奉遐贐[4]	변경의 수많은 이족들 먼 곳에서 조공 받들고
萬國朝未央[5]	만국의 제후국들은 미앙궁에 와서 참배하네
雖無舜禹跡	나에게 비록 舜임금과 禹임금의 업적은 없지만
幸欣天地康	다행히 운 좋게 천지가 편안하네
車軌同八表[6]	팔방으로 다니는 수레 모두 다 같고
書文混四方	사방의 문자 모두 같이 섞어 놓았네
赫奕儼冠蓋[7]	옷차림 바르게 하니 아름답게 빛이 나고
紛綸盛服章[8]	복장과 모자 화려하기 그지없네
羽旄飛馳道[9]	큰 도로 위로 수레 달려가고
鍾鼓震岩廊	종과 북 조정의 높은 복도를 진동시키네
組練輝霞色[10]	장수들 갑옷 위의 혁대는 선명하고
霜戟耀朝光	차가운 칼은 아침노을 속에서 더욱 반짝이네
晨宵懷至理	아침저녁 성현들의 진리의 말을 생각하지만
終愧撫遐荒	여전히 외지고 먼 땅 돌보기 부끄럽네

✿ 주석

1 正日 : 정월 1일.

2 條風 : 봄에 부는 동북풍. 《初學記》 卷3에서 《易通卦驗》을 인용했다. "立春條風至.(입춘에 바람이 불어온다.)"

3 灰律 : 옛사람이 계절을 가늠하는 법으로 갈대의 얇은 막을 태워 그 재를 음을 조절하는 관(律管)에 넣어, 밀실의 탁자 위에 놓아두면 리듬의 기운이 서로 상응하여 재로 날아간다. ≪後漢書　律曆志上≫에 보인다.

4 百蠻 : 옛날 남방의 소수 민족을 총칭한다.
贐 : 전별품. 조공 들어온 물건.

5 未央 : 漢宮名. 唐의 궁전을 대신해서 사용했다.

6 "車軌"二句 : ≪禮記・中庸≫ : "今天下車同軌, 書同文.(지금 천하는 수레 만드는 법이 같고 문장도 같고.)"

7 赫奕 : 대단히 아름답게 비치는 모양.

8 紛綸 : 성대함.

9 馳道 : 천자가 전용으로 사용하는 도로.

10 組練 : 갑옷과 투구.

005 幸武功慶善宮[1]

무공의 경선궁에 가다

壽丘惟舊跡[2]	황제가 탄생한 壽丘는 예와 다름없고
酆邑乃前基[3]	漢高祖 유방이 출생했던 酆邑도 변함없구나
粤予承累聖	역대 성왕처럼 나도 출생한 곳 있었는데
懸弧亦在玆[4]	이곳에 활을 걸어 두었었지
弱齡逢運改[5]	내 어린 시절은 마침 시대가 바뀌는 시기
提劍鬱匡時[6]	보검을 꺼내 들고 울분에 싸여 천하를 다스렸지
指麾八荒定[7]	지휘 아래 세상이 안정되고
懷柔萬國夷[8]	먼 곳 이방 민족들도 우릴 따르게 했지
梯山咸入款[9]	고산준령에 있는 사람도 사다리 타고 올라와 의지하고
駕海亦來思[10]	큰 바다 사이에 둔 사람들 배 타고 건너오게 했지
單于陪武帳[11]	흉노의 大單于는 군대 막사 안에서 곁에 앉게 하고
日逐衛文媿[12]	흉노의 왕은 궁전 처마 밑에서 천자를 호위하게 했지
端扆朝四嶽[13]	단정히 병풍을 등지고 앉아 사방의 큰 산 향하고
無爲任百司	백관들 각자 위치에서 스스로 알아서 하도록 했지
霜節明秋景	차가운 서리 내릴 때 가을 풍경은 더욱 맑고 깨끗한데
輕冰結水湄	얇은 얼음이 물가에 엉기었네
芸黃徧原隰[14]	들판 위의 화초들은 누렇게 시들고
禾穎積京畿	양식은 경성의 곡물 창고에 가득 쌓였네
共樂還鄉宴	모두 함께 군왕이 고향에 돌아옴을 축하하니
歡比大風詩[15]	이 즐거운 기분으로 유방이 노래했던 大風歌를 부르네

주석

1 武功慶善宮 : ≪全唐詩≫題下注 : "<樂府>詩 제목이 <唐功成慶善樂舞辭>라고 했고, 또는 <九功舞>라고 했는데, 이는 조정에서 조회 시 연주되는 文舞이다. ≪新唐書・禮樂志≫에 '太宗은 武功의 慶善宮에서 태어났다. 貞觀六年에 기뻐서 연회를 베풀고 신하들에게 마을을 상으로 하사하였는데 漢 沛宛과 같았다. 황제가 심히 기뻐 시를 지었고 呂才被가 管弦으로 연주하여, 그 이름이 <功成慶善樂>이었다. 어린이 64명이 덕스러운 관을 쓰고, 자주색 바지 긴 소매에 검은 상투머리, 신을 끌면서 춤을 춘다.' ≪舊書・樂志≫에 '<慶善樂>은 태종이 만든 것이다. 이름은 <九功之舞>이고 무용이 편안하고 느리다. 文德으로 화합한 것처럼 천하가 편안하다. 겨울 정월에 나라에 큰 경사가 있어 연회를 베풀었는데, <七德舞>를 추며 뜰에서 연주했다.'"

武功은 縣名이고 지금의 陝西에 속한다. ≪冊府元龜≫ 卷10에 이 시가 수록되어 있는데 제목은 <貞觀六年幸慈德寺舊宅十韻>으로 되어 있다. 생각하건데 : 慈德寺는 慶善宮 옆에 있고, 唐太宗이 그 어머니 竇太後를 위해 지었다.

2 壽丘 : 지금의 山東 曲阜 동북쪽에 있다. 전설로는 황제의 탄생지이다.

3 酆邑 : '豊邑'이다. 沛縣豊邑은 漢高祖 劉邦의 출생지이다.

4 懸弧 : 弧는 弓이다. 고대 풍속에 남자아이가 태어나면 문 왼쪽에 활을 걸어 두고 사방에다 남자라고 표시하여 알렸다. ≪禮記・內則≫에 기록되어 있다.

5 運改 : 시대 운이 교체되는 것이다. 이때는 隋末 전란을 가리킨다.

6 鬱 : 울분이 쌓이다.

匡時 : 천하를 다스리다.

7 指麾 : 정책을 지시하고 모든 것을 조절하다.

8 懷柔 : 멀리 있는 다른 지역 사람들을 불러서 그들로 하여금 따르게 하다.

9 梯山 : 험한 산. 고산 준령을 만나 사다리를 설치하여 오른다. 험난하고 어려운 길을 가야 하는 것을 비유했다.

10 駕海 : 배를 타고 바다를 건너다. 어려운 과정을 겪는 것을 비유했다.

11 單于 : 漢나라 때 흉노의 우두머리에 대해 부르는 호칭이다.

12 日逐 : 흉노의 왕, 지위는 현명한 왕을 돕는 역할이다. 文媿 : 문갑과 처마를 말한다.

13 端扆 : 扆 : 옛날 천자의 거처에 치던 수놓은 칸막이이다. 단정히 병풍을 등지고 앉는다.

四嶽 : 사방의 제후.

14 芸黃 : 화초가 시들어 누렇게 되다. ≪詩・小雅・蘇之華≫ : "笤之華, 芸其黃矣.(아름다운 능소화 노랗게 많이도 피었네.)"

15 大風詩 : 한 高祖 劉邦이 그의 고향인 沛縣에 돌아와 친구와 노인들을 불러 연회를 열고 황제는 스스로 현악기를 뜯으며 노래를 지었다. "大風起兮雲飛揚, 威加海內兮歸故鄉, 安得猛士兮守四方.(큰바람 불어 구름이 날리고, 온 나라에 위엄이 가득하게 고향에 돌아왔네. 어떻게 훌륭한 장수를 얻어 사방을 지킬까.)" ≪史記 高祖本紀≫에 보임.

006 重幸武功[1]

거듭 무공에 가다

代馬依朔吹[2]　오랑캐 말은 북풍에 의지하고
驚禽愁昔叢　깜짝 놀란 새는 옛 둥우리 그리워 하네
況茲承眷德　더구나 여기에서 덕을 되돌아 보니
懷舊感深衷　옛날 깊은 정 얻음이 감격스럽네
積善忻餘慶[3]　선을 쌓은 집은 더욱 많은 행복을 얻어 기뻐하고
暢武悅成功[4]　무공이 빛나면 공을 이루어 즐겁지
垂衣天下治[5]　옷 늘어뜨리고 천하를 다스리고
端拱車書同　단정히 팔짱끼고 앉아 있어도 수레와 문장 모두 같네
白水巡前跡[6]　漢 光武帝가 자기의 출생지 白水를 순시하는 것처럼
丹陵幸舊宮[7]　요임금이 출생지 丹陵의 옛 궁 행차하는 것처럼
列筵歡故老　옛 고향에 돌아와 옛 친구에게 성대한 잔치 열고
高宴聚新豐[8]　신풍에서 모두 모여 고상한 연회열리
駐蹕撫田畯[9]　가던 수레 멈추고 나는 농관을 위로하며
回輿訪牧童[10]　수레 돌려서 목동에게 묻네
瑞氣縈丹闕　상서로운 기운 궁중에 빙빙 맴돌고
祥煙散碧空　붉은 노을 구름과 연기는 푸른 하늘에서 흩날리네
孤嶼含霜白　쓸쓸한 섬은 차가운 서리로 덮여 있고
遙山帶日紅　멀리 보이는 여러 산들은 붉은 해가 비쳤다 사라지네
於焉歡擊筑　여기에서 나는 즐겁게 筑을 두드리며
聊以詠南風[11]　옛날의 <南風曲>을 노래하리

✿ 주석

1 ≪金石補編≫ 卷10에 <貞觀十六年重幸慈德寺故宅十韻>이 쓰여 있다. ≪舊唐書・太宗記≫에 의하면 詩는 貞觀十六年(642) 11月에 지어졌다.

2 代馬 : 胡馬이다. 朔吹 : 北風을 말한다. <古詩十九首> 其一에 "胡馬依北風, 越鳥巢南枝.(오랑캐 말은 북풍에 의지하고, 월나라 새는 남쪽 가지에 깃드네.)"

3 積善句 : ≪易・坤≫ : "積善之家, 必有餘廉.(선을 쌓는 집은 반드시 경사가 있다.)"

4 悅成 : 全詩校에는 '閱神'으로 쓰여 있다.

5 垂衣, 端拱 : 모두 왕이 억지로 하지 않고 자연스럽게 다스린다는 뜻이다. 車書同 : "今天下車同軌, 書同文.(지금 천하의 수레는 바퀴자국 모두 같고 글도 모두 같다.)" ≪禮記 中庸≫에 보인다.

6 白水 : 오늘날 湖北 棗陽이다. 漢 光武帝가 이곳에서 태어났다. 張衡 <東京賦>에 '龍飛白水'의 구절이 있다.

7 丹陵 : 전설상 堯임금이 태어난 곳이다. 皇甫謐의 ≪帝王世紀≫에 보인다.

8 新豐 : 漢高祖는 도읍을 長安으로 정한 후 太上皇이 고향 豊邑을 그리워 하자, 高祖가 豊邑을 모방하여 성을 지었다. 그리고 豊邑의 백성들을 옮겨 이곳에 거하게 했다. 그래서 新豊이라고 부르게 됨. 그 땅은 지금 陝西臨東에 있다. ≪漢書・地理志上≫에 보인다.

9 駐蹕 : 제왕이 행차할 때 도로를 깨끗이 열어 두고 통행을 금지함. 제왕이 행차할 때는 연도에서 잠시 멈추게 한다.

田畯 : 농사를 관장하던 관리.

10 訪牧童 : 황제가 말 먹이는 소년을 만나 길을 묻다. ≪莊子 徐無鬼≫

11 南風 : 舜임금이 五弦琴으로 지어 불렀다던 <南風>歌임. 그 가사는 "南風之薰兮, 可以解吾民之慍兮." ≪孔子家語・辨樂解≫에 보임.

007 經破薛擧戰地[1]

설거와 싸우던 곳 지나가며

昔年懷壯氣	옛날엔 왕성한 기운 품고
提戈初仗節	창을 들고 처음 싸움에서 우뚝섰지
心隨朗日高	마음은 밝은 해 높이 걸린 듯 하고
志與秋霜潔	뜻은 가을서리처럼 깨끗했지
移鋒驚電起[2]	칼 끝을 움직이니 번갯불에 놀라는 듯 하고
轉戰長河決	만리를 전진하는 기세는 양자강의 제방이 터지듯
營碎落星沈[3]	군대 막사 대지 위에 떨어진 별처럼 흩어져 있고
陣卷橫雲裂	싸움터 옆은 마치 검은 구름이 갈라지는 것 같네
一揮氛沴靜[4]	보검 휘둘러 나쁜 기운 소탕하고
再擧鯨鯢滅[5]	다시 들고 악인들 멸망시키리
於茲俯舊原	여기에서 잠시 옛 들판 굽어보고
屬目駐華軒	눈길 따라 아름다운 수레 멈추네
沈沙無故跡	가라앉은 모래로 옛 흔적 없어졌지만
減灶有殘痕[6]	낡은 부뚜막 적을 이긴 흔적이 보이는 것 같네
浪霞穿水淨	파도에 비친 노을 빛 물에 비쳐 더욱 깨끗하고
峰霧抱蓮昏	산봉우리 구름은 해질 무렵 연꽃을 안은 듯 하네
世途亟流易	세계가 이처럼 빠르게 변화하고
人事殊今昔	인간 세상 어제와 오늘이 다르니
長想眺前蹤	지난 흔적 바라보며 오랫동안 생각하다
撫躬聊自適	마음을 어루만지며 잠시 나를 위로하노라

✿ 주석

1 ≪全唐詩≫ 제목 아래의 주에서 "義宁云年(617) 扶風을 공격하였는데, 패했다." 薛擧(?~618) : 隋末 지방을 점령하여 웅거하던 자이다. 大業 13년(617) 병을 일으켜 隋에게 반항하여 자칭 西秦霸王이라 하였다. 隴西의 땅을 다 차지하고 10여 만 대중의 지지를 받았다. 義宁 云年 12月에 扶風을 침략하니 唐太宗이 군대를 인솔하여 크게 무찔렀다. 武德 云年(618) 唐軍을 高摭(오늘날 섬서 長武北)에서 무찌르고 승리를 틈타 長安을 취하려 했으나 가지 못하고 病死하였다. 兩 ≪唐書≫에 전한다.

2 移鋒 : 군대가 이동하는 것.

3 落星 : 전설로 제갈량이 죽기 전에 붉은 별이 군영에 떨어졌다. ≪蜀志・諸葛亮傳≫ 裵注에서 ≪晋陽秋≫를 인용했다. 후에 임종할 때나 기운이 쇠하였을 때 전고로 사용되었다.

4 氛沴 : 나쁜 기운. 凶气.

5 鯨鯢 : 사납고 악독하여 작은 물고기를 잡아먹는 큰 물고기. 악인 또는 죄인을 비유함. 春秋시대 楚王이 흉악하고 불의한 사람을 비유할 때 鯨鯢를 사용했다. ≪左傳・宣公12년≫ 보인다.

6 減灶 : 군대에서 함께 부뚜막에서 밥을 지었다. 허약함이 보인다. 전국 시대에 孫武 손빈의 用兵 고사이다. ≪史記・孫子吳起傳≫에 보인다.

008 過舊宅[1]

옛 살던 곳 지나가며(2首)

■ 一首

新豐停翠輦	신풍에서 비취빛 수레 멈추고
譙邑駐鳴笳[2]	초읍에 주둔하니 호루라기 울리네
園荒一徑斷	황폐한 전원 좁은 길이 끊어졌고
苔古半階斜[3]	오래된 이끼 층계에 반쯤 덮여 있네
前池消舊水	앞에 있는 연못은 옛 맑은 물 없어졌고
昔樹發今花	옛날의 나무 지금은 꽃이 피었네
一朝辭此地	하루아침에 이곳을 떠나니
四海遂爲家[4]	사해가 다 내 집이 되었네

주석

1 舊宅 : 武功의 慶善宮.
2 譙邑 : 魏武帝 曹操의 옛 고을. 지금의 安徽省 亳縣임.
3 苔古 : 全詩校에서는 '台平'으로 되어 있다.
4 "四海"句 : 천하를 통일한다는 말.

■ 二首

金輿巡白水[1]	나의 수레가 白水를 순행하다가
玉輦駐新豐	신풍에 멈추었네
紐落藤披架	줄은 등나무로 덮인 선반에서 늘어뜨려져 있고
花殘菊破叢	국화꽃은 꽃밭에 시들어 있네
葉鋪荒草蔓[2]	낙엽은 잡초 우거진 황폐한 오솔길에 가득 깔려 있고
流竭半池空	흐르는 물 연못은 반이나 말라있네
紉佩蘭凋徑[3]	가을 난초 말라 떨어진 길 위에서
舒圭葉翦桐[4]	오동잎 잘라 편안하게 분봉하네
昔地一蕃內	과거에 나는 단지 한 사람의 제후였는데
今宅九圍中[5]	오늘은 이미 사해를 얻었네
架海波澄鏡[6]	다리 아래 파도는 거울같이 잔잔하고
韜戈器反農[7]	전쟁터의 무기는 농사일 하는 데 쓰고
八表文同軌	팔방의 글과 수레 한결같으니
無勞歌大風	힘써 대풍가 부를 필요 없지

주석

1 白水 : 006 주석 6 참고.

2 葉鋪 : 全詩校에서는 '鋪庭'으로 되어 있다.

3 紉佩 : ≪離騷≫ : "紉秋蘭以爲佩.(추란을 실에 꿰어 찼네.)"

4 翦桐 : 어렸을 때 周成王은 叔虞와 장난치며 놀다가 오동잎을 잘라서 옥처럼 규를 만들어 叔虞에게 주면서 : "이것으로 너에게 작위를 주노라." 史佚曰 : "天子無戲言.(천자는 농담하지 않는다.)" 하고 드디어 叔虞에게 唐을 주었다. ≪史記·晉世家≫에 보인다.

5 九圍 : 九州를 말한다. ≪詩·商頌·長發≫ : "帝命式於九圍.(하나님은 온 땅에 법도가 있도록 명하셨다.)"

6 架海 : 항해하다의 뜻과 같다.

7 "韜戈"句 : 싸움을 그치고 농사에 힘쓰다. "反"은 返이다.

009 還陝述懷[1]

섬주에 돌아오며 생각하다

慨然撫長劍	탄식하며 오랫동안 긴 칼 어루만지며
濟世豈邀名	세계를 구원하려고 어찌 명성을 얻으려는가
星旂紛電舉[2]	별자리가 그려진 오색 깃발은 뒤섞여 어지럽게 빛나고
日羽肅天行[3]	태양의 빛은 하늘의 운행을 인도하는데
徧野屯萬騎	들판 위에 주둔한 천만의 기병들
臨原駐五營	높은 언덕 위에 많은 군영들이 주둔해 있네
登山麾武節[4]	높은 산에 올라 절도 있게 무술을 지휘하고
背水縱神兵[5]	물을 등지고 신들린 병사 풀어 놓았네
在昔戎戈動	옛날엔 무기로 움직였는데
今來宇宙平	오늘날은 천하가 태평하구나

✿ 주석

1 陝州 : 지금 河南省 陝縣을 말함.
2 星旂 : 별무늬 오색 깃발.
3 日羽 : 태양의 빛.
4 麾 : "揮"와 통함. 지휘하다, 고대 군대의 지휘에 쓰던 깃발.
5 背水 : 漢 장군 韓信이 군대를 통솔하여 趙나라를 치려고, 많은 사람에게 물을 등지고 포진하게 하여 퇴로를 두절시키고 사기충전하게 해서 계속된 전쟁에서 크게 승리를 거두었다. ≪史記 · 淮陰侯傳≫에 전함.

010 入潼關[1]

동관에 들어오다

崤函稱地險[2]	함곡관은 지세가 험난하기로 유명하고
襟帶壯兩京[3]	장대한 장안과 낙양에 가깝네
霜峰直臨道	차가운 서리로 뒤덮인 봉우리 큰길가에 우뚝 서 있고
冰河曲繞城	차가운 강 줄기는 구불구불 성을 감돌며 흐르고 있네
古木參差影	오래된 나무 들쭉날쭉 그림자 남기고
寒猿斷續聲	차가운 바람 속의 원숭이는 계속 울어대고
冠蓋往來合	관 쓴 사대부들 왕래 끊이지 않고
風塵朝夕驚	바람에 먼지 날리며 아침저녁 서늘하네
高談先馬度[4]	고상한 담론에 먼저 말은 지나가고
僞曉預雞鳴[5]	닭 우는 소리 거짓으로 새벽을 알리네
棄繻懷遠志[6]	큰 뜻을 품으며 출입증 버리고
封泥負壯情[7]	호기 충천되어 진흙으로 관문을 막는구나
別有眞人氣[8]	달리 신선같은 기운 있으니
安知名不名[9]	어찌 알겠는가 이름 새기지 않음을

✿ 주석

1 潼關 : 지금의 陝西 潼關縣 경내에 있음.

2 崤函 : 崤山 또는 崤穀이라고도 함. 函穀의 동쪽 끝이다. 그러므로 函穀도 崤函이라고 칭한다.

3 襟帶 : 襟(옷깃)과 같고 허리띠와 같다. 지형의 위치가 서로 가까이 있는 것을 비유한다.

4 高談句 : 宋人 兒說이 "白馬非馬"론을 말하며 齊나라 사직에 있는 변론자를 설득시키고 난 후에 白馬타고 관문을 통과했다. 그런 즉, 말세를 납부하지 않을 수 없었다. ≪韓非子・外

儲說左上≫에 보인다.

5 僞曉句 : 戰國時代에 孟嘗君의 식객 중에 닭 울음을 내고 개를 흉내내며 도둑질을 잘하는 기교자가 있었는데 일찍이 函穀關에서 거짓으로 닭 울음을 내어 관을 통과하는 사람들로 하여금 위험에서 벗어나게 했다. ≪史記・孟嘗君列傳≫에 보인다.

6 棄繻 : 繻는 옛날 견직물을 이용하여 만든 출입증 같은 증명서이다. 옛날 함곡관을 통과할 때 쓰는 카드 같은 증명서. 西漢 終軍은 나이 18세에 長安에 들어와 潼關을 지날 때 이 카드로 들어왔다. ≪漢書≫ 本傳에 보인다.

7 封泥 : 한 덩어리의 진흙을 사용하여 막았다. 지세가 험준한 곳을 비유한다. 요지에 은거하여 적을 막기가 아주 쉽다. ≪東觀漢紀・戰記・隗器≫에 보인다.

8 眞人氣 : ≪列仙傳≫에 기재되어 있는데 "關令尹善은 周의 大夫이다. 內學을 잘하였고 老子가 西에서 올 때 먼저 그 기운을 보고 眞人이 지나감을 알았다."

9 不名 : 漢代 기린각에 功臣을 그림으로 그려 넣었는데 "그 모양을 형상화하고 그 관직과 성명을 새겨 넣으려"고 했다. 그런데 漢 宣帝는 곽광(霍光)을 "대사마대장군박륙후성곽씨(大司馬大將軍博陸侯姓霍氏)"라 칭하고 그 이름을 서명하지 않았다. ≪漢書・蘇建傳≫ 附≪蘇武傳≫에 상세히 기록되어 있다. 후에 공을 이룬 신하가 특수한 대우를 받는 것에 대해 이 典故를 사용하였다.

011 於北平作[1]

북평에서 쓰다

翠野駐戎軒	비취빛 들판 위에 군용차를 멈추니
盧龍轉征旆[2]	盧龍의 옛 변새 군기로 둘러싸여 있네
遙山麗如綺	먼 산은 아름다운 그물같고
長流縈似帶	흐르는 강줄기는 띠처럼 빙빙 돌며 맴도네
海氣百重樓	바다의 자욱한 구름 겹겹이 쌓인 누각같고
岩松千丈蓋[3]	바위 위 소나무 천길 되는 덮개 같네
玆焉可遊賞	여기도 놀고 감상할 만한데
何必襄城外[4]	왜 하필 황제는 襄城의 벌판에 갔을까

✿ 주석

1 北平 : 지금의 河北 戶龍縣이다.

2 盧龍 : 옛날 변새 지방 이름이다. 지금 河北 喜峰口 부근으로 옛날에는 변경으로 가는 길이었다. 征旆 : 군대의 깃발.

3 千丈蓋 : 全詩校에서는 '三尺大'로 되어 있다.

4 襄城 : 지금의 河南에 속한다. ≪莊子 · 徐無鬼≫에 기재되어 있다. 黃帝가 至人을 방문하는데 襄城의 들판에 이르렀을 때 길을 잃었다. 한 목동을 향해 길을 물으며 또 治國의 길도 물었다. 어린 목동이 "除害馬.(말을 해치는 것만 하지 않는다.)"로써 답을 했고 황제는 그를 칭하여 "天師"라고 했다. 후에 황제가 순행할 때 쓰는 전고로 사용했다.

012 遼城望月[1]

요성에서 달을 보다

玄兎月初明[2]	토끼와 함께 밝은 달 처음 떠올라
澄輝照遼碣[3]	碣石山 위에서 맑고 휘황하게 비치네
映雲光暫隱	달빛은 숨었다 나타나
隔樹花如綴	나뭇가지에 가리운 꽃잎처럼 장식되어 있네
魄滿桂枝圓[4]	어두움이 가득한 계수나무 위의 둥근달
輪虧鏡彩缺	바퀴 이지러지니 비추는 빛도 이지러지네
臨城卻影散	요성에 가까우면 오히려 그림자 흩어지고
帶暈重圍結[5]	달빛 주변에 달무리 겹겹이 나타나네
駐蹕俯九都[6]	나는 수레 멈추고 碣石山 부근의 성 주변 내려다보며
佇觀妖氛滅[7]	요염한 안개 점점 사라지는 걸 오랫동안 서서 바라보네

주석

1 遼城 : 오늘의 遼寧遼陽市이다. ≪舊唐書・太宗紀≫에 의하면 詩는 貞觀 19年(645) 五月 高麗를 정벌할 때 지었다.

2 玄兎 : 달의 별명이다. 달 속에 토끼 같은 모양이 있어 그렇게 이름 하였다.

3 遼碣 : 碣石山을 가리킨다. 지금의 河北昌黎縣에 있고 위치는 遼西에 있기 때문에 遼碣이라고 칭했다.

4 桂枝圓 : 달을 가리킨다.

5 暈 : 해나 달의 무리. 햇무리 혹은 달무리라고도 한다. 햇빛이 구름층의 결정체를 통과할 때 굴절되어 형성되는 큰 둥근 무리이다.

6 九都 : ≪周禮・地官・小司徒≫ : "四縣爲都." 여기에서 九都는 遼城 일대의 여러 縣을 가리킨다.

7 停 : 오래 서 있다의 뜻이다. 全詩校에서는 '佇'으로 되어 있다.

013 春日登陝州城樓俯眺原野回丹碧綴煙霞密翠斑紅芳菲花柳卽目川岫聊以命篇[1]

봄날 섬주성 누각에 올라 아름다운 들판을 내려다보며 잠시 생각에 잠기다

碧原開霧隰	짙푸른 들판에 구름과 안개 흩어지고
綺嶺峻霞城	아름다운 산봉우리 노을빛 비치는 성곽
煙峰高下翠	연기 자욱한 산봉우리 위 아래엔 푸른 비취빛 가득
日浪淺深明	햇빛 아래 푸른 파도 얕아졌다 깊어졌다 분명하네
斑紅妝蕊樹[2]	붉은 꽃 가득 모여 있고 단장한 우거진 숲 속
圓青壓溜荊	둥글고 푸른 과일 매끈매끈한 가시나무 가지를 누르고
跡巖勞傅想[3]	바위 찾아 힘들게 부열을 생각하고
窺野訪莘情[4]	들판을 살펴보며 이윤 같은 현자를 찾으리
巨川何以濟	광활한 강물을 어떻게 건너갈까
舟楫佇時英[5]	노를 저을 영특한 재주꾼을 기다릴 것이다

✿ 주석

1 陝州：河南 三門峽市를 가리킴. 丹：全詩校에서는 '舟'로 되어 있다.

2 蕊樹：초목이 우거진 모양.

3 勞傅：殷高宗 武丁이 꿈자리에서 傅岩의 들판에서 현상 傅說을 얻었다. ≪史記・殷本紀≫에 보임. 후에 賢才를 기용할 때 쓰는 전고로 사용됨.

4 訪莘：商湯이 일찍이 有莘國의 들판에서 伊尹을 초빙하여 탕임금을 보좌하게 했다. ≪史記・殷本紀≫에 보인다. 후에 군주가 현자를 찾는 것을 이용하여 읊었다.

5 舟楫：세상을 구하는 훌륭한 신하를 비유한다. ≪書・說命上≫에서 殷高宗이 傅說에게 재상이 되도록 명했다. "若濟巨川, 用汝作舟楫.(거대한 강물을 다스리려면 너를 배와 노로 삼아야 한다.)"

014 春日玄武門宴群臣[1]

봄날 현무문에서 군신들과 연회를 열다

韶光開令序[2]	아름다운 봄의 경치가 좋은 계절 열고
淑氣動芳年	맑은 정신으로 좋은 시절 시작하네
駐輦華林側[3]	華林宛에서 수레 멈추고
高宴柏梁前[4]	柏梁臺 앞에서 멋있는 연회를 여네
紫庭文佩滿	아름다운 정원에 멋있게 치장한 군자들 가득하고
丹墀袞紱連[5]	궁궐 층계 위에는 예복으로 단장한 제후들 있네
九夷簉瑤席[6]	아홉 오랑캐(夷) 군왕의 연회 자리에 나열해 앉아 있고
五狄列瓊筵	다섯 오랑캐(狄) 군왕의 성대한 연회에 도열해 있네
娱賓歌湛露[7]	손님들 초대하고 우리들은 <湛露> 악장을 노래하네
廣樂奏鈞天[8]	천상에서 좋은 음악 연주하며
清尊浮綠醑[9]	아름다운 술잔에 맛있는 술 가득
雅曲韻朱弦	우아한 노래는 현악기의 반주 아래 부드럽고
粤余君萬國[10]	나는 만국의 임금 되었지만
還慚撫八埏[11]	아직도 저 땅 끝까지 어루만지기는 부끄러워
庶幾保貞固	정결한 품격 지키며
虛己厲求賢[12]	겸허한 마음으로 어진 이를 구할 것이네

주석

1 玄武門 : 唐 大明宮의 北門.

2 令序 : 아름다운 시절.

3 華林 : 東漢 宮苑 이름이다. 本名은 芳林園이다. 魏齊 王芳 때 華林園으로 개명했다. 그곳은

지금의 洛陽市 東쪽에 있다.

4 柏梁：柏梁台이다. 漢나라 때 長安城 北門 안에 있었다. 漢武帝 元鼎 2년(115)에 건축하였다. 측백나무로 대들보를 만들었다. 漢武帝는 그 위에 술을 차려놓고 마시면서 여러 신하들을 불러 시를 지었다. 七言을 잘 하는 자에게 술을 주었다고 한다. ≪三輔黃圖≫ 卷5에 보인다.

5 袞紱：예복을 말한다. 袞：천자의 예복을 말한다. 곤룡포라고도 한다.
紱：관인에 맨 인 끈. 예복 위에 매는 끈으로 수놓아져 있는데 반은 청색, 반은 흑색의 꽃무늬가 있다.

6 篴：부차적인, 부속의, 섞다의 뜻이 있다.

7 湛露：≪詩・小雅≫ 편명이다. 천자가 제후를 위해 연회를 베푼 시이다.

8 "廣樂"句：천상의 음악. ≪史記・趙世家≫："나의 황제는 음악에 깊이 매료되어 백성과 하늘에서 노니네. 균천에서 구주(九奏)의 萬舞를 즐기는데 3대의 음악이 다르지만 그 소리가 사람의 마음을 움직이네."

9 綠酳：좋은 술. 맛있는 술.

10 君：全詩校에서는 '臨'이라 되어 있음.

11 八埏：八方이다. 埏은 넓은 땅의 끝이다.

12 虛己：스스로 허약하다고 생각하여 광범위하게 의견을 듣다.

015 登三臺言志[1]

삼대에 올라가 느낌을 적는다

未央初壯漢[2]　未央宮은 漢나라 강성함의 상징이었고
阿房昔侈秦[3]　阿房宮은 秦나라의 사치함을 보여주었지
在危猶騁麗[4]　그렇게 높고 사치하고 화려한 위치에 두려고
居奢遂役人　더욱 무절제하게 백성을 부려먹었지
豈如家四海[5]　어떻게 한 고조가 四海를 집으로 삼고
日宇罄朝倫[6]　하늘 아래에서 조정의 사무를 잘 볼 수 있었을까
扇天裁戶舊[7]　하늘을 문으로 삼고
砌地翦基新　땅은 집의 기반이 되었네
引月擎宵桂　달빛을 끌어오고 계수나무 가지 부여 잡으니
飄雲逼曙鱗　표표한 구름 동틀녘엔 광채가 고기비늘 같네
露除光炫玉[8]　이슬먹은 층계는 마치 아름다운 옥과 같은 광채가 나고
霜闕映雕銀　차가운 서리 맺힌 대궐 하얀 은으로 조각한 듯
舞接花梁燕　궁전의 아름다운 춤과 대들보 위의 제비 서로 어울리네
歌迎鳥路塵　노랫가락은 새가 날아 일으킨 먼지 환영하고
鏡池波太液[9]　太液池 안의 파도는 조용함이 마치 거울 같고
莊苑麗宜春[10]　宜春苑은 장엄하고 화려하네
作異甘泉日[11]　길을 떠나니 甘泉의 해와 다르고
停非路寢辰[12]　멈추고 보니 본처가 있는 곳이 아니네
念勞慚逸己　생각해보니 내 자신 방종하며 살았음이 부끄럽구나
居曠返勞神　넓고 넓은 대궐에 살다가 정신을 차리고 돌아와
所欣成大廈　큰 대궐 이루어져 기뻐하며

宏材佇渭濱[13]　　거대한 궁전이 渭水 강가에 우뚝 오래오래 서 있기를

✿ 주석

1 三臺 : 옛날 천자에게 靈臺, 時臺, 囿臺가 있었다. 이것을 합해서 三臺라 한다. ≪五經異義≫ : "靈臺는 천문을 관찰하는 곳이고, 時臺는 사계절 변화를 보고, 囿臺에서는 조수 어류를 관찰한다."

2 未央 : 漢의 궁전 이름이다. 漢高祖 7년에 소하(蕭何)가 지었다. 주위는 28里로 심히 아름다웠다. 지금 陝西 西安市 서북쪽에 있다. ≪三輔黃圖≫ 卷2에 보인다.

3 阿房 : 秦 궁전 이름. ≪三輔黃圖≫ 卷1 : "阿房宮은 阿城이라고도 한다. 惠文王이 宮을 건축하다가 완성하지 못하고 죽었다. 始皇이 그 궁의 규모를 300여 리 정도로 넓혔다. 離宮別館은 수레가 다닐 수 있고 복도는 驪山과 통하고 800여 리 쯤 되었다. 옛터가 지금의 陝西 長安 서쪽에 있다.

4 騁麗 : 대단히 화려한 능력.

5 家四海 : 사해를 집으로 삼는다. ≪漢書・高祖紀≫에 "且夫天子以四海爲家"란 말이 있다.

6 罄 : 全詩校에서는 '整'으로 되어 있다.
倫 : 全詩校에서는 '輪'으로 되어 있다.
朝倫 : 국가의 정무를 말한다.

7 扇天 : 하늘로 문을 삼다. 집이 넓음을 말한다.

8 除 : 층계. 섬돌.

9 太液 : 못 이름. 漢太液池는 지금 陝西 長安縣 서쪽에 있다. 唐太液池는 唐大明宮 안에 含涼殿 뒤쪽에 있고 그 유적지는 지금 陝西 長安縣 北쪽에 있다.

10 宜春 : 秦離宮에 宜春宮이 있다. 宮의 동쪽은 宜春苑이 있고, 漢나라 때에는 宜春下苑이라고 칭했는데, 곧 曲江池이다. 지금의 陝西長安縣 남쪽에 있다.

11 甘泉 : 秦・漢의 甘泉宮은 다른 이름으로 雲陽宮이라고도 한다. 지금 陝西 淳化縣 서북쪽 甘泉山에 있다.

12 路寢 : 천자나 제후의 본처.

13 渭濱 : 姜太公 呂尙이 연로하고 빈궁할 때 渭水의 해변에서 낚시를 하고 있었다. 周 文王이 사냥하러 나가 그를 만나 말을 하다 크게 기뻐하여 그를 스승으로 삼았다. 후에 武王을 보좌하여 周를 흥하게 하고 殷을 멸하게 했다. ≪史記・齊太公世家≫에 보인다.

016 出獵

사냥을 나가

楚王雲夢澤[1]	초나라 왕이 사냥하던 운몽택
漢帝長楊宮[2]	한나라 제왕 사냥하던 장양궁
豈若因農暇	어찌 농민이 한가한 틈을 타
閱武出轘嵩[3]	환원산에 나가 무공을 시찰하나
三驅陳銳卒[4]	삼면으로 금수를 몰아 예리한 병졸 배치해 두고
七萃列材雄[5]	일곱부대의 정예군 씩씩하게 나열해 있네
寒野霜氛白	차가운 들판에 서리 엉키어 있고
平原燒火紅	들판 위의 횃불이 붉게 물들었네
琱戈夏服箭[6]	아름답게 조각한 창 예리한 화살
羽騎綠沈弓[7]	진녹색의 휘어진 활시위 말 타는 이의 허리에 찼네
怖獸潛幽壑	겁에 질린 들짐승들 깊은 계곡 사이로 숨고
驚禽散翠空	놀라 당황하는 날짐승들은 공중으로 흩어져 나네
長煙晦落景	길고 긴 구름은 떨어지는 해 때문에 더욱 암담하고
灌木振嚴風[8]	숲 속의 관목은 차가운 북풍으로 스산한 바람소리
所爲除民瘼[9]	백성들의 고통 없애주기 위해 일해야지
非是悅林叢	결코 숲 속에서 수렵의 즐거움 누리기 위해서가 아니지

✿ 주석

1 雲夢澤 : 雲夢澤이라고 칭하는 곳은 오늘날 湖南의 益陽, 湘陰 이북, 湖北 江陵, 安陸 이남으로 武漢市 서쪽 지방을 모두 포함한다. 전국시대 楚宣王이 여기에서 사냥했다고 한다. “結駟天乘, 旌旗蔽日.(천승의 수레 매어놓고 깃발이 해를 가렸네.)” 宣王이 활을 들고 들소

를 향해 쏘면, 화살 한 번에 죽었다고 한다. ≪戰國策·禁策一≫에 보인다.

2 長楊宮 : 秦漢의 宮 이름이다. 지금의 陝西 周至縣에 있다. 元延二年(前 11) 겨울에 漢 成帝가 여기에서 순행하다가 胡나라 나그네와 수렵을 겨루었다. ≪漢書·成帝紀≫에 보인다.

3 轘嵩 : 환원산(轘轅山)을 말한다. 河南 偃師縣 동남쪽에 있다.

4 三驅 : 삼면으로 금수를 몰아, 한쪽 길만 열어두고 금수가 도망갈 수 있도록 삼면의 그물을 거두어 들였다. 잘 살 수 있는 덕을 보여 주었다. ≪易·此≫에 보인다.

5 七萃 : 周王의 禁衛軍을 가리킨다. 일곱 부대의 정예 부대로 이루어졌다. 후에 황제의 호위대 혹은 정예부대로 불리었다.

6 琱戈 : 조각한 창.
夏服 : 강한 화살을 가리킨다.

7 綠沈 : 화살, 창, 갑옷, 기타 모든 물건들이 녹색으로 칠해져 있거나 혹은 모두 녹색이다. 관(冠)까지도 진한 녹색이다.

8 振 : 全詩校에서는 '偃'으로 되어 있다.

9 民瘼 : 백성들의 고통을 말한다.

017 冬狩

겨울사냥

烈烈寒風起	맹렬하게 차가운 바람 일어나고
慘慘飛雲浮[1]	처량한 구름 가볍게 떠다니네
霜濃凝廣隰	짙은 서리 넓고 질펀한 풀밭 위에 굳어 있고
冰厚結清流	차가운 물줄기 흘러가다가 두터운 얼음덩이 만들었네
金鞍移上苑[2]	황금 안장을 찬 준마 上林苑 사냥터로 가더니
玉勒騁平疇	아름다운 옥 재갈 입에 물고 들판 위를 질주하네
旌旗四望合	깃발은 사방에서 모였고
罝羅一面求[3]	사냥하는 그물은 한 면에서 구하네
楚踣爭兕殪[4]	초왕은 코뿔소 죽이고 다투느라 멸망하였고
秦亡角鹿愁[5]	진나라 제후들은 천하를 놓고 싸우느라 멸망하였네
獸忙投密樹	짐승들 급히 숲 속으로 뛰어 들어가고
鴻驚起礫洲[6]	기러기는 놀라서 모래사장에서 날아가네
騎斂原塵靜	기마병 열을 지어 도열하니 들판은 고요해지고
戈迴嶺日收	산봉우리 해가 지니 창과 무기 거두네
心非洛汭逸[7]	마음은 온종일 洛水강 어귀에서 고기잡이 하지 말고
意在渭濱遊[8]	현명한 신하 얻어 渭水가에서 한가히 지낼 것을 바라지
禽荒非所樂[9]	사냥에 탐닉하는 것은 내가 즐거워하는 일은 아니지
撫轡更招憂	손으로 말고삐 꽉 잡으니 마음에 더욱 근심이 이는구나

✿ 주석

1 慘慘 : 흑암. 몹시 슬픈 모양, 몹시 초췌한 모양, 암담한 모양.

2 上苑 : 황제가 사냥을 하는 모습을 감상하고 놀도록 만든 정원.

3 罝羅 : 금수를 잡는 망.

一面求 : 삼면을 닫고, 한 면을 열어두는 것을 말함.

4 兕 : 암컷의 코뿔소, 무소.

殪 : 쓰러져 죽다. ≪戰國策 · 楚策一≫ : "초왕이 雲夢에서 노는데 사나운 코뿔소가 갑자기 들이쳤다. 왕은 활 시위를 당겨 쏘았는데 쏘자마자 죽었다. 하늘을 우러러 감탄하며 말하길 : '즐겁구나. 오늘 놀이 오랜 세월 후에 누가 여기에서 즐길까?'"

5 "秦亡"句 : ≪史記 · 淮陰侯傳≫ : "秦이 사슴을 놓쳐 천하가 모두 그 사슴을 쫓았지만 재능이 뛰어나고 행동이 민첩한 자가 먼저 잡는다."

6 磔洲 : 돌멩이가 깨진 모래사장.

7 洛汭 : 洛水가 황하로 들어가는 곳. 물줄기가 합쳐서 굽어진 곳, 물굽이. 夏 太康이 덕을 잃고 洛水에서 농사지었다. 10년 되어도 돌아오지 않자 後羿가 쫓아내었다. ≪尙書 · 五子之歌≫에 보인다.

非 : 全詩校에서는 '悲'로 되어 있다.

8 渭濱遊 : 015의 주석 13 참고

9 禽荒 : 사냥에 깊이 빠지다.

018 春日望海[1]

봄에 바다를 바라보며

披襟眺滄海	옷깃을 풀어 헤치고 넓고 푸른 바다를 바라보네
憑軾玩春芳	수레 앞 횡목에 기대서 봄날 향기로움 음미하네
積流橫地紀[2]	대지 위에 흐르는 물 이리저리 흘러가고
疏派引天潢[3]	멀리서부터 흘러오던 긴 강줄기는 은하수를 끌어왔나
仙氣凝三嶺[4]	신선의 기운 세 개의 神山 위에 모아져 있고
和風扇八荒[5]	바람은 팔방의 머나먼 곳에서 불어오네
拂潮雲布色	조류를 스치고 간 구름 빽빽하고
穿浪日舒光	물보라를 꿰뚫고 붉은 해 사방에 비치네
照岸花分彩	바다 언덕 위의 신선한 꽃 오색찬란하게 비치고
迷雲雁斷行	미혹한 구름에 기러기는 무리에서 떨어져 날아가네
懷卑運深廣[6]	바다 지세가 낮지만 그 속은 깊고 넓지
持滿守靈長[7]	바다 가득 차 있어 오랫동안 지킬 수 있지
有形非易測	모습은 있는데 추측하기 어려워
無源詎可量	발원지 어디인지 어찌 헤아릴 수 있겠는가
洪濤經變野[8]	큰 파도 지나가면 창해는 들판으로 변하여
翠島屢成桑	수많은 푸른 섬들이 여러 차례 뽕나무 밭으로 변했었지
之罘思漢帝[9]	之罘山 위에 서서 한무제를 생각하고
碣石想秦皇[10]	碣石山 위에 서서 진시황을 생각하네
霓裳非本意[11]	무지개 옷을 입고 신선이 된 것 내 뜻이 아니니
端拱且圖王[12]	단정히 손 모아 좋은 황제 될 생각만 할 뿐이네

✿ 주석

1 春日望海 : 許敬宗의 奉和詩에 의거하면 "韓夷愆奉贐, 憑險亂天常.(韓의 오랑캐는 조공 받들기 실패했고, 위험한 곳에 기대어 하늘의 이치 어그러졌네.)", 楊師道의 奉和詩에 의거하면 "龍擊驅遼水, 鵬飛出帶方.(용은 요수를 쳐서 몰아내고, 붕새는 대방으로 날고 있네.)" 等의 시구로 볼 때 당시 貞觀 19年(645) 봄에 高麗를 정벌하러 가는 도중에 지어졌다.

2 地紀 : 땅의 질서. ≪莊子 · 說劍≫ : "위로는 뜬 구름 무너지고 아래로는 땅의 질서 끊어졌네." 紀, 全詩校에서는 '軸'로 되어 있다.

3 天潢 : 은하수를 말한다.

4 三嶺 : 전설 중에 東海에 있는 세 명의 神이 있는 山으로 蓬萊, 方丈, 瀛洲를 가리킨다. ≪史記 · 封禪書≫에 보인다.

5 八荒 : 八極이다. ≪說苑 · 辨物≫ : "八荒 안에 四海가 있고, 四海 안에 九州가 있고, 천자는 中州에 있으면서 八荒을 통제할 뿐이다."

6 懷卑 : 바다의 위치가 내려가 있는 것을 가리킨다.

7 持滿 : 가득하고 풍성한 자리에 처해 있다.

8 變野 : 滄海가 변해서 뽕나무 밭이 되었다.

9 之罘 : 芝罘山으로 山東의 煙台市에 있다.

10 碣石 : 山 이름. 원래는 지금의 河北 樂亭縣 경내에 있는데 후에 침수하여 바다로 들어갔다. 秦始皇 32년에 동쪽으로 순행하다 이 산에 올라 기념으로 돌에 그 공로를 조각해 놓았다. ≪史記 · 秦始皇本紀≫에 보인다.

11 霓裳 : 신선이 무지개로 옷을 입었다. 굴원의 <九歌 · 東君> : "青雲衣兮霓裳, 擧長矢兮射天狼.(청운의 옷 백예의 치마로 긴 화살을 들어서 천랑별을 쏘았네.)"

12 端拱 : 단정하게 옷을 입고 두 손을 모으고 무위의 정치를 한다.

019 臨洛水

낙수 가에서

春蒐馳駿骨[1]	봄날 사냥하는 준마 질주하다가
總轡俯長河	말고삐 움켜쥐고 양자강을 내려다보네
霞處流縈錦	노을 빛 비추는 수면 비단이 이리저리 흘러다니는 듯
風前瀁卷羅	바람 앞에 아름다운 비단자락 출렁이는 것 같네
水花翻照樹	물가의 꽃송이 흔들거리며 나무를 비추고
堤蘭倒插波	제방둑의 난초는 파도 속에서 거꾸로 비추어 주네
豈必汾陰曲[2]	어찌 분수 남쪽의 강가이어야 하나
秋雲發棹歌	가을 하늘 구름 속에서 한무제의 <秋風辭> 불러본다

✿ 주석

1 春蒐 : 봄철 사냥.

2 "豈必" 二句 : 한무제가 河東을 순행하며 汾河를 건너면서 ≪秋風辭≫를 지었다. 그중에 "秋風起兮白雲飛(가을바람 일어나고 흰 구름 떠다녀)", "泛樓船兮濟汾河.(누각선 띄우고 분하를 건너네.)", "簫鼓鳴兮發棹歌.(퉁소와 북을 울리며 뱃노래 부르네.)"의 句가 있다. ≪文選≫ 卷45에 있다.

020 望終南山[1]

종남산을 바라보며

重巒俯渭水	쭉 이어진 산봉우리에서 渭水를 내려다보니
碧嶂插遙天	푸른색 봉우리는 창공을 가리키네
出紅扶嶺日	산등성 위 아름다운 꽃 고개 위의 붉은 해 맞이하고
入翠貯巖煙	쌓여 있는 구름 연기는 더욱 푸르름 더하네
疊松朝若夜	층층이 쌓인 소나무에 아침이 저녁같고
複岫闕疑全	겹겹이 쌓인 산봉우리 궁궐인지 의심스럽네
對此恬千慮	이런 아름다운 경치 대하면 온갖 근심 다 사라지니
無勞訪九仙[2]	전설 속의 아홉 신선을 찾아가려고 힘쓰지 않을 것이다

✿ 주석

1 終南山 : 오늘날 陝西 西安市 東南쪽에 있다.

2 九仙 : 道家에서 신선의 경지에 있는 선인을 아홉 등급으로 나누는데 : 一.上仙, 二.高仙, 三.大仙, 四.玄仙, 五.天仙, 六.眞仙, 七.神仙, 八.靈仙, 九.至仙 모두 9仙이 있다. ≪雲笈七籤≫ 卷3에 보인다.

021 元日

설날

高軒曖春色	높고 높은 창을 통해 들어오는 따뜻한 봄빛
邃閣媚朝光	깊고 깊은 규방 안에 흘러넘치는 아름다운 새벽빛
彤庭飛綵旆[1]	붉게 색칠한 궁중의 정원에 오색 깃발 춤을 추고
翠幌曜明璫	비취빛 휘장에 빛나는 귀걸이 비치네
恭己臨四極[2]	공손하게 사방의 인민들 보살피고
垂衣馭八荒[3]	손 맞잡고 자연스럽게 세상 끝까지 잘 다스려야지
霜戟列丹陛[4]	차가운 서리같은 창 붉은 계단 위에 줄지어 있고
絲竹韻長廊	관현악 소리 긴 복도에 은은한 소리 더하네
穆矣薰風茂[5]	장엄하고 엄숙한 대전에 따뜻한 바람 가득하고
康哉帝道昌[6]	창성하고 위대한 제왕의 덕행 풍성하네
繼文遵後軌	훗날 군왕들 따르도록 계속 인문으로 다스리며
循古鑒前王	선왕을 본받아 옛 제도 받아들이네
草秀故春色	초목의 빼어남 해마다 오는 봄 더욱 아름답게 하고
梅豔昔年妝	매화의 아리따움 작년의 분장으로 더욱 요염하네
巨川思欲濟[7]	거대한 강물 어떻게 건널까
終以寄舟航	결국 그렇게 배를 저어 가야 하지 않겠나

주석

1 彤庭 : 궁중의 정원에 붉은 색을 칠했다.

2 恭己 : 성인이 德을 공경하는 모습. ≪論語・衛靈公≫ : "無天爲以治者, 其舜也與. 夫何爲哉, 恭己正南面而已矣.(아무것도 하지 않고 잘 다스리는 자는 순임금이었다. 그 분은 무엇을

했나? 오로지 자신을 공손히 하고 바르게 南面하고 앉아 계셨을 뿐이었다.)"
四極 : 四方이다.
3 垂衣 : 억지로 하지 않으면서 다스린다. ≪易 · 系辭下≫ : "黃帝, 堯, 舜이 垂衣裳而天下治. (황제, 요, 순임금은 의상을 드리우고 앉아 있어도 천하가 잘 다스려졌다.)"
4 丹陛 : 붉은 색으로 칠한 계단으로 천자가 거처하는 곳을 말한다.
5 薰風 : 006 주석 11 참고.
6 康哉 : 나라가 편안하고 백성들이 편안하다.
7 "巨川" 二句 : 013 주석 5 참고.

022 初春登樓卽目觀作述懷

이른 봄에 누각에 올라 생각에 잠겨

憑軒俯蘭閣[1]　　난간에 기대어 누각을 바라보는데
眺矚散靈襟[2]　　멀리 바라보니 묘한 마음 흩어지는구나
綺峰含翠霧　　아름다운 산봉우리 비취빛 안개 머금고
照日蕊紅林　　햇빛 받아 숲 속의 꽃봉오리 눈부시게 아름답네
鏤丹霞錦岫　　아름다운 산 계곡엔 붉은 노을 조각해 놓은 듯 하고
殘素雪斑岑　　산봉우리 위 희끗희끗 남아 있는 눈으로 산은 얼룩얼룩
拂浪堤垂柳　　파도가 스치듯 제방에 축 늘어진 버들가지 펄럭이고
嬌花鳥續吟　　아름답고 화려한 꽃 속에서 새들은 서로 화답하네
連甍豈一拱　　집 꼭대기 서로 연결되는데 어찌 한두 채의 집일까
衆幹如千尋　　많은 도로가 천길 만길 서로 통하여 있네
明非獨材力[3]　　분명히 이 모든 게 나 한 사람의 공적은 아니지
終藉棟梁深　　결국 동량 깊은 곳에 의지하며
彌懷矜樂志[4]　　향락을 추구할 생각은 없네
更懼戒盈心[5]　　더욱 나 자신의 오만과 자만심 경계하니
愧制勞居逸　　부끄럽게도 한가롭게 거할 곳을 계획했는데
方規十產金[6]　　바야흐로 열 집 재산의 규모였구나

✿ 주석

1 憑軒：난간에 기대다.
2 靈襟：기묘한 생각.
3 獨材：하나의 나무. ≪愼子・知忠≫："廊廟之材，蓋非一木之枝也.(조정의 재목은 한 나무

의 가지로 될 수는 없다.)"

4 矜樂 : 편안히 지내는 것을 경계하다.

5 戒盈 : ≪易・謙≫ "天道虧盈而益謙, 地道變盈而流謙, 鬼神害盈而福謙, 人道惡盈而好謙.(하늘의 도는 많은 것을 덜고 부족한 것을 보태주고, 땅의 도는 높은 데를 깎고 낮은 데로 흐르게 하고, 신령의 도는 부자한테 화를 주고 가난한 자에게 복을 주게 하고, 인간의 도는 오만한 자를 증오하고 겸손한 자를 좋아한다.)"

6 十産金 : 한 文帝가 늘 露臺를 만들고 싶었는데 만드는 자가 百金의 값을 매겼다. 文帝가 말하길 : "百金은 중간계층 백성들 열 집안의 재산이다. 내가 옛 임금의 궁실을 받드는데 그것을 부끄럽게 생각한다. 臺로 무엇을 하려고 하는 것인가!" 하고는 그만두었다. ≪史記・文帝紀≫에 보인다.

023 首春[1]
이른 봄

寒隨窮律變[2]	차가운 기운은 계절의 변화에 따라 가버리고
春逐鳥聲開	봄날은 새의 노랫소리 쫓아 시작되었구나
初風飄帶柳	처음 부는 바람 실가지 같은 버들가지 나부끼고
晩雪間花梅[3]	늦게 내린 눈꽃은 매화꽃 사이에 앉았네
碧林靑舊竹	푸른 숲 속에 작년의 대나무는 여전히 푸르고
綠沼翠新苔	녹색의 늪가 새로 자란 파란 이끼는 비취빛이네
芝田初雁去[4]	신선의 밭에 방금 기러기 날아갔는데
綺樹巧鶯來[5]	아름다운 숲 속에 묘하게도 꾀꼬리가 날아왔구나

✿ 주석

1 首春 : 봄 중에서도 가장 이른 봄, 정월을 말한다.
2 窮律 : 옛날에 12음률로 1년에 12달을 배치하였다. 음악의 12율(律)과 1년의 12달이 서로 짝을 이루어 窮律이라 했다.
3 晩 : 全詩校에서는 '曉'라 했다.
4 芝田 : 仙人이 芝草를 심은 밭이다. ≪十洲記≫와 ≪拾遺記≫ 卷10에 보인다. 이것은 田園의 미칭으로 사용하였다.
5 巧 : 全詩校에서는 '未'라 했다.

024 初晴落景

맑게 개인 저녁 경치

晩霞聊自怡	저녁 노을 잠시 한가롭게 즐기니
初晴彌可喜	비 온 후 맑은 경치 정말 아름답구나
日晃百花色	햇빛은 온갖 꽃에 내리 쬐이고
風動千林翠	산들바람 푸른 숲 속에 불어오네
池魚躍不同	연못의 고기들은 수면 위로 올라왔다 사라지고
園鳥聲還異[1]	동산의 새들은 저마다 울어 재끼네
寄言博通者	박식한 자에게 한마디 부친다면
知予物外志[2]	내 마음 세상 밖에 있다는 걸 알아주게

✿ 주석

1 "園鳥"句 : 謝靈運의 ≪登池上樓≫의 "園柳變鳴禽.(동산의 버들가지 변하니 새가 우네.)"의 句의 뜻을 본땄다.

2 物外 : 몸을 세상일 밖에 두다. 현실 생활에 등지다 張衡 <歸田賦> : "苟縱心於物外, 安知英辱之所如.(마음을 멋대로 세상 밖에 두니 어찌 세상의 영화로움과 욕됨이 하고자 하는 바를 알겠는가.)"

025 初夏

초여름

一朝春夏改	하루아침에 봄이 여름으로 바뀌고
隔夜鳥花遷	하룻밤에 새와 꽃들의 모습이 변했구나
陰陽深淺葉	양지와 음지의 나뭇잎 옅어졌다 짙어지고
曉夕重輕煙	아침저녁 구름은 가벼웠다 무거웠다
哢鶯猶響殿[1]	꾀꼬리는 궁전 주변을 맴돌며 울어대고
橫絲正網天	거미줄은 하늘에 망을 쳐 놓았네
佩高蘭影接	고결한 난초 허리에 차니 그림자도 이어지고
綬細草紋連	인장 매는 가느다란 풀 무늬가 이어졌네
碧鱗驚棹側	푸른 비늘 노 젓는 배 옆에서 놀라 파닥이고
玄燕舞簷前	검은 제비는 옥탑 앞에서 춤을 추네
何必汾陽處[2]	하필 汾水의 북쪽이랴
始復有山泉	이곳도 맑고 차가운 산천이 있는데

✿ 주석

1 哢 : 새가 운다.

2 汾陽 : ≪莊子・逍遙遊≫ : "堯治天下之民, 平海內之政,往見四子藐姑射之山, 汾水之陽, 窅然喪其天下焉.(요임금은 천하의 백성들을 다스리고 정치를 고르게 한 다음 분수의 북쪽 막고야 산에서 네 명의 신선을 만나 보고는 그만 멍하니 천하를 잊어 버렸다.)" 四子는 許由 등 4명의 隱士를 말한다.

026 度秋

가을로 들어서며

夏律昨留灰[1]	어제는 여전히 여름이었는데
秋箭今移晷[2]	오늘 이미 가을이 되었네
峨嵋岫初出	아미산 계곡에 서늘한 느낌 생기고
洞庭波漸起[3]	동정호에 파도가 일어나네
桂白發幽巖	하얀 계수나무 꽃 그윽한 계곡에서 향기를 내뿜고
菊黃開灞涘[4]	황금빛 국화꽃 파수 강변에 활짝 폈네
運流方可歎	바야흐로 세월의 흐름에 놀라울 뿐
含毫屬微理	붓을 물고 조그만 이치를 따져 봐야지

✿ 주석

1 "夏律"句 : 004 주석 3 참고.

2 秋箭 : 가을날을 비유함.
箭은 물시계 가운데 시각을 표시하는 화살.
晷 : 그림자, 시간, 해시계 등을 말하는데 여기에서는 해시계를 가리킴.

3 洞庭波 : 屈原 ≪九歌・湘夫人≫ : "洞庭波兮木葉下.(동정호 물결치고 나뭇잎 떨어지네.)"

4 灞涘 : 灞水를 가리키는데 陝西성 藍田현에서 발원하는 강이다.

027 儀鸞殿早秋[1]

의난전의 이른 가을

寒驚薊門葉[2]	薊門의 낙엽은 추위에 놀라 떨어지고
秋發小山枝[3]	계수나무 가지 가을에 무성하네
松陰背日轉	소나무의 그늘진 곳 햇빛을 등지고 있고
竹影避風移	대나무 그림자 바람을 피해 이동하네
提壺菊花岸	술잔을 들고 국화 피어 있는 언덕을 걷다가
高興芙蓉池[4]	연꽃 핀 연못가를 걸으니 높고 우아한 홍취 이는구나
欲知涼氣早	만약에 차가운 기운 일찌감치 알았다면
巢空燕不窺	제비 떠난 빈 둥우리 살피지 않았을 것을

✿ 주석

1 儀鸞殿 : 東都 洛陽 宮城의 서북쪽에 있다. ≪唐六典≫ 卷7에 보인다.

2 薊門 : 薊丘를 가리킨다. 유적지는 지금의 北京城 서남쪽에 있다.

3 小山枝 : 계수나무 가지이다. 淮南小山 <招隱士>에 "桂樹叢生兮山之幽(계수나무 무더기로 나니 산이 그윽하고)" "攀援桂枝兮聊淹留.(계수나무 가지에 기어올라 잠시 오랫동안 머무네.)"의 句가 있다.

4 高興 : 높고 우아한 홍취이다.

028 秋日卽目[1]

가을에

爽氣浮丹闕	맑고 상쾌한 공기가 새빨간 궁궐 위에 떠돌고
秋光澹紫宮[2]	가을빛은 자줏빛 궁을 편안하게 비춰주네
衣碎荷疏影	옷은 드문드문 연잎 그림자에 부서지고
花明菊點叢	국화 더미 속에서 꽃은 밝게 피었네
袍輕低草露	두루마기 옷깃은 가볍게 풀 위의 이슬방울 스치고
蓋側舞松風	수레 덮개의 주렴 소나무에 이는 바람으로 춤을 추네
散岫飄雲葉	산봉우리의 흩어진 구름사이에 이파리 나부끼고
迷路飛煙鴻	희미한 작은 길의 기러기는 안개 속을 날아가네
砌冷蘭凋佩	층계에 맑고 차가운 난꽃 시들어 떨어지고
閨寒樹隕桐	규방의 차가운 나무에도 오동잎 떨어지네
別鶴悽琴裏[3]	別鶴調 곡조의 거문고 소리가 슬픈데
離猿啼峽中[4]	삼협의 원숭이는 협곡에서 구슬피 울어재끼네
落野飛星箭	거친 들판에 유성이 화살처럼 빠르게 날아가고
弦虛半月弓	하늘에 걸린 반달 활 시위처럼 굽었네
芳菲夕霧起	향기는 저녁 무렵 안개 따라 퍼지고
暮色滿房櫳	집 안에는 저녁빛만 가득하구나

✿ 주석

1 全詩校에는 英華의 作 <秋日卽事>로 되어 있음.

2 紫宮 : 황궁의 별칭.

3 別鶴 : 樂府의 琴曲 이름이다. 商의 陵牧子가 아내를 얻었는데 5년이 지나도 자식이 없자

부모가 다시 그를 장가보냈다. 이에 牧子가 琴을 켜며 한탄하여 부른 노래가 別鶴이다. ≪古今注≫ 卷中에 보인다.

4 "離猿"句 : ≪水經注 · 江水≫에 "三峽에서 "常有高猿長嘯, 屬引淒異." 故漁者歌曰 : "巴東三峽巫峽長, 猿鳴三聲淚沾裳."(삼협에서 "늘 큰 원숭이가 울었는데 특별히 처량하였다" 그래서 어부가 노래하길 "파동 삼협의 무협은 길기도 해라 원숭이 세 번 우니 눈물로 옷이 젖네.")"

029 山閣晩秋

늦은 가을 산의 누각에서

山閣秋色滿	山의 정자에 가을색 만발하고
巖牖涼風度[1]	누각 창문에 차가운 바람 이네
疏蘭尙染煙	드문드문 난초꽃 위에 여전히 연기와 안개 걸려 있고
殘菊猶承露	시든 국화꽃 위에는 아직도 이슬방울 걸려 있네
古石衣新苔	오래된 바위 위에 새로운 이끼 덮여 있고
新巢封古樹	새롭게 만든 둥지는 옛 나무에 걸려 있네
曆覽情無極	사방을 둘러보니 감흥은 끝이 없는데
咫尺輪光暮[2]	가까운 곳에서 해는 기울어 황혼이 되었구나

주석

1 巖牖 : 산의 누각에 있는 창문.

2 咫尺 : 全詩校에서는 '只畏'으로 되어 있음.
輪光 : 태양.

030 秋暮言志

가을이 저물 때

朝光浮燒野	새벽빛 타버린 들판 위에 떠있고
霜華淨碧空	차가운 서리 푸른 하늘을 깨끗이 씻어주네
結浪冰初鏡	물보라는 막 살얼음으로 응고되어 거울 같고
在逕菊方叢	좁은 길가엔 국화꽃 무리지어 피었네
約嶺煙深翠	어렴풋한 산봉우리 안개 깊어 비취색 띠고
分旗霞散紅	갈라진 깃발 노을 흩어져 붉어졌네
抽思滋泉側[1]	강태공이 낚시하던 자천 강가에서 옛 생각 해보니
飛想傅巖中[2]	부열이 부암에서 선발된 이야기가 생각나는구나
已獲千箱慶[3]	농부들은 이미 가을 풍작을 했는데
何以繼薰風[4]	나는 君王으로서 어떻게 옛 성인인 堯舜을 계승할까

주석

1 滋泉：샘물 이름으로 지금 陝西 寶鷄市 동남쪽에 있음. ≪呂氏春秋・謹聽≫："太公釣於滋泉, 遭紂之世也, 故文王得之而王.(태공이 자천 물가에서 낚시하고 있을 때는 紂의 세상이었다. 문왕이 그를 만나 천하의 왕이 되었다.)"

2 傅巖：지금 山西 平陸縣 東쪽에 있음. "傳說操築於此, 殷高宗得之, 命爲相, 致殷中興.(부열이 여기에서 담을 쌓고 있었는데 은 고종이 그를 만나 재상으로 삼았다. 이후 은나라가 발전하게 되었다.)" ≪尙書 說命≫에 보인다.

3 千箱慶：≪詩・小雅・甫田≫："乃求千斯倉, 乃求石斯箱, 黍稷稻粱, 農夫之慶.(이에 많은 창고 장만해 놓고 많은 수레 준비하는데 메기장 차기장 벼 수수 잘됨이 농부들의 복이네.)"

4 薰風：006 주석 11 참고.

031 喜雪

즐겁게 눈을 맞이하다

碧昏朝合霧	파란 하늘 이른 아침은 안개로 희미하고
丹卷暝韜霞	붉은 노을은 어두침침하게 숨어 있네
結葉繁雲色	번다한 구름 나무에 맺혀 있고
凝瓊徧雪華	얼어붙은 옥구슬에 눈꽃 송이 쌓이네
光樓皎若粉	하얀 눈송이는 누각을 더 빛나게 하고
映幕集疑沙	모아져 주렴 비추는데 모래인가 의심하네
泛柳飛飛絮[1]	눈꽃 송이 버들가지 춤추는 듯 떨어지고
妝梅片片花[2]	눈꽃도 뭉게뭉게 핀 매화를 단장시키는구나
照璧台圓月	누대 위의 둥근 달도 옥 같은 눈송이 비춰주고
飄珠箔穿露	눈송이 주렴의 장막을 장식하여 이슬구슬 맺혔네
瑤潔短長階	선경 瑤池와 같이 깨끗하고 긴 층계에
玉叢高下樹	빽빽하게 모인 옥구슬 높고 낮은 나무들
映桐珪累白[3]	층층이 쌓여 있는 하얀 옥이 오동잎을 비쳐주고
縈峰蓮抱素	연꽃이 깨끗함을 안고서 산봉우리 에워싸네
斷續氣將沈	눈발은 끊어졌다 이어지면서 지려하고
徘徊歲雲暮	이리저리 배회하며 한 해의 끝자락에 와 있네
懷珍愧隱德	마음속에 진귀한 보물 품었으나 부끄러워 덕을 감추네
表瑞佇豐年	상서로움 나타났으니 오랫동안 풍년이길
蕊間飛禁苑	궁 뜰에 꽃봉오리가 사이사이 날고
鶴處舞伊川[4]	仙鶴은 伊水 유역에서 춤을 추고 있네
儻詠幽蘭曲[5]	마음대로 <幽蘭曲>을 노래하고

同歡黃竹篇[6]　　　　우아한 <黃竹篇>으로 즐거워하자

✿ 주석

1 飛飛絮 : 버들가지가 날리며 떨어지는 것 같다. 晉代 謝道蘊이 일찍이 "未若柳絮因風起.(버들가지 바람 때문인 것 같지 않네.)"의 구절을 이용하여 눈을 읊었다. ≪世說新語 · 言語≫에 보인다.

2 妝梅 : 梅花로 치장하다. 宋武帝의 딸 壽陽공주가 이 치장을 처음으로 했다. 후인들이 모방했다고 한다. ≪禦覽≫ 卷970 引 ≪宋書≫.

3 桐珪 : 008 二首 주석 4 참고.

4 鶴處舞 : 全詩校에서는 '舞處憶'으로 되어 있음
伊川 : 洛陽 이남 伊水 유역이다.

5 幽蘭曲 : 거문고 曲 이름이다. 전설에 孔子가 衛에서 魯로 돌아오는데 산 계곡에서 난초향기가 무성한 것을 보고 이 곡을 지었다고 한다. ≪琴操≫에 보인다. 宋王의 ≪諷賦≫에 臣援琴而鼓之하여 <幽蘭>, <白雪>의 곡이 이루어졌다.

6 黃竹 : 시 편명이다. 전설에 周穆王이 남쪽에서 유람했는데 "日中大寒, 北風雨雪, 有凍人, 天子作詩三章以哀民.(대한이라 북풍에 눈이 내리니 동상에 걸린 사람이 있어 천자가 시 3장을 지어 백성들을 위로하였다.)" 그 첫 句가 "我徂黃竹"이므로 후에 세상에서 제목을 <黃竹詩>라고 하였다. ≪穆天子傳≫ 卷5에 보인다.

032 秋日斅庾信體[1]

가을에 유신체를 가르치다

嶺銜宵月桂[2]　산 고개의 달은 계수나무 머금고
珠穿曉露叢　새벽이슬 방울들 구슬로 꿰어 놓았네
蟬啼覺樹冷　매미 울다가 나무 차가워짐 느끼고
螢火不溫風　반딧불 있으나 따뜻한 바람 없구나
花生圓菊蕊　둥근 국화 꽃봉오리 속에서 국화꽃 아름답게 피고
荷盡戲魚通　연꽃 시들어 떨어지나 고기들은 즐겁게 노니는구나
晨浦鳴飛雁　새벽 강가에 기러기 날며 울다가
夕渚集棲鴻　저녁 무렵 모래섬에 떼 지어 잠이 들고
颯颯高天吹　높은 하늘 가을바람 스산한데
氛澄下熾空　왕성한 하늘 맑고 깨끗하기 그지없네

✿ 주석

1 ≪全唐詩≫ 제목 아래의 주석에는 ≪淳化閣帖≫에서 나왔는데 ≪淳化閣帖≫ 제목 위에 “五言”이라고 두 字가 있다.
庾信(513~581) : 字는 子山이고 南陽新野(지금의 河南)人이다. 벼슬은 梁에서는 太子中允이 되었고, 출사하여 西魏에서 머무르며 여러 차례 驃騎大將軍・開府儀同三司의 직책을 맡아 세상에서는 庾開府라고 칭하기도 했다. 어렸을 때부터 문장을 잘 썼고, 徐陵과 이름을 같이 하여 세상에서는 徐庾體라고 했다. 만년에 시부는 고향을 그리는 시를 많이 썼고 풍격은 힘차면서도 쓸쓸했다. ≪庾子山集≫이 있다. ≪周書≫ 卷41에 전한다.

2 月桂 : 전설에 달 속에 계수나무가 있다는 것이다. ≪初學記≫ 卷1의 虞喜의 <安天論>을 인용했다.

033 賦尙書[1]

상서를 읽으며

崇文時駐步[2]	숭문관에서 때때로 발걸음 멈추었는데
東觀還停輦[3]	동관에서 또 수레 멈추네
輟膳玩三墳	밥 먹는 것도 잊고 옛 경전에 빠지고
暉燈披五典[4]	등불 아래에서 고적을 읽었지
寒心覩肉林[5, 6]	주지육림의 역사를 읽으며 간담이 서늘해지고
飛魄看沉湎	주색 탐한 우둔한 임금 보고 내 혼은 달아나 버렸네
縱情昏主多	마음대로 하는 군왕이 참으로 많고
克己明君鮮	자기를 억제하는 현명한 임금은 드물구나
滅身資累惡	몸이 멸망하는 원인은 죄악을 거듭 범했기 때문이고
成名由積善	좋은 명성 이룸은 착한 덕을 쌓았기 때문이지
旣承百王末	나는 역대 성왕을 이어받아
戰兢隨歲轉[7]	두려워하며 또 일 년을 지내야지

주석

1 尙書 : 현존하는 책 중 가장 이른 시기인 上古시대의 문헌과 문장의 총집. 孔子가 편찬하여 만들었다고 전한다.

2 崇文 : 숭문관(관청 이름).

3 東觀 : 東漢 때 궁중에서 책을 보관하고 저술하던 곳. ≪後漢書・安帝紀≫와 ≪竇章傳≫에 보인다.

4 五典 : 全詩校에서는 "日昃玩百篇, 臨燈披五典.(해가 서쪽으로 기울면 百篇을 가지고 놀고, 등불 앞에서는 五典을 펼쳐보았다.)"로 되어 있다.

三墳・五典 : 전설로 중국에서 최초의 전적을 말함. ≪左傳・昭公12년≫에 보임.

5 肉林 : 고기를 내걸어 숲을 만듦. 전설에 殷 紂王이 고기로 숲을 만들고 술로 연못을 만들

어 밤 내내 먹고 즐겼다고 한다. ≪史記·殷本紀≫에 보임.

6 “寒心” 二句 : 全詩校에서는 “夏康旣逸豫, 商辛亦沈湎.(夏康은 편안하게 즐기고, 商辛은 주색에 빠졌다.)”로 되어 있다.

7 戰兢 : 전전긍긍을 줄인 말이다. ≪詩·小雅·小旻≫ : “戰戰兢兢, 如臨深淵, 如履薄冰.(두려워하듯 조심하기를 깊은 못에 임하듯, 엷은 얼음판 밟듯 하네.)”

034 詠司馬彪續漢志[1]

사마표의 속한지를 읽으며

二儀初創象[2]　천지가 처음 창조 될 때
三才乃分位[3]　天地人은 각각 제 위치에 있었지
非惟樹司牧[4]　관직을 세우지 않았어도 백성을 어루만지고
固亦垂文字　당연히 문자도 전하여 내려왔네
綿代更膺期　대대로 이어오면서 신령한 계시를 받아
芳圖無輟記　신기한 예언책도 끊이지 않고 기록되었네
炎漢承君道　漢 왕조는 성군의 도를 계승하였고
英謨纂神器[5]　뛰어난 모략을 이용하여 제위를 계승하였네
潛龍既可躍[6]　잠복한 용이 마침내 뛰어오를 때
逵兔奚難致[7]　큰길 가운데 있던 토끼 잡기가 어려웠을까
前史殫妙詞　앞 시대 좋은 역사 아름다운 문장으로 다 써버리고
後昆沈雅思　뒤에 오는 현명한 자도 우아한 언어를 생각하네
書言揚盛跡　저술한 것은 성세사적을 찬양하기 위함이고
補闕興洪志　웅대한 뜻을 고취시키기 위해 보충해서 썼네
川谷猶舊途　산천계곡은 옛 그대로이고
郡國開新意　군현제후는 활기가 넘치는구나
梅山未覺朽[8]　梅山은 썩을 생각을 안하는데
穀水誰雲異[9]　穀水는 누가 구름 다르다 했나
車服隨名表　수레와 복장은 명분에 따라 드러나고
文物因時置　문물은 시대에 따라 변하는 구나
鳳戟翼康衢[10]　봉황 그려진 창은 사통팔통 뚫린 길 보호하고

鑾輿總柔轡[11]	천자 수레의 말고삐 유연하고 우아하게 움직이네
清濁必能澄	맑고 흐림 중 결국은 반드시 맑게 해야 하고
洪纖幸無棄	크고 작은 것 다행히 하나도 버리지 않았네
觀儀不失序	태도가 질서정연함 보니
遵禮方由事	예의를 받들어야 사업을 이룰 수 있지
政宣竹律和[12]	정치가 맑고 음악도 잘 조화되어 아름답고
時平玉條備[13]	시대는 평안하고 모든 게 순조롭네
文囿雕奇彩[14]	문예의 전당 기이하고 아름답게 새기었고
藝門蘊深致	각종 예술 깊고 심오하네
雲飛星共流	구름 흩날리고 별은 빛나고
風揚月兼至	바람불고 달빛도 함께 비치네
類禋遵令典[15]	天神께 제사하며 아름다운 예로 받들고
壇壝資良地[16]	임시로 묵는 궁전도 좋은 곳을 선택했네
五勝竟無違[17]	五行이 서로 조화되어 모든 게 순조롭고
百司誠有庇	백관들 서로서로 보호하네
粵予承暇景	나는 이 아름답고 한가한 틈에
談叢引泉秘[18]	옛 이야기 이끌어 심오한 진리를 이야기하네
討論窮義府[19]	모두들 ≪詩經≫, ≪尙書≫를 끝없이 이야기하며
看覈披經笥[20]	깊이 들어가 토론하다가 모두들 책을 뒤적이네
大辨良難仰[21]	심오한 견해는 확실히 우러러 보기 어렵고
小學終先匱	학식이 얕은 자는 여전히 배워야 하네
聞道諒知榮	대도를 듣고서야 영화로움 깨닫고 이해하니
含毫孰忘愧	붓을 잡고 누가 부끄러움 잊겠는가

✿ 주석

1 司馬彪(?~約 306) : 字, 紹統, 河內溫縣(지금의 河南) 人이다. 秘書郎・丞을 역임했고 散騎待郎을 맡았다. 일찍이 ≪續漢書≫를 지어, 紀, 志, 傳 모두 80편을 저술하며 동한 일대 역사적인 일을 기술했다. 梁時代에 劉昭가 그중에 八志를 範曄 ≪後漢書≫에 집어넣어 함께 주석을 달았다. 紀, 傳은 일찍이 없어졌다. ≪晉書≫ 卷82에 전한다.

2 二儀 : 천지를 말한다.

3 三才 : 옛날에 天, 地, 人을 합해서 三才라 칭했다. ≪易・系辭≫에 보인다.

4 司牧 : 백성들을 어루만지며 보살핀다. ≪左傳・襄公14年≫ "天生民而立之君, 使司牧之.(하늘이 백성을 낳아 그를 임금으로 세웠으니 그들을 어루만지고 보살펴야 한다.)"

5 英謨 : 뛰어난 모략.
神器 : 옥새. 황제의 제위를 비유한다.

6 潛龍 : 숨어 있는 용. ≪易・幹卦≫ : "潛龍勿用"의 말이 있다. 후에 성인이 숨어서 나타나지 않거나, 어질고 재주있는 자가 등용받지 못함을 비유하고 있다.

7 逵 : 全詩校에서는 사통팔달로 통하는 길, 기술, 혹은 요행을 바라다. 혹은 그물을 치다의 뜻으로 되어 있다.

8 梅山 : 지금의 河南 新鄭縣 西北에 있다.

9 穀水 : 河南 陝縣에서 발원하여 동쪽으로 흘러 澠水를 경유하여, 澠水, 澗水와 합류하여 洛陽 서쪽에 이르러 洛水로 들어간다.

10 鳳戟 : 봉황 무늬를 조각한 창.

11 鑾輿 : 천자가 타는 수레.

12 竹律和 : ≪呂氏春秋・古樂≫의 기재에 의하면 옛날 황제가 광대에게 명하여 律을 만들게 했다. 광대들은 大夏의 서쪽 阮隃山의 陰(북쪽) 산골짜기에서 대나무를 취해서 두 마디 사이를 잘라 길이가 三寸 九푼으로 만들어 그것을 불었다. 그래서 황종(黃鍾 : 12음률의 하나)의 宮이 되었고 이게 律의 근본이 되었다. 竹律和는 풍년이 들 징조로 때맞춰 비가 오고 바람이 고르게 부는 것을 비유한다.

13 玉條 : "玉律"과 같다. 옛날에 음악에 음율을 맞출 때 대나무를 사용했고 혹은 옥을 사용하기도 했다. 그래서 이름을 얻은 것이다. ≪後漢書・後歷志≫ "候今三泫, … 用玉律十二." 004 주석 3 참고.

14 文囿 : 文苑이다. 유명한 시가나 글귀를 모은 책, 혹은 문인들의 모임을 말하기도 한다.

15 類禋 : 연기를 하늘로 올려 지내던 제사. 천제이다. 정성껏 제를 지내다. ≪說文≫에서는 天神에게 제사를 지내는 것으로 해석하고 있다.

16 壇壝 : 天子가 평지에서 묵기 위해 임시로 지은 궁이다. 즉 흙을 쌓아 높게 세워 단을 만들고 단 밖의 사면을 겹겹이 흙을 쌓아 낮은 울타리를 만들었다.

17 五勝 : 五行이 잘 맞는다.

18 泉秘 : 깊은 비밀. 심오한 것. 唐高祖를 피휘해서 고쳤다.
泉 : 全詩校에서는 '衆'으로 되어 있다.

19 義府 : 詩書를 말한다. ≪左傳 · 僖公27년≫ : "詩書, 義之府也."

20 看覈 : 깊이 들어가 탐구한다.

經笥 : 경서를 넣어둔 상자.

21 大辨 : 깊고 정밀한 식견이다.

035 詠風

바람

蕭條起關塞	적막한 변방에 바람이 일어
搖颺下蓬瀛[1]	하늘하늘 흩날리며 仙境에 도착했네
拂林花亂彩	숲 속 꽃 무더기에 스치니 오색찬란하고
響谷鳥分聲	새는 기뻐하며 노래하니 山谷이 울리는구나
披雲羅影散	구름 비단 옷 걸치니 대지 위에 그림자 흩어지고
泛水織文生	물 위에 물결무늬 짜놓았네
勞歌大風曲	힘써 <大風歌>를 부르니
威加四海淸[2]	온 나라 위엄 더해지고 평온하구나

주석

1 搖颺 : 흩날리다.
蓬瀛 : 蓬萊, 瀛洲 두 산을 합해 불렀다. 전설 속의 동해 가운데 있는 신산(神山)이다. 仙境을 이야기할 때 두루두루 사용된다.

2 威加四海 : 漢高祖 劉邦 ≪大風歌≫에 "威加海內兮歸故鄕.(온 세상에 위험을 떨치고 고향에 돌아왔네.)"의 句가 있다.

036 詠雨

비

罩雲飄遠岫[1]	구름 펄럭이며 먼 산을 뒤덮고
噴雨泛長河	폭우에 큰 강이 잠겼네
低飛昏嶺腹	낮게 나는 구름으로 산봉우리 어둡고
斜足灑巖阿	천천히 내리는 비 산기슭 암석을 때리고 있네
泫叢珠綈葉[2]	옥구슬 물방울 떨어져 이파리에 맺혀 있고
起溜鏡圖波[3]	미끄러져 거울 속에 파문이 이네
濛柳添絲密	가랑비 버들가지에 내려 가느다란 실줄기 더 촘촘하게
含吹織空羅	공중에 그물 짜놓았구나

주석

1 遠岫 : 먼 산.
2 泫 : 물방울이 아래로 떨어짐.
3 溜 : 물이 흘러감.
圖 : 全詩校에서는 '圓'으로 되어 있다.

037 詠雪
눈

潔野凝晨曜	깨끗한 들판 위에 새벽빛이 모여 있더니
裝墀帶夕暉[1]	아름답게 장식된 붉은 섬돌 석양빛으로 덮였구나
集條分樹玉	숲 속의 가지는 옥으로 된 나뭇가지 같고
拂浪影泉璣	물 위에 스치는 파도 샘물 속의 돌멩이를 비추네
色灑妝臺粉	햇빛은 단장한 누대 위를 비추고
花飄綺席衣	눈꽃 송이 아름다운 의자와 옷 위로 떨어지네
入扇縈離匣[2]	부채를 둘러싸고 있는 상자 속으로 들어가
點素皎殘機	베틀 위에 남아 있는 옷감 더욱 희게 점을 찍는구나

✿ 주석

1 墀 : (궁전 등의) 섬돌 위의 뜰, 돌층계.

2 "入扇" 二句 : 班婕妤의 <怨詩>를 인용했다. "新裂齊紈素 皎潔如霜雪. 裁爲合歡扇, 團團似明月. 涼風奪炎熱, 棄捐篋笥中.(새로 흰 비단 재단하니, 희고 깨끗함이 눈과 서리같네. 재단하여 비단 부채 만드니, 둥글둥글 밝은 달과 같구나. 시원한 바람으로 더운 열기 쫓아 주더니, 상자 속으로 버려지는구나.)"
離 : 全詩校에서는 '虛'로 되어 있다.

038 賦得夏首启節[1]

갑자기 찾아온 초여름

北闕三春晩[2]	북쪽의 문루에는 이미 봄이 저물어가고
南榮九夏初[3]	남쪽 처마엔 초여름 기운이네
黃鶯弄漸變	꾀꼬리 우는 소리에 계절이 점점 변해가고
翠林花落餘	파란 숲 속의 꽃들 점점 시들어 떨어지네
瀑流還響谷	폭포는 깊은 계곡에서 요란하게 흘러가니
猿啼自應虛	원숭이도 깊은 산에서 호응하는구나
早荷向心卷	아침 연꽃 가운데로 말려 있고
長楊就影舒	긴 수양버들 그림자 펼쳐 놓았네
此時歡不極	이즈음 즐거움 끝이 없을 때이지
調軫坐相於[4]	거문고 비파 연주하며 우의를 다지자꾸나

주석

1 賦得 : 고인의 시구나 각종 사물을 제목으로 삼으면서 제목 머리에 "賦得" 두 글자를 많이 붙였다. 唐 이후에 시첩시(試帖詩 : 과거에 응시하던 詩體로 古人의 시구를 命題로 하고, 그 앞에 '賦得'이란 두 字를 덧붙여 출제하였다)의 일종이 되었다. 文人들이 모여서 시를 짓는데 詩題를 정하고 韻을 분별하는데도 "賦得"을 사용했다.
夏首 : 초여름이다.
启節 : 계절이 갑자기 바뀌는 것이다.

2 北闕 : 황궁 북쪽의 문루(門樓), 대신들이 아침에 조회를 위해 기다리거나 혹은 상서를 올리던 곳이다.
三春 : 봄 3개월이다.

3 南榮 : 집의 남쪽 처마.
九夏 : 여름 계절 90일.

4 調軫 : 弦을 조율하고 琴을 조율하는 것과 같다. 軫은 현악기의 현을 움직이는 나무기둥이다. 원래는 수레 뒤에 가로로 댄 횡목을 가리킨다. 相於 : 서로 친근하다.

039 賦得白日半西山[1]

해가 서산에 걸려

紅輪不暫駐	붉은 해 멈추지 않는데
烏飛豈復停[2]	까마귀는 날다 어째서 다시 멈췄나
岑霞漸漸落	높은 산 노을빛 점점 사라지고
溪陰寸寸生	시냇물 위의 어둠이 점점 자욱하구나
藿葉隨光轉[3]	콩잎은 햇볕따라 이동하고
葵心逐照傾	해바라기도 햇볕을 좇아 기우는구나
晩煙含樹色	저녁 무렵 옅은 안개 나무 색깔을 띄고
棲鳥雜流聲	돌아와 깃들고자 하는 새와 맑은 물소리가 조화롭구나

주석

1 王粲의 <從軍詩> : "白日半西山, 桑梓有餘暉.(태양은 서산에 반 쯤 걸려 있고, 고향에도 석양빛 있겠지.)"

2 烏 : 태양을 말한다. 전하기로 태양 속에 세 발이 달린 까마귀가 있다고 한다. 그래서 까마귀를 사용해서 태양을 지칭했다.

3 "藿葉" 二句 : 曺植 <求通親親表> : "若葵藿之傾葉, 太陽雖不爲之回光, 然終向之者, 誠也.(마치 해바라기 콩잎이 기우는 것처럼 태양이 억지로 빛을 되돌리지 않아도 끝내 그것을 향하는 것이 사실이다.)" 해바라기 성향은 햇빛을 향하는 것이고 콩잎 또한 일정하지는 않지만 해를 향한다. 해바라기 때문에 같은 종류의 사물이 함께 취급되어진 것이다.

040 置酒坐飛閣[1]

높은 누각에 앉아 술잔 기울이며

高軒臨碧渚	높고 높은 처마 앞에 펼쳐진 비취빛 모래사장
飛檐迥架空	하늘을 날고 있는 처마가 공중에 높이 매달려 있네
餘花攢鏤檻[2]	남아 있는 꽃송이 무늬 새겨진 난간에 모여 있고
殘柳散雕櫳[3]	남아 있는 버들 아름답게 조각한 창가에 흩어지네
岸菊初含蕊	언덕 위의 국화는 처음으로 꽃봉오리 맺혀 있고
園梨始帶紅	뜰에 있는 오얏나무 살며시 붉은 홍조 띠었네
莫慮崑山暗[4]	곤륜산 어두워져도 걱정하지 말게
還共盡杯中[5]	우리 함께 건배하며 좋은 술 마시세

✿ 주석

1 飛閣 : 높은 누각.
2 鏤檻 : 꽃무늬 그림을 조각한 난간.
3 櫳 : 창문. 집을 칭하기도 한다.
4 崑山 : 곤륜산이다.
莫 : 全詩校에서는 '卻'로 되어 있다.
5 還 : 全詩校에서는 '不'로 되어 있다.

041 采芙蓉

부용을 따며

結伴戱方塘	네모난 연못에서 함께 놀다가
攜手上雕航	손을 잡고 아름답게 조각한 배 위에 오르네
船移分細浪	배가 물속으로 이동하니 가는 파도 나누어 부서지고
風散動浮香	바람은 연잎을 움직이며 향기 날리네
遊鶯無定曲	이리저리 노는 꾀꼬리 마음대로 울부짖고
驚鳧有亂行	놀란 물새는 빠르게 숨어버리네
蓮稀釧聲斷[1]	연잎은 드문드문 팔찌 소리에 끊어지고
水廣棹歌長	강물 넓고 넓어 뱃노래 길어지네
棲烏還密樹	잠자려는 까마귀 깊은 숲 속으로 날아들고
泛流歸建章[2]	우리 배도 강물따라 建章宮으로 돌아가네

✿ 주석

1 釧 : 팔찌.

2 建章 : 漢궁전의 이름. 궁전의 규모가 크고 건물이 많다. 궁은 장안성 미앙궁 서쪽에 있다.

042 賦得櫻桃[1]

앵두

華林滿芳景[2]	화림원엔 온통 향기 가득하고
洛陽徧陽春	낙양성에는 봄의 기운 충만하네
朱顔含遠日	홍안 멀리 있는 아침 태양 머금고
翠色影長津	비취빛 그림자 긴 나루터에 비치네
喬柯囀嬌鳥[3]	높고 높은 앵두나무 위에서 새들은 사랑스럽게 울고
低枝映美人	낮고 낮은 나뭇가지는 미인을 비추네
昔作園中實	작년엔 뜰 안에 맺혀 있던 열매
今來席上珍	오늘은 연회 자리에서 맛보네

✿ 주석

1 《全唐詩》 제목 아래 주석에는 “春字韻.”이라고 되어 있다.

2 華林 : 東漢의 宮苑 이름이다. 본 이름은 芳林園이다. 魏의 齊王芳이 이름을 바꾸어 華林園이라 했다. 지금 낙양시 동쪽에 유적이 있다. 여기에서는 唐의 궁원을 가리킨다.

3 喬柯 : 높이 뻗은 가지와 줄기.
囀 : 새가 우는 것이다.

043 賦得李

오얏나무

玉衡流桂圃[1]	옥형성이 계수나무 밭에 비치어
成蹊正可尋[2]	오솔길 만들어 찾아왔네
鶯啼密葉外	꾀꼬리는 빽빽한 숲 속 밖에서 울부짖고
蝶戲脆花心	나비는 부드러운 꽃 숲 위에서 노니네
麗景光朝彩	아름다운 경치 새벽빛에 빛나고
輕霞散夕陰	엷은 저녁노을 석양 아래에 흩어지네
暫顧暉章側[3]	잠시 휘장궁 옆을 바라보다가
還眺靈山林[4]	다시 선산 숲 속을 바라보네

✿ 주석

1 玉衡 : 북두칠성 중에서 다섯 번째 별. ≪藝文類聚≫ 卷86에서 <春秋運鬥樞>를 인용하여 말하길 : "玉衡星散爲李.(옥형성이 흩어져 오얏이 되었네.)"
桂圃 : 계수나무 밭.

2 成蹊 : 옛날 속담에 "桃李不言, 下自成蹊.(복숭아와 오얏은 말하지 않았는데 그 아래에 스스로 오솔길 만들었네.)" ≪史記・李將軍傳贊≫에 보인다. 이로 인해 成蹊는 오얏나무를 대신 칭한다.

3 暉章 : 진나라 궁전 이름. 낙양에 있다.
暉 : 全詩校에서는 '奎'로 되어 있다.

4 靈山 : 仙山이다.

044 賦得浮橋

뜬 다리

岸曲非千里	굽은 언덕길 천리길은 아닌데
橋斜異七星[1]	비스듬히 있는 다리 칠성교와 다르네
暫低逢輦度	잠시 낮아져 황제 수레 지나가고
還高值浪驚	다시 높아져 파도소리 요동치네
水搖文鷁動[2]	파도 부딪힐 때 뱃머리 익조새도 움직이며
纜轉錦花縈	밧줄 움직이니 아름다운 꽃이 에워싸는 듯 하네
遠近隨輪影	멀어졌다 가까워졌다 햇볕 따라 비치고
輕重應人行	무거웠다 가벼워졌다 지나가는 사람 따라 변화하네

주석

1 七星 : 북두칠성. 秦代 李冰이 蜀강에 7개의 다리를 만들었는데 그 위에 7개의 별이 떴다. ≪華陽國志・蜀志≫에 보인다.

2 鷁 : 물새 이름이다. 옛 책에 나오는 해오라기 비슷한 큰 물새. 옛날에 뱃머리에 鷁새를 그려 넣었다. 鷁새는 풍파에 잘 견딘다는 속설이 있다. 鷁 혹은 鷁首라고도 했다.

045 謁並州大興國寺詩[1]

병주에 있는 대흥국사를 보고

回鑾遊福地[2]	수레 돌려 나는 신선이 사는 곳 유람하네
極目玩芳晨	지극히 먼 곳을 바라보며 이 향기로운 새벽을 감상하리
梵鍾交二響[3]	경 읽는 소리와 종소리 두 소리 서로 어울리고
法日轉雙輪[4]	법륜과 태양 두 바퀴가 함께 굴러가네
寶刹遙承露	귀한 사찰 멀리 하늘에서 내려 준 은택받아
天花近足春[5]	하늘에서 내리는 꽃비처럼 내려 봄을 재촉하네
未佩蘭猶小	난꽃 아직 작아 허리에 찰 수가 없고
無絲柳尙新	버들가지 아직 일러 버들 실 길지 않구나
圓光低月殿	둥근 달 낮게 궁전 위에 배회하고
碎影亂風筠	대나무 그림자 바람에 흔들거리네
對此留餘想	이 경치 대하니 갖가지 생각 일어나
超然離俗塵	초연하게 인간 세상 초탈하게 되는구나

주석

1 並州 : 지금 山西 太原市에 있는 곳이다. 大興國寺는 太原에 있다.

2 福地 : 道家에서 神仙이 거하는 곳 72곳을 말한다. ≪元笈七籤≫ 卷27에 보인다. 여기에서는 佛寺를 지칭한다.

3 梵 : 經을 읽는 소리이다.

4 雙輪 : 法輪이다. 불가에서는 석가모니의 설법이 중생들의 나쁜 일들을 파괴할 수 있다고 여겼다. 마치 부처의 둥근 보석이 산악의 암석들을 이리저리 굴려 평평하게 하는 것처럼, 그래서 칭했다.

5 天花 : 전설로 전해지는 佛祖의 설법으로 천신이 감동하여 하늘의 비가 각종 향기로운 꽃들에게 찬란하게 떨어지게 했다. ≪心地觀經・序品偈≫에 보인다.

046 詠興國寺佛殿前幡[1]

흥국사 불전 앞의 깃발

拂霞疑電落	노을이 스쳐지나가니 번개인가 의심되고
騰虛狀寫虹	허공에서 나부끼니 무지개 그려놓은 듯
屈伸煙霧裏	연기와 안개 속에서 굽혔다 폈다
低擧白雲中	흰 구름 속에서 숙였다 들어올렸다
紛披乍依逈[2]	바람 따라 가볍게 날리다 갑자기 먼 곳 의지하니
掣曳或隨風	번개를 잡아당긴 건가 바람을 따라 간 건가
念茲輕薄質	이 가볍고 연약한 것 생각해보니
無翅強搖空	날개 없는데 공중에서 흔들흔들 하네

✿ 주석

1 幡 : 절이나 사원에서 늘 보는 수직으로 거는 좁고 긴 깃발.

2 紛披 : 바람 따라 가볍게 날리는 모양.

047 望送魏徵葬[1]

위징을 장사지내며

閶闔總金鞍[2]	황궁 정문에서 금 안장을 정리하고
上林移玉輦[3]	상림원에서는 임금님 수레 이동하네
野郊愴新別	지금 막 들판에서 이별하니 처량한 마음 가득하여
河橋非舊餞	강 다리 위에서 하는 옛 이별과는 다르구나
慘日映峰沉	서글픈 햇빛 산봉우리 비추다 기울고
愁雲隨蓋轉	애처로운 구름 차 덮개 따라 이동하네
哀笳時斷續	구슬픈 피리 소리 끊어졌다 이어졌다
悲旌乍舒卷	슬픈 깃발 펴졌다 말려지네
望望情何極[4]	아득히 바라보니 내 마음 끝이 없이
浪浪淚空泫[5]	눈물이 그치지 않고 하늘에서 뚝 뚝 떨어지네
無復昔時人	다시는 지난날의 그 사람이 아니니
芳春共誰遣	아름다운 봄 풍경 누구와 함께 감상할까

주석

1 魏徵(580~643) : 字, 玄成, 館陶(지금은 河北)人이다. 어렸을 때 고아였고, 훗날 道士가 되었다. 隋末에 李密을 따라 봉기했으나 密이 패하자 唐에 항복하고 秘書丞이 되었다. 貞觀元年(627) 詹事主簿에게 諫議大夫로 발탁이 되었고, 尙書右丞・秘書監・侍中・左光祿大夫・太子太師 등을 두루 맡다가 643년 병으로 죽었다. 그때 나이 64세였다. 시호는 文貞이다. 일찍이 ≪隋書≫와 ≪群書治要≫ 등을 편찬하여 지금도 전해진다. ≪舊唐書・經籍志≫ ≪新唐書・藝文志≫에는 그의 문집 20권과 기타 저작물 6종이 기록되어 있으나 지금은 없어졌다. 지금 그의 시 1卷이 전해져 오는데 6題35首이다. ≪舊唐書≫ 卷71, ≪新唐書≫ 卷97 本傳에 기록되어 있다. ≪舊唐書・太宗紀≫, ≪通鑑≫ 卷196에 이 시는 貞觀 17年(643) 正月에 지어졌다고 한다.

2 閶闔 : 신화 속에 나오는 하늘문. 후에 황궁의 정문을 지칭한다.

3 上林 : 秦나라 때 옛 왕의 뜰. 漢武帝가 늘리고 넓혔다. 옛 유적지는 오늘날 陝西 長安縣 서쪽에 周至, 戶縣 경내에 있다.

4 望望 : 멀리 내다보는 모습. ≪禮・問喪≫ : "其送往也, 望望然, 汲汲然.(가는 걸 보내면서 아득히 바라보고 불안해하네.)"

5 浪浪 : 눈물 흘리는 모습. ≪離騷≫ : "攬茹蕙以掩泣兮, 沾餘襟之浪浪.(부드러운 혜초를 잡고 눈물을 가리니 나의 옷깃 적시도록 흐르네.)"

048 傷遼東戰亡[1]

요동전쟁에서 패함을 마음 아파하며

鑿門初奉律[2]	북문에서 명을 받들고 군을 이끌고 출정하였지
仗戰始臨戎	공격하는데 처음으로 오랑캐 앞에서
振鱗方躍浪	비늘 껍데기 진동하며 막 파도를 뛰어넘더니
騁翼正淩風	날개를 파닥이며 바람을 타고 하늘을 빙빙 나네
未展六奇術[3]	아직 기이한 계책은 펴지 않았지만
先虧一簣功[4]	일찌감치 공을 이루기엔 한 삼태기 모자라다네
防身豈乏智	결코 몸을 보호할 지혜 없지는 않지만
殉命有餘忠	생명을 바치는 충성심 남아 있네
悲驂嘶向路[5]	서글피 우는 준마 막 싸웠던 도로 보고 큰 소리로 울고
哀笳咽遠空	서글픈 호나라 피리는 먼 허공을 대고 울어대네
淒涼大樹下[6]	처량한 큰 나무 아래서
流悼滿深衷	눈물 흘리며 아픈 마음 가슴에 가득하구나

주석

1 遼東 : 오늘날 遼寧 遼陽이다. ≪冊府元龜≫ 卷40, 卷141에 보면 本篇은 貞觀 19年(645) 4月에 高麗를 정벌할 때 唐太宗이 행군을 애도하기 위해 피리를 불며 지었다고 한다.

2 鑿門 : ≪淮南子・兵略訓≫ : "將軍受命, 辭而行, 乃爪鬋, 設明衣, 鑿凶門而出.(장군은 명을 받으면 목숨을 버리고 나간다. 손톱과 수염을 깎고 명의를 준비해 놓고 북문을 뚫고 나간다.)"

高誘注 : "凶門, 北出門也. 將軍之出, 以喪禮處之, 以示必死也.(凶門은 북쪽으로 난 문이다. 장군이 나갈 때 상례로 나가는 곳이다. 반드시 죽음을 암시한다.)"

奉律 : 명령에 따르다. 명령을 받들다.

3 六奇 : 陳平이 일찍이 漢高祖를 위해 6개의 기괴한 계책을 내놓았다. ≪史記・陳丞相世

家≫에 보인다. 후에 六奇는 상대편이 생각하지 못한 기이한 병책이나 기이한 계책으로 공격하여 승리하는 계책을 지칭한다.

4 一簣 : ≪尙書・旅獒≫ : "爲山九仞, 功虧一簣.(높이가 九仞되는 산을 쌓는데 최후의 한 삼태기의 흙을 얹지 못하여 완성시키지 못한다.)" 최후의 노력이 부족하여 실패하는 것을 비유함.

5 "悲驂" 이하 4구는 ≪全唐詩≫에는 원래 빠져 있다. ≪冊府元龜≫ 卷141에 의거하여 보충하였음.

6 大樹 : ≪後漢書・馮異傳≫에 "馮異功勛卓著, 爲人謙讓, "每所止舍, 諸將幷坐論功, 異常獨屛樹下, 軍中曰 '大樹將軍'.(馮異의 공훈은 탁월하게 드러나고 사람됨은 겸양했다. 매번 숙소에 이르면 여러 장군들이 둘러앉아 공론을 벌이는데 이상하게 홀로 나무 아래에 숨었다. 군중에서는 이를 '큰나무장군'이라 했다.)"

049 月晦[1]

정월 그믐날

晦魄移中律[2]	그믐달이 절기 중에 이동하여
凝暄起麗城	아름다운 성에서 따뜻하게 일어나네
罩雲朝蓋上	아침 수레 위에 구름 덮어 있고
穿露曉珠呈	이슬 뚫고 새벽 진주 드러냈네
笑樹花分色	웃음 머금은 나무와 꽃은 오색찬란하고
啼枝鳥合聲	나무 위의 새들은 함께 합창을 하네
披襟歡眺望	옷깃 풀어헤치고 즐겁게 멀리 바라보니
極目暢春情	눈길 가는 곳 모두 봄의 열정 가득하구나

✿ 주석

1 月晦 : 음력 정월 맨 마지막 날이다.

2 魄 : 달을 가리킨다.

移中律 : 절기를 바꾸는 것이다. 律은 音律이라고도 하여 음악적 가락인데, 律은 12음계가 있는데 이 十二律은 1년에 12개월에 각각 배당되어 철의 바뀜에 따라 그 音色이 달라진다. 陰에 딸린 6음계를 六呂라 하고, 陽에 딸린 6음계를 六律이라 한다.

050 秋日翠微宮[1]

가을에 취미궁에서

秋日凝翠嶺	가을햇빛 푸른 산봉우리에 내리쬐는데
涼吹肅離宮	시원한 바람과 함께 행궁하네
荷疏一蓋缺	연잎 시들어 덮개로는 모자란 듯 하고
樹冷半帷空	나뭇잎 떨어져 휘장이 반은 빈 듯 하구나
側陣移鴻影	옆의 행렬 기러기 때 그림자 이동하고
圓花釘菊叢	국화꽃 속의 둥근 국화 막 피기 시작했네
攄懷俗塵外[2]	가슴을 펴고 속세를 떠나
高眺白雲中	흰 구름 속에서 높이높이 멀리 바라보네

✿ 주석

1 翠微宮 : 武德 8년(625) 終南山에 太和宮을 건립했는데, 貞觀 21年 이름을 翠微宮이라고 고쳐 불렀다. ≪舊唐書·高祖紀≫와 ≪太宗紀≫에 보인다.

2 攄懷 : 가슴을 펴다.

051 初秋夜坐

초가을 밤에

斜廊連綺閣[1]	구불구불한 복도 화려한 누각에 연결되어 있고
初月照宵幃	막 떠오른 달빛이 늦은 밤 휘장에 비치네
塞冷鴻飛疾	차가운 변새의 기러기 빠르게 가 버리고
園秋蟬噪遲	숲 속의 가을 매미는 여전히 울어대네
露結林疏葉	숲 속 남아 있는 나뭇잎 위에 이슬방울 엉겨 있고
寒輕菊吐滋[2]	차가운 날씨에 국화는 더욱 아름다움 뽐내고 있네
愁心逢此節	마음속의 걱정거리 또 이 시절에 만나
長歎獨含悲	긴긴 탄식 홀로 슬픔을 삼키네

✿ 주석

1 綺閣 : 화려한 누각.

2 吐滋 : 무성하게 성장함.

052 秋日

가을(2首)

■ 一首

菊散金風起[1]	국화 향기 가을바람 속에서 이리저리 흩어져 있고
荷疏玉露圓	연잎 위에 드문드문 둥근 이슬방울 영롱한 옥과 같네
將秋數行雁	가을을 맞이하니 몇 마리 기러기들 막 날아가고
離夏幾林蟬	여름은 떠났는데 숲 속엔 아직 매미 울고 있네
雲凝愁半嶺	구름은 산 중턱 허리에서 시름겨워하고
霞碎纈高天[2]	노을은 부서져 높은 하늘에 무늬를 이루었네
還似成都望	마치 成都에서 바라보는 것 같이
直見峨眉前[3]	줄곧 아미산을 바라보네

✿ 주석

1 金風 : 서풍이다. 옛날 五行으로 방위를 배치하는데 서쪽이 金에 속해서 西風을 金風이라 부른다.

2 纈 : 무늬가 있는 견직물.

3 峨眉 : 山 이름. 사천성 아미현 서남쪽에 있다.

■ 二首

爽氣澄蘭沼	맑고 상쾌한 날씨에 난초꽃이 늘어선 맑은 연못
秋風動桂林	가을바람은 계수나무 숲 속에 불어오네
露凝千片玉	이슬방울 이파리 위에서 영롱한 옥과 같고
菊散一叢金	국화꽃은 흩어져 한 무더기 황금 같네
日岫高低影	햇빛 아래 산 계곡은 높고 낮은 그림자 남겨 놓고
雲空點綴陰	흰 구름은 하늘 아래 얼룩얼룩 시원한 그늘을 남겼네
蓬瀛不可望	신산인 봉래영주는 바라볼 수 없지만
泉石且娛心	아름다운 시냇물과 바위 마음 즐겁게 하네

053 冬宵各爲四韻

겨울밤에 각자 4운을 달다

雕宮靜龍漏[1]	아름답게 조각한 궁전에 용 모양의 물시계 조용하니
綺閣宴公侯	화려한 누각에서 공후들이 연회를 여네
珠簾燭焰動	옥구슬로 짜 엮은 주렴 속에 불빛이 아물거리고
繡柱月光浮	아름답게 장식한 기둥이 달빛에 떠 있네
雲起將歌發	구름이 일면 노래를 부르고
風停與管遒	바람이 멎으면 악기 소리 더욱 쟁쟁하구나
瑣除任多士[2]	황궁 계단에 뛰어난 사대부들 가득한데
端扆竟何憂[3]	단정히 앉아 있는 보좌 위에서 무슨 걱정 있을까

✿ 주석

1 龍漏 : 용 모양으로 만든 물시계.
2 瑣除 : 황궁 속에서 옛날 시간을 계산하는 기계이다.
多士 : 여러 신사.
3 端扆 : 천자의 거처에 치던 병풍의 한 가지. 칸막이.

054 冬日臨昆明池[1]

겨울에 곤명지에 가서

石鯨分玉溜[2] 돌에 새긴 고래가 옥과 같은 연못을 가르고
劫燼隱平沙[3] 다 타고 남은 재는 곤명지 연못 속에 숨어 있네
柳影冰無葉 버들가지 그림자 차가워 이파리는 없고
梅心凍有花 매화 꽃봉오리는 얼어서 꽃이 되었네
寒野凝朝霧 차가운 들판에 새벽 안개 엉기어 있고
霜天散夕霞 차가운 서리는 밤 노을 따라 흩어졌네
歡情猶未極 즐거운 기분 아직 다 누리지 않았는데
落景遽西斜[4] 석양이 벌써 빠르게 서쪽으로 기울고 있네

✿ 주석

1 昆明池 : 섬서 서안시 서남쪽에 있다.

2 石鯨 : 昆明池에 있는 돌에 고래를 새겨놓았다. 형상이 생동감 있고 사실 같다.
玉溜 : 못의 물을 가리킨다.

3 劫燼 : 재난으로 타고 남은 찌꺼기. ≪搜神記≫ 卷13에서 말하길 漢武帝가 昆明池를 팠는데, 대단히 깊게 팠지만 흙이 없었고 모두 검은 재만 있었다. 아침이 되어도 없어지지 않았다. 후에 漢明帝 때에 胡의 스님이 서울에 오자 그것을 물었다. 胡僧은 "天地가 다 강탈해가서 다 태워버렸습니다. 이것은 태워버리고 나머지입니다."

4 落景 : 해가 떨어짐.

055 望雪

눈을 바라보며

凍雲宵徧嶺	차갑게 얼어버린 구름 밤에는 산봉우리에 가득하더니
素雪曉凝華	새하얀 눈 새벽에 화려하게 엉기어 있구나
入牖千重碎	눈꽃이 창문으로 날아 들어와 조각조각 부서지고
迎風一半斜	북풍을 만나 반은 흩어졌구나
不妝空散粉	단장하지 않았는데 공중에 가루 날리고
無樹獨飄花	나무 한 그루 없는데 홀로 꽃이 되어 날고
縈空慚夕照	공중에서 나부끼다 황혼이 되니 아름다운 노을 비치고
破彩謝晨霞	깨어진 광채에 새벽 노을 사라지는구나

056 守歲[1]

새해를 맞으며

暮景斜芳殿	석양이 천천히 향기로운 궁전을 비추는데
年華麗綺宮	해마다 화려하고 아름다운 궁전이네
寒辭去冬雪	추위는 겨울 눈 따라 가버리고
暖帶入春風	따뜻함은 봄바람 타고 들어오네
階馥舒梅素	매화는 층계에서 그윽한 향기 내고
盤花卷燭紅[2]	쟁반 같은 꽃 붉은 등불에 말려 있고
共歡新故歲	모두 함께 지난해와 새해가 교체되는 것을 기뻐하며
迎送一宵中	이 밤에 지난해 보내고 새해 맞이하네

✿ 주석

1 全詩校에서는 '董思恭詩'라고 했지만, 이 시는 ≪初學紀≫ 卷4, ≪文苑英華≫ 卷158에는 모두 太宗皇帝가 지은 시로 되어 있다. ≪唐詩紀事≫ 卷3, 全詩 卷63에는 '이 시가 董思恭이 지은 시로 잘못되어 있다.'고 기록되어 있다.

2 花卷燭 : 全詩校에서는 "卷燭花"로 되어 있다.

057 除夜[1]

선달 그믐날 밤

歲陰窮暮紀	년 말이 되어 한 해의 마지막이 되었네
獻節啓新芳[2]	새로운 절기가 시작되고 신선한 기운이 형성되는구나
冬盡今宵促	겨울은 오늘 밤을 재촉하고
年開明日長	새해가 시작되니 내일은 시간이 길겠지
冰消出鏡水	얼음은 이미 녹았고 물 위는 마치 거울같아
梅散入風香	매화 향기 바람과 함께 흩어지고
對此歡終宴	이 즐거운 섣달 그믐날 잔치를 대하며
傾壺待曙光	술잔 가득 부어 밝은 아침 기다리자

✿ 주석

1 全詩校에서는 '董思恭詩'로 되어 있다. ≪初學記≫ 卷4, ≪文宛英華≫ 卷158에는 모두 태종황제 시로 되어 있고, 제목은 ≪守歲≫로 되어 있다.
≪唐詩紀事≫ 卷3, ≪全唐詩≫ 卷63에는 '이 시가 董思恭의 시로 되어 있다.'고 기록되어 있다.

2 獻節 : 새로운 절기가 시작되다.

058 詠雨

비

和氣吹綠野	부드러운 바람이 푸른 들판에 불어와
梅雨灑芳田	장맛비를 향기 나는 들판에 가득 뿌리네
新流添舊澗	새로 흐르는 물 흘러 강물이 불어나고
宿霧足朝煙[1]	어제 밤안개가 아침 연기 같네
雁濕行無次	기러기 날아가는데 축축하여 머물 곳 없고
花濡色更鮮	꽃이 젖으니 색은 더 곱구나
對此欣登歲[2]	이쯤해서 풍작을 기뻐하며
披襟弄五弦[3]	마음을 열어젖히고 거문고 뜯으며 놀아야지

✿ 주석

1 宿霧 : 어제 밤의 안개.

2 登歲 : 풍성하게 열매를 맺다. 풍작.

3 五弦 : 舜임금이 五弦琴을 뜯으며 <南風> 노래를 불렀다고 전한다. ≪孔子家語・辨樂解≫에 보인다.

059 賦得含峰雲[1]

산봉우리 덮은 구름

翠樓含曉霧	비취빛의 누각은 새벽 안개 머금고
蓮峰帶晩雲	연꽃 같은 산봉우리 저녁구름 덮여 있네
玉葉依巖聚	옥과 같은 나뭇잎은 산 바위에 기대어 있고
金枝觸石分[2]	황금빛의 나뭇가지는 바위 때문에 나뉘어 있네
橫天結陣影[3]	하늘에 비끼어 조각조각 그림자 만들고
逐吹起羅文	깊은 숲 속 바람 따라 들어와 녹색 물결 일으키네
非復陽台下[4]	여기가 巫山의 陽台는 아닌데
空將惑楚君	공연히 초나라 국왕을 홀리게 하는구나

✿ 주석

1 含峰雲 : 쭉 이어진 산봉우리를 덮고 있는 구름과 연기.

2 玉葉金枝 : 玉葉 : 옥으로 만든 잎. 金枝 : 황금으로 된 나뭇가지. “황제와 치우가 涿鹿의 들판에서 전쟁을 했는데 늘 오색 구름과 황금으로 된 나뭇가지와 옥으로 된 잎이 있었는데 황제가 되니 꽃의 모양이 되었다.” 崔豹 ≪古今注・輿服≫에 보인다.

3 陣影 : 늘어져 있는 구름. 구름이 군사들처럼 쌓여 있다.

4 陽台 : 宋王 ≪高唐賦≫에서 초나라 王이 꿈에 巫山의 神女와 즐겁게 만나는 것을 묘사했는데 신녀가 가면서 말하기를 : “妾在巫山之陽, 高丘之阻, 旦爲朝雲, 暮爲行雨, 朝朝暮暮, 陽台之下.(첩은 巫山의 양지쪽 높은 언덕의 요새에 있으면서 아침에는 구름이 되었다가 저녁에는 비가 되고 내립니다. 아침저녁 陽臺의 아래에 있지요.)”

060 三層閣上置音聲[1]

3층 누각 위에서 들리는 음악소리

綺筵移暮景	화려한 연회 밤은 갈수록 깊어가고
紫閣引宵煙	자색의 누각 위에 저녁 구름 떠다니네
隔棟歌塵合[2]	서로 다른 누각 위의 노랫소리 먼지 속에 합쳐지고
分階舞影連	서로 다른 층계 위의 춤추던 기녀 그림자 하나 되었네
聲流三處管	여러 가지 악기가 함께 연주되는데
響亂一重絃	어지러운 소리 중에 무겁게 현을 뜯는 자 있네
不似秦樓上[3]	秦나라 누각 위의 여자 같지 않은가
吹簫空學仙	피리 배워 공연히 신선이 되어버렸구나

✿ 주석

1 音聲 : 음악.

2 歌塵合 : 漢代 虞公이 雅歌를 잘했는데 그 음이 맑고 서글프고 목소리는 안정이 되었다. ≪藝文類聚≫ 卷43의 <別彔>을 인용했다.

3 秦樓 : 춘추시대 蕭史는 퉁소를 잘 불었다. 秦穆公의 딸이 玉을 가지고 놀다가 그를 좋아하여 부부가 되었다. 매일 玉을 가지고 놀면서 퉁소 부는 것을 가르쳤다. 수년 후에 소리가 마치 봉황이 우는 듯하여 봉황이 그 집에 머무르곤 했다. 목공이 그를 위해 봉황대를 지어주었더니 후에 부부는 모두 신선이 되어 봉황을 따라 가버렸다. ≪列仙傳≫ 卷上에 보인다.

061 遠山澄碧霧

먼 산의 맑고 푸른 안개

殘雲收翠嶺	남은 구름은 비취빛 산꼭대기에서 사라지고
夕霧結長空	저녁 무렵 안개 긴 허공에 모여 있네
帶岫凝全碧	산봉우리 온통 푸른데
障霞隱半紅	붉은 노을 반은 숨었구나
髣髴分初月	막 떠오르는 밝은 달 나눈 것처럼
飄颻度曉風	사뿐사뿐 날아 새벽 바람을 넘는구나
還因三里處[1]	巫師의 도움을 받아 안개 기운 만들려고
冠蓋遠相通	높은 벼슬아치 멀리서 서로 내통하는구나

✿ 주석

1 三里 : 東漢 때 關西人 裵優가 道術을 이용하여 안개를 만들어 三里를 다 덮을 수 있다고 말했다. ≪後漢書, 張楷傳≫에 보인다.

062 賦得花庭霧

꽃밭의 안개

蘭氣已熏宮	난초 꽃 숨결로 훈훈한 궁전
新蕊半妝叢	신선한 꽃봉오리 반쯤 단장했네
色含輕重霧	짙고 옅은 안개에 묻혀서
香引去來風	향기는 오고 가는 바람 이끄네
拂樹濃舒碧	나무를 스치니 초록은 짙어졌다 옅어졌다
縈花薄蔽紅	꽃을 휘감으며 붉은 색 엷게 덮히었네
還當雜行雨[1]	아직도 이리저리 뒤섞여 비가 내리는데
髣髴隱遙空	먼 허공을 떠다니며 숨은 듯 하네

✿ 주석

1 行雨 : 비가 내린다.

063 春池柳

봄 연못의 수양버들

年柳變池台	세월 따라 못 주변 누각의 버드나무 변하니
隋堤曲直回[1]	수양제 제방 언덕의 수양버들도 구불구불 변했네
逐浪絲陰去	파도 쫓다가 수양버들 실가지 그림자 따라가다가
迎風帶影來	바람을 맞아 버들가지 그림자 다시 돌아오네
疏黃一鳥弄	황새 한 마리가 어루만지니
半翠幾眉開[2]	연한 비취색 몇 번 눈을 뜨네
縈雪臨春岸	흰 눈에 에워싸 봄 언덕에 내려
參差間早梅	들쭉날쭉 일찍 핀 매화 사이에 있구나

✿ 주석

1 隋堤 : 수양제가 도랑을 건너려고 개통했는데 도랑을 따라 제방을 만들고 제방 주변에 버드나무를 심었다. 그래서 隋堤라고 했다.

2 眉 : 옛날 미녀의 눈썹은 마치 버드나무 잎 같아 柳葉(버드나무 잎)은 미녀의 눈썹을 형용했다.

064 芳蘭

향기로운 난초

春暉開紫苑[1]	봄날 햇빛은 궁전 뜰에 가득 비치고
淑景媚蘭場	아름다운 풍경 난초 핀 뜰이 더욱 아름답구나
映庭含淺色	정원에 비치어 옅은 색 머금고
凝露泫浮光	이슬방울 맺혀 광채가 나네
日麗參差影	아름다운 햇빛 아래 들쭉날쭉 그림자 지고
風傳輕重香	바람 따라 진하고 옅은 향기 전하여지네
會須君子折[2]	모름지기 군자에게 꺾어줄 수만 있다면
佩裏作芬芳	허리에 차 향기를 낼 수 있을 텐데

✿ 주석

1 紫 : ≪全唐詩≫에서는 '禁'로 되어 있다.

2 "會須" 二句 : ≪孔子家語 · 在厄≫ : "芝蘭生於深林, 不以無人而不芳 ; 君子修道立德, 不爲窮困而改節.(지초와 난초는 깊은 숲 속에서 나서 사람이 없는 데서도 향기가 나며 군자가 도를 닦고 덕을 세우면 곤궁해도 지조를 고치지 않는다.)" ≪離騷≫ : "紉秋蘭以爲佩.(추란을 실에 꿰어 찼네.)"

065 詠桃[1]

복숭아 꽃

禁苑春暉麗　　대궐 안의 동산 봄빛 화려한데
花蹊綺樹妝　　꽃길은 아름다운 나무로 장식했네
綴條深淺色　　가지마다 짙고 옅은 색으로 치장하고
點露參差光　　이슬방울 여러 가지 빛을 내네
向日分千笑　　태양을 바라보며 천만송이 꽃이 미소짓고
迎風共一香　　봄바람 맞이하니 향기는 한결같아
如何仙嶺側　　어째서 신선처럼 산봉우리 옆에서
獨秀隱遙芳　　홀로 피어 아름다운 숨결 숨기고 있을까

주석

1 全詩校에서는 '董思恭詩'라고 되어 있으나, 이 시는 ≪初學記≫ 卷28, ≪文苑英華≫ 卷321에 보이는데 모두 태종황제 시로 보고 있다. ≪唐詩紀事≫ 卷3, ≪全唐詩≫ 卷63에는 이 시가 董思恭의 작품이라고 되어 있다.

066 賦簾
주렴

參差垂玉闕	길고 짧은 옥구슬 궁궐에 드리우고
舒卷映蘭宮[1]	폈다가 감으며 궁전을 비추고 있네
珠光搖素月	진주빛은 하아얀 달에 흔들리고
竹影亂淸風	대나무의 그림자 맑은 바람 따라 어지럽네
彩散銀鉤上	은갈고리 위에서 빛이 분산되어
文斜桂戶中	계수나무 창문에 무늬 비끼어 있네
惟當雜羅綺	단지 복잡한 비단 그물이
相與媚房櫳	방안의 창과 서로 더불어 아름답구나

✿ 주석

1 蘭宮 : 궁전을 아름답게 부르는 이름이다. 漢代에 蘭池宮, 猗蘭殿이 있었다.

067 詠烏代師道[1]

오대사도를 읊는다

凌晨麗城去　　동틀 녘 아름다운 도시 떠나
薄暮上林棲[2]　　밤이 되니 上林의 휴식처로 돌아오네
辭枝枝暫起　　나뭇가지마다 사직하고 일어나니
停樹樹還低　　나무들도 낮게 멈추어 있네
向日終難託[3]　　태양을 바라보며 끝까지 의탁하기는 어려운데
迎風詎肯迷[4]　　바람을 맞아 어찌 흔들릴까
只待纖纖手　　단지 그 아름다운 손 기다려
曲裏作宵啼[5]　　노랫속에 오야곡 탈 수밖에

✿ 주석

1 시 제목이 원래는 <詠烏代陳師道>로 되어 있고 ≪文苑英華≫ 卷3에도 똑같이 수록되어 있다. 그러나 ≪初學記≫ 卷30에 실려 있는 바로 "陳"은 필요 없는 글자가 잘못 들어간 걸로 알고 있다(조판할 때 잘못 들어감). 지금은 없어졌다.
"師道"은 楊師道를 가리킨다. 楊師道(?~647) 字는 景猷이다. 隋의 왕족이다. 弘農華陽(지금의 陝西 華陽)사람이다. 唐에 들어와 上儀同을 제수받고 桂陽公主를 숭상해 吏部侍郎을 제수받기도 했다. 여러 차례 太常卿을 지냈고 貞觀10年(636), 侍中이 되고, 13년 中書令, 17년 吏部尙書, 19年 太宗이 고려를 정벌할 때 中書令이 되었다가 工部尙書로 폄직되었다. 太常卿으로 관직을 마쳤다. 21년(647)에 죽었다. 시호는 '懿'이다. ≪舊唐書, 經籍志≫에 그의 문집 10권이 수록되어 있었으나 지금은 없어졌다. 지금은 詩 一卷, 24首만 존재한다. ≪舊唐書≫ 卷62, ≪新唐書≫ 卷100에 그의 本傳과 ≪唐詩紀事≫ 卷4, ≪書史≫ 卷5에 그에 관한 글이 있다.

2 上林 : 047 주석 3 참고

3 "向日"句 : 신화 속에서는 태양 가운데 三足烏가 있다고 한다.

4 "迎風"句 : 長安의 靈臺에 風銅烏가 있는데 바람을 맞으면 움직인다. ≪三輔黃圖≫ 卷5에서 郭延生의 <述征記>를 인용했다.

5 宵啼 : 고악부에 <烏夜曲>가 있다. <淸商曲辭 · 吳聲歌曲>에 속한다.

068 詠飮馬

물 마시는 준마

駿骨飮長涇[1]	준마는 涇水를 마시고
奔流灑絡纓	세차게 흘러가는 물에 말 덮개를 씻는구나
細紋連噴聚	섬세한 무늬가 연이어 퍼졌다 모이고
亂荇繞蹄縈[2]	어지러운 물풀이 말굽을 휘감네
水光鞍上側	물빛이 안장 위에 기울어 있고
馬影溜中橫	말 그림자가 급류 중에 걸쳐 있네
翻似天池裏[3]	바닷속에서 뛰어오른 듯
騰波龍種生[4]	솟구치는 물보라 속에서 준마가 태어났네

주석

1 涇 : 水名. 甘肅平涼에서 근원하여 東南으로 흘러 陝西高陵에 이르러 渭河로 들어간다.

2 荇 : 일종의 다년생 물풀이다.

3 天池 : 바다이다.

4 龍種 : 뛰어나게 좋은 말, 준마를 가리킨다. ≪魏書 · 吐穀渾傳≫ : "青海周回千餘裏, 海內有小山, 每冬冰合後, 以良牝馬置此山, 至來春收之, 馬皆有孕, 所生得駒, 號爲龍種, 必多駿易.(청해 주변은 4천 리인데 그곳에 조그만 산들이 있다. 겨울이 되어 얼면 좋은 암말들을 이 산에 풀어놓았다가 봄이 되어 거두어들이면 말들은 모두 임신하게 되어 좋은 말을 낳게 된다. 이들은 용종이라 부르고 이들이 많은 준마가 되는 것이다.)"
庾信 <春賦> : "馬是天池之龍種.(말은 천지의 준마이다.)"

069 賦得殘菊

남은 국화

階蘭凝曙霜	섬돌 가 난초 새벽 서리로 얼어 있고
岸菊照晨光	언덕 위의 국화는 새벽빛에 빛나네
露濃晞晚笑	맺힌 이슬 저녁 웃음에 사라지고
風勁淺殘香[1]	바람은 힘있게 남은 향기 전하네
細葉凋輕翠	가느다란 이파리 가벼운 비취빛 시들고
圓花飛碎黃	둥근 꽃은 누런 조각으로 날리네
還持今歲色	또 올해의 색을 가지고 있다가
復結後年芳	다시 내년 향기 맺겠지

✿ 주석

1 淺 : 全詩校에서는 '搖'로 되어 있다.

070 賦秋日懸清光賜房玄齡[1]

가을 맑은 빛 속에서 방현령에게 하사하다

秋露凝高掌[2]　　가을의 이슬방울 신선의 손바닥에서 응고되고
朝光上翠微[3]　　이른 새벽의 햇빛은 翠微 궁전 위를 비추고 있네
參差麗雙闕　　크고 작은 아름다운 두 대궐
照耀滿重闈　　겹겹이 놓인 문들을 가득 비추네
仙馭隨輪轉[4]　　의화는 용을 몰아 해를 태우고
靈烏帶影飛[5]　　신령한 새는 해의 그림자 따라 날아다니고 있네
臨波無定彩　　파도 속에서는 일정한 색채 없더니
入隙有圓暉　　틈 사이로 들어가 둥근 빛을 내는구나
還當葵藿志[6]　　해바라기 뜻 굳건히 지켰는데
傾葉自相依　　이파리 기우니 스스로 서로 의지하네

✿ 주석

1 秋日懸清光：江淹의 <望荊山> 시에 나온다. 房玄齡(579~648)：齊州臨淄人이다. 隋 말에 이세민을 보좌하여 병을 일으킨 자이다. 태종이 황제로 칭해진 후에 中書令이 되었다. 재상으로 임명된 지 15년에 杜如晦와 함께 조정을 장악하여 역사적으로는 房杜라 칭한다. 관직은 司空을 했다. 양 《唐書》에 모두 전한다.

2 高掌：漢武帝가 만든 承露盤을 가리킨다. 《漢書·郊祀志》 注에 <三輔故事>를 인용하여："建章宮承露盤高二十丈, 大七圍, 以銅爲之, 上有仙人掌承露, 和玉屑飮之.(건장궁 승로반은 높이가 20척, 크기가 七圍, 동으로 만들었다. 위에서 신선이 손바닥에 이슬을 받아 옥부스러기와 함께 그것을 마셨다.)"

3 翠微：宮 이름이다. 050 주석 1 참고.

4 仙馭：고대 신화에서 羲和가 6마리의 용이 끄는 수레를 몰고 태양神을 싣고 운행했다고 한다.

5 靈烏：태양 가운데 있는 三足烏를 가리킨다.

6 葵藿：039 주석 3 참고.

071 琵琶[1]
비파

半月無雙影[2]	비파의 스피커에는 쌍으로 된 그림자 없는데
金花有四時[3]	비파에 새겨넣은 금꽃에는 사계절 다른 경치가 있네
摧藏千里態[4]	탄식하며 천리길 근심 감추고
掩抑幾重悲[5]	우울하고 서글픈 끝없는 비통함
促節縈紅袖	빠른 음절이 붉은 소매를 에워싸고
淸音滿翠帷	맑은 낭랑한 음절 짙푸른 휘장에 가득 나부끼네
駃彈風響急[6]	빨리 연주되는 게 마치 광풍이 크게 일어나는 듯 하고
緩曲釧聲遲	느린 곡조는 마치 금팔찌 느릿느릿 움직이는 듯
空餘關隴恨[7]	단지 변새의 서글픈 감정만 공허하니
因此代相思[8]	세세대대로 이 그리운 마음 때문이지

✿ 주석

1 全詩校 : ≪紀事≫에 董思恭이 지은 시라고 함. ≪全唐詩≫ 卷63에서 또한 董思恭이 지었다고 함. 그러나 ≪初學記≫ 卷16, ≪文苑英華≫ 卷212에는 모두 太宗황제가 지었다 하고, 董思恭이 지었다고 하는 것은 잘못되었다고 한다.

2 半月 : 비파의 스피커를 가리킨다.

3 金花 : 비파 위에 끼워박은 금꽃. 원래는 "全"으로 되어 있었는데, ≪全詩校≫, ≪初學記≫, ≪文苑英華≫에 근거하여 고쳤다.

4 摧藏 : 차고 싸늘하다. 탄식하는 마음 품고 있다.

5 掩抑 : 날씨가 흐리고 우중충하다. 소리가 낮다. 사기가 떨어지다. 의기소침하다.

6 駃彈 : 빠른 탄알.

7 關隴恨 : 石崇의 ≪王明君辭序≫ : 옛날에 공주(漢 江都王女인 劉細君을 가리킴)가 烏孫에게 시집가는데 비파로 음악을 만들게 하여 도로에서 위로하고자 했다 : 明君을 보내는 데 반드시 당신이 필요하다. 그래서 새로운 곡을 지었는데 슬프고 원망의 소리가 많았다.

8 代 : 세대.

072 宴中山[1]

중산에서 연회를 열다

驅馬出遼陽	준마를 몰아 遼陽을 출발하니
萬里轉旂常[2]	만리 밖에서 깃발이 나부끼네
對敵六奇擧[3]	적을 대하면 기묘한 계책 내고
臨戎八陣張[4]	전쟁터에서 팔진도를 떨쳤네
斬鯨澄碧海[5]	고래를 죽이니 큰 바다 편안하고
卷霧掃扶桑[6]	바다 안개 걷어 내고 扶桑을 청소하네
昔去蘭縈翠	과거에는 난초가 청록색으로 에워싸여 있었는데
今來桂染芳	지금은 계수나무 향기로 물들여 있네
雲芝浮碎葉	구름 속의 영지 부서진 이파리 떠 있고
冰鏡上朝光	거울 같은 얼음 위에 아침 햇살 빛나네
回首長安道	고개 돌려 장안의 큰길 바라보니
方歡宴柏梁[7]	柏梁의 군신들 연회 열며 즐거워하네

✿ 주석

1 中山 : 오늘날 河北 定縣이다.

2 旂常 : 깃발을 가리킴. 용을 수놓고 방울이 달린 것을 旂라 하고, 해와 달을 그려 놓은 것을 常이라 함.

3 六奇 : 048 주석 3 참고.

4 八陣 : ≪蜀志 · 諸葛亮傳≫ : "推演兵法, 作八陳圖.(병법을 널리 떨치려고 팔진도를 만들었네.)"

5 鯨 : 高麗王과 그 권신 蓋蘇文을 비유함.

6 扶桑 : ≪山海經 · 海外東經≫ : "黑齒國下有湯穀, 湯穀上有扶桑.(흑치국 아래에 뜨거운 물이 나오는 골짜기가 있는데 그 골짜기 위에 부상이 있다.)" 전설에 扶桑은 해가 뜨기 위한 곳으로 여기에서는 고려를 가리킴.

7 宴柏梁 : 014 주석 4 참고.

073 餞中書侍郎來濟[1]

중서시랑 내제를 작별하며

曖曖去塵昏灞岸[2]　어둑어둑 먼지 날리니 파수 언덕 어두워지고
飛飛輕蓋指河梁　날 듯이 가볍게 가는 수레 덮개 황하강 다리 가리키네
雲峰衣結千重葉　구름속의 봉우리 옷을 천 겹 이파리 입은 듯하고
雪岫花開幾樹妝　눈 쌓인 산봉우리 꽃이 펴 예쁘게 치장했네
深悲黃鶴孤舟遠[3]　외로운 배 멀리가니 황학은 절절한 슬픔 뱉어내고
獨歎青山別路長　이별의 길은 그렇게 멀어 나 홀로 청산에서 탄식하네
聊將分袂霑巾淚[4]　잠깐 이별하는데 옷소매 젖어 있으니
還用持添離席觴　또 이별 잔을 들어야지

✿ 주석

1 全詩校에서 "宋之問의 詩"라고 하는데 그건 아닌 것 같다.
岑仲勉 ≪讀全唐詩箚記≫에 來濟는 高宗 龍朔 2년에 죽었다고 한다. 그때에 之問은 아직 어려서 결코 작품을 지을 수 없었다. ≪舊唐書≫ 本傳에 의하여 來濟는 高宗永徽 2년에 中書侍郎을 제수 받았는데 "이 때문에 고종시가 太宗시로 와전됐을 뿐이다."라고 전한다.
佟培基 ≪初唐詩重出甄辨≫에서 來濟는 中書侍郎에 임명된 후 줄곧 長安에서 監修圓史를 맡아 멀리 갈 수가 없었다. 顯慶二年 밖으로 폄직 되었을 때는 이미 中書侍郎이 아니었다. 高宗이 詩를 지어주며 총애를 보이는 것은 불가능했다. 또한 許敬宗의 화답시에 의거하면 태종의 원래 제목은 <送來濟>라고 추측한다. "中書侍郎" 네 글자는 ≪初學記≫ 편자의 실수로 덧붙여진 것이라고 전한다.
來濟(610~662) : 揚州 江都(지금의 江蘇의 揚州)人이다. 隋 나라 명장군 來護의 아들이다. 어렸을 때 집이 가난하여 험한 길을 걷다가 독학하여 文詞를 익히고 담론을 잘 하였다. 진사에 합격하여 貞觀에 通事舍人, 功員外郎을 제수 받았고 永徽2年(651) 中書侍郎·弘文館學士·監修國史 등의 관직을 지냈다. ≪新唐書, 藝文志4≫에 그의 문집 30권이 있었으나 없어졌고 지금은 詩 1首만 전한다. ≪舊唐書≫ 卷80, ≪新唐書≫ 卷105에 그의 傳이 기록되어 있다.

2 曖曖 : 어둑어둑하고 컴컴한 것.
灞岸 : 파수 물가. 파수는 섬서성 藍田현에서 발원하여 북쪽으로 흘러 長安 동쪽을 경유해 위수강으로 들어간다.

3 黃鶴 : 멀리 가는 자를 비유한 것이다. ≪文選・蘇武詩≫에 "黃鵠一遠別, 千裏顧徘徊."이란 시가 있다.

4 分袂 : 이별을 말한다. 袂는 옷소매이다.

074 於太原召侍臣賜宴守歲

태원에서 신하를 불러 새해맞이 연회를 열다

四時運灰琯[1]	사계절 회색 옥피리의 움직임으로
一夕變冬春	하룻밤에 겨울이 봄으로 변했네
送寒餘雪盡	차가운 겨울 보내고 남은 눈도 다 없어지니
迎歲早梅新	새해를 맞아 매화가 일찌감치 꽃망울 터뜨리네

✿ 주석

1 灰琯 : 옛날에 기상을 관측하는 법으로 갈대청의 재를 율관에 집어넣어 밀실의 책상 위에 두어 율기가 서로 상응하면 재가 날린다. ≪後漢書, 律曆志上≫에 상세하게 기록되어 있다.

075 詠燭

촛불(2首)

■ 一首

焰聽風來動[1]　　불꽃이 바람소리 듣고 움직이더니
花開不待春　　봄을 기다리지도 않았는데 꽃은 피네
鎭下千行淚[2]　　언제나 천 갈래 눈물방울 떨어지는데
非是爲思人　　그리워하는 마음 때문만은 아니겠지

■ 二首

九龍蟠焰動[3]　　아홉 마리 용이 서리니 불꽃이 움직이고
四照逐花生[4]　　사방을 비추니 꽃도 쫒아가 피네
卽此流高殿　　여기에서 높은 대전으로 가더니
堪持待月明[5]　　달을 대신해 밝게 비춰주는구나

주석

1 聽 : 내버려두다. 마음대로 하게 하다.
全詩校에서는 '折' 혹은 '畏'로 되어 있다.

2 鎭 : 늘.

3 九龍 : 아홉 마리의 용. 옛날 사람들은 이 형상으로 수식하는 게 많았다.
庾信 ≪燈賦≫ : "九龍將瞑, 三爵行棲.(九龍이 눈을 감으면, 三爵이 휴식하러 간다.)"

4 四照 : 사방을 밝게 비친다.
≪山海經 · 南山經≫ : "招搖之山有木焉, 其狀如穀而黑理, 其華四照.(招搖星의 산에 나무가 있었는데 모양이 곡식 같으면서 검은 무늬가 있었는데 너무 화려하게 사방을 비췄다.)"

5 待 : 全詩校에서는 '代'로 되어 있다.

076 詠弓[1]

화살

上弦明月半	상현달은 밝은 달의 반쪽인데
激箭流星遠	날아가는 화살로 별똥별 멀어지네
落雁帶書驚[2]	떨어진 기러기 서신 가지고 있어 놀라고
啼猿映枝轉[3]	슬프게 우는 원숭이는 나뭇가지 붙잡고 구르는구나

주석

1 全詩校 : "≪紀事≫에서는 董思恭이 지은 시라 했다." 그런데 이 시가 실린 ≪初學記≫ 卷22, ≪太平禦覧≫ 卷347에서는 모두 太宗황제가 지은 시라 했다. ≪唐詩紀事≫ 卷3, ≪全唐詩≫ 卷63에서 董思恭이 지은 시라고 한 것은 틀린 것이다.

2 帶書 : 蘇武가 匈奴에 출사하였는데 붙잡혔다. 漢의 사신이 그를 구하고자 하니, 匈奴는 거짓말로 소무가 죽었다고 속였다. 漢 사신이 天子에게 상림원에서 사냥을 해서 기러기를 얻었는데 기러기 발에 비단에 쓴 글이 묶여 있었는데 소무가 어떤 못 가운데 있었다고 말했다. 흉노는 그것을 믿었고 소무는 마침내 돌아갈 수 있었다. ≪漢書·蘇建傳≫ 부록 ≪蘇武傳≫에 보임. 후에 書信을 읊을 때 전고로 쓰였다.

3 "啼猿"句 : ≪淮南子, 說山訓≫에 楚王에게 흰 원숭이가 있었는데 왕이 그를 쏘려 하자 화살을 붙잡고 기뻐하였다. 그 터에서 쏘는 연습을 하며 길러졌기에 활과 화살을 조정할 줄 알았다. 쏘지 않자 원숭이는 기둥을 붙잡고 소리 질렀다.

077 賦得早雁出雲鳴[1]

아침 기러기 구름 속에 나와 우네

初秋玉露淸	첫 가을의 이슬방울 맑고도 영롱해
早雁出空鳴[2]	이른 아침 날아가는 기러기 공중에서 울어대네
隔雲時亂影	구름에 막혀 때때로 어지러운 그림자 남기고
因風乍含聲	바람 때문에 가끔씩 울음소리 삼키네

✿ 주석

1 早雁出雲鳴 : 어디에서 나왔는지 밝혀진 게 없다. 何遜의 <日夕望江贈魚司馬詩>에 "早雁出雲歸"의 구절이 있다.

2 出 : 全詩校에서는 '生'으로 되어 있다.
空 : 全詩校에서는 '雲'으로 되어 있다.

078 賦得臨池柳
연못가의 수양버들

岸曲絲陰聚	연못 위의 굽은 가지 그늘에 모여
波移帶影疏	파도 따라 흔들리며 그림자 만드네
還將眉裏翠	또 눈썹 속에 비취빛 전하여 주니
來就鏡中舒	거울 속에 들어와 편안하구나

079 賦得臨池竹[1]

연못가의 대나무

貞條障曲砌	곧고 깨끗한 가지가 구불구불한 섬돌을 막고
翠葉貫寒霜	푸른 잎사귀 차가운 서리를 뚫고 나왔네
拂牖分龍影[2]	창문에 스친 대나무 그림자 흔들거리고
臨池待鳳翔[3]	연못을 굽어보며 봉황이 내려오길 기다리네

✿ 주석

1 ≪初學記≫ 卷28과 ≪唐詩紀事≫ 卷1의 제목에는 "臨池"라는 두 글자가 없다.

2 龍影 : 대나무 그림자이다.
≪後漢書·方術傳≫에 仙人壺公이 費長房에게 대나무 한 자루 지팡이를 주었다. 長房이 그것을 타고 잠깐 사이에 고향으로 돌아갔다. 그리고 지팡이를 葛陂에 던져버렸는데, 이게 용이 되었다.

3 鳳翔 : 전설로 봉황은 오동나무가 아니면 서식하지 못하고 대나무가 아니면 실제로 먹지 못한다고 한다. ≪莊子·秋水≫에 보인다.

080 賦得弱柳鳴秋蟬

가느다란 버들가지에서 가을매미 울다

散影玉階柳	어지러운 그림자 옥계단 위의 버들
含翠隱鳴蟬	초록색 잎에 숨어 울고 있는 매미
微形藏葉裏	작은 몸뚱아리 나뭇잎 속에 숨기고
亂響出風前	어지러운 소리만 바람타고 오는구나

081 探得李[1]

자두를 얻다

盤根直盈渚[2]　　굽은 뿌리 곧게 물가에 가득차고
交幹橫倚天　　줄기 맞대고 옆으로 하늘에 의지하네
舒華光四海　　온화한 빛 사해를 비추고
卷葉蔭三川[3]　　이파리 말아 三川을 그늘지게 하네

주석

1 全詩校 : "一作 <詠李>." ≪紀事≫에서는 董思恭이 지은 시로 되어 있다. ≪初學記≫ 卷28, ≪全芳備祖≫ 前集에서는 모두 太宗황제가 지은 시로 되어 있고 제목도 <探得李>로 되어 있다. ≪唐詩紀事≫ 卷3의 제목은 <詠李>로 되어 있고 董思恭이 지었다고 하나 그렇지 않다.

2 直 : 全詩校에서는 '植'로 되어 있다.
盈 : 全詩校에서는 '瀛'로 되어 있다.

3 三川 : ≪小學紺珠・地理類・三川≫에 "涇水, 渭水, 洛水을 말한다."

082 詠小山

작은 산

近谷交縈蕊	산 계곡 가까운 곳에서 아름다운 꽃 바라보니
遙峰對出蓮	아득히 멀리 있는 산봉우리 연꽃이 나온 듯 하네
徑細無全磴	작은 오솔길 온전한 층계는 없고
松小未含煙	소나무 아직 어려 구름 연기 품을 수 없구나

083 賜蕭瑀[1]

소우에게

疾風知勁草[2]	맹렬한 바람 속에서만 굳센 풀을 알 수 있고
板蕩識誠臣[3]	난세에 충신을 분별할 수 있다네
勇夫安識義	용기 있는 남자는 의로움 알기를 좋아하고
智者必懷仁	지혜로운 사람은 반드시 어질고 착한 마음 품지

주석

1 蘇瑀(575~648) : 字는 時文, 後梁明帝의 아들이다. 9살 때 新安王이 됨. 벼슬로는 隋나라에서 內史侍郎이 되었다가 후에 唐에 돌아와 內史令이 되었고 후에 宋國公에 봉해졌다. 태종 때 太子少師・尙書仆射・太常卿・禦史大夫・太子太保 등의 직책을 맡았었다. 양 ≪唐書≫에 그의 傳이 있다.

2 "病風"句 : ≪東觀漢記≫ 卷10 <王霸傳>에 어원이 있다.

3 板蕩 : ≪詩・大雅≫에 <板>, <蕩> 양 편이 있는데 모두 정국이 혼란하고 사회가 불안한 것을 썼다. 그래서 후에 "板, 蕩"을 이용해 난세를 대칭하기도 한다. 또 古語에 "世亂識忠良.(세상이 어지러워야 충직하고 선량한 사람을 알 수 있다.)"의 구가 있다. ≪晉書≫ 卷62에서 인용하였다.

084 賜房玄齡[1]

방현령에게

太液仙舟逈[2]	太液池 안에 신선의 배 멀리 있고
西園隱上才[3]	銅雀園에 현명한 선비가 은거하고 있네
未曉征車度	날은 아직 밝지 않았는데 출정하는 수레 지나가니
雞鳴關早開	닭 우는 소리에 일찌감치 변새관문 여는구나

✿ 주석

1 房玄齡 : 070 주석 1 참고.

2 太液 : 015 주석 9 참고.

3 西園 : 銅雀園을 말하는데 文昌殿 서쪽에 있어 그렇게 불렀다. 曹氏父子와 建安諸子들이 늘 이곳에서 놀았다. 지금은 하북성 臨漳縣 西南에 있다. 여기서는 이것을 빌려 唐宮苑 중 園林을 가리킨다.

085 遼東山夜臨秋[1]

요동산에서 밤에 가을을 맞이하며

邊城炎氣沉	변성에 더운 기운 서서히 사라지니
塞外涼風侵	변새 밖에서 차가운 바람 들어오네
三韓駐旌節[2]	삼한에서 깃발 잠시 멈추고
九野暫登臨[3]	九州의 들판에서 잠시 머무네
水淨霞中色	물은 고요하고 노을은 밝고
山高□裏心	산은 높고 마음이 편안하다
浪帷舒百丈[4]	물보라 쳐 휘장이 백 척이나 되게 펼치는 것 같고
松蓋偃千尋	소나무 마차 덮개 천장의 깊은 곳 굽어보는 것 같네
毁橋擾帶石[5]	돌다리 망가졌으나 돌멩이는 아직 남아 있고
目闕尙横金[6]	궁궐을 바라보니 황금 현판 옆으로 아직 걸려 있네
煙生遙岸隱	연기와 운무 멀리 바다에서 희미하게 일어나고
月落半崖陰	달은 산 절벽 어두운 곳에 떨어지네
連山驚鳥亂	면면히 이어진 산 속에서 놀란 새가 울어대고
隔岫斷猿吟	산골짜기에 원숭이 울음소리 끊어졌네
早花初密菊	아침에 촘촘히 국화꽃이 피더니
晩葉未疏林	저녁엔 이파리로 밀림이 되었네
憑軾望寰宇	수레 앞의 횡목을 붙잡고 나는 하늘 바라보고
流眺極高深	몸을 돌려 높은 산 깊은 계곡도 둘러보네
河山非所恃[7]	큰 강 높은 산은 의지할 바 못되니
于焉鑒古今	이는 옛날이나 지금 모두 증명된 것이지

✿ 주석

1 本篇 ≪全唐詩≫에는 겨우 '煙生遙岸陰' 이하 4句만 남아 있고 모두 다 기록된 것은 ≪初學記≫ 卷3에 있다. 여기에서는 ≪翰林學士集≫에 의거해서 보충하였다. ≪翰林學士集≫에는 제목이 <五言塞外同賦山夜臨秋以臨爲韻>으로 되어 있다. 兩≪唐書·太宗紀≫에 의하면 이 시는 貞觀 19년(645) 가을에 고려를 정복할 때 지었다고 한다.

2 三韓 : 漢代 朝鮮 南部의 삼국인 馬韓, 辰韓, 弁韓을 합해서 부른 것이다. ≪後漢書·東夷傳≫에 보인다.

3 九野 : 九州 지역이다.

4 浪帷 : 파도가 세차게 치솟는 것을 말한다.

5 "毁橋"句 : 전설로 진시황제가 일찍이 돌다리를 만들었는데, 바다 건너 해가 떠오르는 것을 관찰한 곳이다. ≪藝文類聚≫ 卷79에서 ≪三齊略記≫를 인용했다.

6 "目闕"句 : 전설로 바닷속의 신산이 있는데 모두 금과 은으로 궁궐을 지었다. ≪史記·封禪書≫에 보인다.

7 "河山"二句 : ≪史記·吳起傳≫ : "魏武侯浮西河而下, 中流顧而謂吳起曰 : '美哉乎! 山河之固, 此魏國之寶也.' 起對曰 : '在德不在險. … 若君不修德, 舟中之人盡爲敵國也.'(魏武侯가 한번은 西河에 배를 띄우고 내려가다가 中流에서 吳起를 돌아보며 말했다. '아름답구나. 山河의 험고함이여, 이것이 魏나라의 보배로구나.' 하자 吳起가 말하길 '나라의 보배는 德에 있지 견고한 것에 있지 않습니다. 만약 임금께서 덕을 닦지 않는다면 같은 배 안에 있는 사람도 모두 적이 됩니다.')"

086 賜魏徵詩[1]

위징에게 주는 시

醽醁勝蘭生[2] 좋은 술 영록은 한무제가 마셨던 蘭生보다 낫고
翠濤過玉薤[3] 翠濤의 좋은 술은 수양제의 玉薤를 훨씬 뛰어넘네
千日醉不醒[4] 취한 후 천 일 동안 깨어나지 않고
十年味不敗 십 년 동안 술맛도 변치 않는구나

주석

1 ≪全唐詩≫ 제목 아래 주석에서는 "魏徵善治酒, 有名曰醽醁. 曰翠濤.(위징이 술을 잘 만들었는데 그 이름이 영록이다. 또 翠濤라고도 한다.)"
이 말은 ≪龍城錄≫ 卷下의 "魏徵善治酒" 條에 보인다.

2 醽醁 : 좋은 술 이름이다. 전해지기로는 魏徵이 제일 먼저 창조했다고 한다.
蘭生 : 좋은 술 이름이다. 한무제의 온갖 맛이 나는 좋은 술이다.

3 翠濤 : 좋은 술 이름이다. 전하기로는 위징이 창조한 술이라 한다.
玉薤 : 隋煬帝 술 이름이다.

4 千日醉 : ≪搜神記≫ 卷19 : "狄希는 中山 사람이다. 千日酒를 만드는데 그것을 마시면 천 일 동안 취하여 있다.
≪博物志·雜說下≫에 실려 있는데 劉玄石이 中山의 술집에서 술을 마시고 돌아와 취했다. 가족이 죽었다고 여겨 장사지냈다. 3년 후, 酒家가 가서 그를 보고, 명하여 관을 열게 했다. 玄石은 그때 비로소 깨어났다. 그러므로 속담에 "玄石飮酒, 一醉千日.(현석이 술을 마시면 천 일 동안 취해 있다.)"

087 兩儀殿賦柏梁體聯句[1]

양의전에서 백양체로 짓다

絶域降附天下平 帝

변방 오랑캐 모두 항복하고 귀순하여 천하가 태평하구나 –帝

八表無事悅聖情 淮安王[2]

팔방이 태평하여 일이 없으니 성군의 마음이 즐겁네 –淮安王

雲披霧斂天地明 長孫無忌[3]

구름 흩어지고 안개 걷히어 천지가 밝고 –長孫無忌

登封日觀禪雲亭 房玄齡[4, 5]

산에 올라 日觀峰에서 봉선하고, 운정에서 제사하네 –房玄齡

太常具禮方告成 蕭瑀[6, 7]

太常박사 각종 예의 준비해놓고 천지에게 예의차려 고하네 –蕭瑀

✿ 주석

1 ≪全唐詩≫ 제목 아래 주석에서 <兩京記> : "貞觀 5년, 太宗은 돌궐을 물리치고 兩義殿에서 突利可汗에게 연회를 베풀어 주면서 七言詩 柏梁體를 지었다." 한무제가 柏梁台를 지어놓고 그 위에 술을 차려놓고 군신들과 시를 창화하였는데 7언을 지은 자에게 상을 주었다. 이렇게 한 사람이 한 구씩, 구와 구를 압운한 七言古詩는 후세에서 柏梁體라 칭했다. 014 주석 4 참고.

2 淮安王 : 李神通(?~630) 高祖 李淵의 從父弟이다. 高祖가 병을 일으킬때에 스스로 關中道行軍總管이라 칭하고 武德 雲年에 右翊衛大將軍을 맡았다 永康王이 되었고, 얼마 뒤에 淮安王에 봉해졌다. 후에 李世民이 劉黑闥을 평정했을 때 左武衛大將軍으로 옮겼다가 貞觀 雲年에 開府儀同三司에 부임했다. 남은 시로는 겨우 一句뿐이다. ≪舊唐書≫ 卷60, ≪新唐書≫ 卷78에 傳이 있다.

3 長孫無忌 : (?~659) 字는 輔機, 河南 낙양인이다. 선조는 본래 鮮卑족 拓跋氏였는데 후에 長孫氏로 고쳐 불렀다. 唐 太宗 황후 長孫氏의 손위이다. 태종이 즉위하고 左武侯大將軍이

되었다가, 貞觀元年(627)吏部尙書・齊國公에 봉해지고 尙書右仆射・太子太師・同中書門下三品 등의 관직을 제수 받았다. 高宗이 즉위하고 太尉가 되었다가 고종이 武則天을 황후로 세우는 걸 반대하여, 顯慶 4年 모함죄로 黔州로 유배되었다가 스스로 목을 매어 죽었다. 일찍이 禮・法・史書 등을 공부하였다. 지금 전하는 시가 7首있다. ≪舊唐書≫ 卷65, ≪新唐書≫ 卷105에 그의 전기가 있다.

4 登封 : 山에 올라가 제왕이 천자에게 제를 지내는데 제왕이 천지를 제사하는 의식이다. 제사하고 하늘의 은공에 보답하였다. 그래서 封이라 칭했고, 태산 아래에 梁父山 위에서 땅에 제사하여 땅의 공에 보답했다. 그래서 禪이라 칭했다. 秦漢 이후부터 역대 봉건왕조는 모두 봉선을 국가적인 의식으로 만들었다.

日觀 : 秦山의 봉우리 이름이다. 여기에서 해가 뜨는 것을 보았기 때문에 이름이 되었다. 옛날에 秦山에서 제사 지낸다는 것은 즉 日觀峰에서 거행한 것이다.

雲亭 : 1・010 주석 9 참고.

5 房玄齡 : 070 주석 1 참고.

6 太常 : 官名이다. 秦에서는 奉常을 두었고, 漢에서는 이름을 고쳐 太常이라고 하여 九卿의 하나가 되었다. 예악・사직의 일을 맡아보았다. 北齊에 이르러 太常寺를 설치하여 卿, 少卿 각각 한 사람씩을 두었고 이 제도가 淸末까지 갔다.

7 蕭瑀 : 083 주석 1 참고.

088 送魏徵靈座[1]

위징을 보내면서

勁筱逢霜摧美質[2]	차가운 서리가 굳세고 아름다운 대나무 꺾어 버리고
台星失位天良臣[3]	三台星 떨어져 조정에 훌륭한 신하를 잃었네
唯當淹泣雲台上[4]	단지 雲台閣에서 통곡하며
空對餘形無復人[5]	그의 화상을 대하니 다시는 이 사람 찾을 수는 없구나

✿ 주석

1 이 시는 ≪全唐詩≫에는 없다. ≪魏鄭公諫彔≫ 卷5 <太宗幸苑西樓觀葬>에 보인다. 말하기를 : 공의 장례일에 조서를 내려 京官文武 九品 이상과 계리들을 개원 문 밖으로 보내도록 했다. 太宗이 幸苑西樓에서 바라보며 서글프게 곡을 하고 晉王宣에게 칙령으로 그를 제사하게 했다. 태종이 멀리 바라보고 시를 지었다. 태종이 비문과 만사를 뽑아 친히 책으로 만들었다. 태종이 그를 생각하기 끝이 없었다. 淩煙閣에 올라 그의 화상을 보고 七言詩送靈座를 지었는데 그것이 바로 이 시이다. 貞觀 17년(643) 正月에 지었다.

2 筱 : 조그만 대나무.

3 台星 : 三台星을 가리키는데, 上台, 中台, 下台에 각각 2星이 있었다. 옛 사람들은 세상의 三公을 상징한다고 여겼다. ≪晉書・天文志≫에 보인다.

4 雲台 : 東漢 南宮의 높은 누대이다. 漢明帝가 일찍이 雲台에서 공신명장을 그렸다. 당태종은 정관 17년 2월 淩煙閣에서 공신상을 그렸다. 여기에서 雲台는 淩煙閣을 지칭한다.

5 餘形 : 畵像.

089 五言延慶殿集同賦花間鳥[1]

연경전에서 꽃밭의 새를 보고 오언시로 쓰다

露園芳蕊散	노원에 향기로운 꽃이 어지럽고
風樹□鶯新	바람 스치는 숲 속에 꾀꼬리 새롭네
啼笑非憂樂	새의 울음과 웃음이 근심과 즐거움은 아닐 텐데
嬌莊復對人	예쁘고 정중하게 사람을 대하는구나
色映枝中錦	아름다운 깃털 나뭇가지 속에서 비치고
歌飛葉里塵	노랫소리는 밤중에도 천리까지 날아가네
所嗟非久質	이 아름다운 꽃과 새가 오랫동안 있어주지 않겠지
共視歇餘春	우리 모두 봄이 가는 것을 바라보고만 있구나

주석

1 이 시는 ≪翰林學士集≫에 수록되어 있고 ≪全唐詩≫에는 수록되어 있지 않다.
延慶殿：東都 洛陽皇城 延慶門內에 있다.

090 五言詠棋[1]

五言으로 바둑을 찬양한다(2首)

■ 一首

手談標昔美	바둑을 두는 것은 과거에는 아름다운 일이었고
坐隱逸前良[2]	앉아 숨어 있는 것은 지난 시대 현인들의 소일거리였지
參差分兩勢	뒤섞여 우리들은 두 세력으로 나뉘어
玄素引雙行[3]	흑과 백 양 쪽으로 각각 진행하였지
舍生非假命	삶을 버리는데 거짓으로 생명을 바치는 것은 아니고
帶死不關傷	죽음을 대했지만 상처입진 않았지
方知仙嶺側[4]	비로소 신령 옆에 앉아
爛斧幾寒芳	썩어 문드러진 도끼 차가운 향기 나는 걸 알았네

주석

1 이 시는 ≪翰林學士集≫에 실려 있고, ≪全唐詩≫에는 없다.

2 手談, 坐陰 : 모두 바둑을 두는 것이다.

3 玄素 : 검은 바둑돌과 흰 바둑돌.

4 仙嶺 : ≪述異記≫ 卷上에 실려 있는데 晉나라 때 王質이 벌목하러 信安郡 石室山에 들어갔는데 동자 여러 사람이 바둑 두며 노래 부르는 것을 보았다. 質이 그것을 듣자마자, 갑자기 도끼 자루가 문드러져 버렸다. 돌아와 보니 다시는 그때 사람들은 없었다. 이곳은 仙嶺 즉 王質이 우연히 仙을 만난 곳을 가리킨다.

■ 二首

治兵期制勝	군대를 다스리며 이기기를 바라고
裂地不邀勳	땅이 갈라져도 상을 받지 않았네
半死圍中斷	반은 죽었는데 둘러싸여 끊어졌고
全生節外分	온전하게 살아 생각지도 않게 일어났네
雁行分假翼[1]	기러기 행렬 거짓으로 날개 나뉘어
陣氣本無雲[2]	전쟁 기운 있는데 구름은 없네
玩此孫吳意[3]	손무와 오기의 뜻을 생각하며
怡神靜俗氛	기쁘게 세상일 잊어버리네

✿ 주석

1 雁行 : 질서 정연한 군대 대열을 비유한다.

2 陣氣 : 전쟁 중의 구름 기운.

3 孫吳 : 孫武와 吳起의 병칭. 孫武는 춘추시대 齊人이고, 吳를 섬겨 장수가 됨. 병서 ≪孫子≫ 13편이 있음. 吳起는 전국시대 衛人. 魏를 섬겨 장수가 됨. ≪兵法≫, ≪吳子≫가 있음. 후에 이들을 훌륭한 무장으로 병법에 능통한 자를 칭할 때 빌려썼다.

091 賜李百藥[1]

이 백약에게

項棄範增善[2]	항우는 範增의 착한 덕을 버리고
紂妒比干才[3]	商의 주왕은 비간의 재주 질투했지
嗟此二賢沒	이 두 사람의 현명한 신하가 없음이 안타깝지만
余喜得卿來	나는 당신이 다시 오니 기쁘다네

주석

1 이 시는 ≪冊府元龜≫ 卷97에 보이는데 ≪全唐詩≫에는 수록되어 있지 않음. 李百藥(565~648) 字는 重規 定州安平(河北 安平)人이다. 隋의 內史令·安平公인 李德林의 아들로 7세 때 문장을 읽어 '奇童'이라고 불렀다. 貞觀初에 中書舍人·禮部侍郎 등을 거쳐 太子右庶子를 지냈다. 평소에 시와 술을 즐기며 그의 재주가 세상에 알려졌다고 한다. 五言詩를 잘 지었다. ≪舊唐書, 經籍志≫≪新唐書, 藝文志≫에 그의 문집 30卷이 있었으나 이미 없어졌다. 후인들이 모아놓은 ≪李百藥集≫ 一卷이 있고 ≪全唐詩≫에 詩一卷이 전한다.

2 "項棄"句 : 項籍(BC232~202) : 秦末 楚의 장수이고 字는 羽이다. 숙부 梁과 함께 기병하여 秦軍을 쳐서 鹹陽을 불사르고 秦王 子嬰을 죽이고 자립하여 西楚의 패왕이 되었다. 沛公과 천하를 다투었다. 垓下의 싸움에서 패하고 烏江에 투신자살하였다. 範增은 楚 項羽의 謀臣이다. 항우에게는 亞父라고 불리어 신임을 받았으나 뒤에 漢과 내통한다는 의심을 받아 彭城으로 피신하였으나 그곳에서 등창을 앓아 죽었다. ≪史記, 項羽本紀≫에 보인다.

3 "紂妒"句 : 比干 : 殷의 충신. 紂王의 叔父. 紂王의 음란함을 간하다가 죽음을 당함. 箕子, 微子와 더불어 三仁이라 일컬어진다. ≪史記, 殷本紀≫에 상세하게 나와 있다.

현종玄宗 시

玄宗(685~762)

玄宗의 姓氏는 李이고, 諱는 隆基이다.

睿宗의 셋째 아들이다. 垂拱3年(687)에 楚王이 되었다가, 長壽2年(693)에 강등되어 臨淄郡王이 되었다. 景龍4年(710) 군대를 일으켜 韋后와 그의 무리를 죽이고 睿宗을 세워 그 공으로 平王이 되었다가 황태자로 옹립되었다.

先天 元年(712)에 황제로 즉위했다. 2년에 太平公主가 찬탈한 음모로 좌절되기도 했다. 天寶15年(756) 安史의 난으로 蜀으로 도피하였다가 7月, 太子 李亨이 靈武에서 즉위하니 "太上皇"으로 존칭받아 至德2年(757) 수도로 돌아왔다.

죽은 후 諡號는 "至道大聖大明孝皇帝"였고, 역사서에서는 "明皇"이라 칭하고 廟號는 "玄宗"이다.

황제로써 45년 간 즉위했는데 전반기에는 정치에 매진하여 "開元之治"의 성대함으로 당의 발전을 최고로 이끌었다. 후반기에 정사를 게을리하여 安史의 亂을 초래하였다.

현종은 詩, 文, 音律, 書法에 모두 뛰어나 唐代 文學 예술을 발전시키는데 큰 공을 세운 자이다.

≪全唐詩≫에 그의 詩63首가 전해지고, ≪全唐文≫에 文25卷이 전해진다. ≪舊唐書≫ 卷8, ≪新唐書≫ 卷5 本紀에 그의 事跡이 기록되어 있다.

001 過晉陽宮[1]

진양궁을 지나가다가

緬想封唐處[2] 당나라로 봉해졌던 곳을 생각하니
實惟建國初 그때는 李氏가 나라를 막 세운 때였지
俯察伊晉野[3] 晉나라 넓은 들판 내려다보고
仰觀乃參虛[4] 參과 虛 두 별자리 올려다보네
井邑龍斯躍 神龍은 이곳 마을에서 뛰어오르고
城池鳳翔餘[5] 神鳳은 이곳 연못 속에서 날아올랐지
林塘猶沛澤[6] 숲 속과 沼澤연못은 물풀이 무성한 곳
台榭宛舊居 정자와 누각은 예전과 똑같이 변함없구나
運革祚中否 왕조가 변천하여 제위 자리 얻었고
時遷命茲符 시대가 변하여 하늘의 명 받았지
顧循承丕構[7] 돌아보며 왕의 업적 계승하는데
怵惕多憂虞 마음속엔 불안함으로 걱정 근심 많네
尙恐威不逮 위엄 떨치지 못할까 늘 근심하고
復慮化未孚[8] 백성들 따르지 않을까 거듭 걱정이네
豈徒勞轍跡 순찰하는데 공연히 수레와 말 피곤하게 하는 건 아닌지
所期訓戎車 이곳에서 사병들을 훈련시켜야지
習俗向黎人[9] 서민들에게 풍속을 이해시키고
親巡慰里閭 친히 골목길 누비며 백성들을 위로해야지
永言念成功 백성들 오랫동안 선조의 공덕을 그리워하며
頌德臨康衢[10] 사통팔달 대로에서 성군의 덕행 노래하겠지
長懷經綸日[11] 늘 나라 다스리는 일 생각하며

歎息履庭隅　　정원 모퉁이에서 불안한 마음으로 탄식하네
艱難安可忘　　당초의 어렵고 고통스러움 어찌 잊을까
欲去良踟躕　　가야 하는데 晉陽宮에서 배회하고만 있구나

✿ 주석

1 晉陽宮 : 隋 宮殿 이름. 大業13년(617) 煬帝가 李淵에게 명하여 짓게 하였다. 유적이 지금 山西 太原市에 있다.
兩≪唐書・玄宗紀≫와 ≪痛鑑≫ 卷212에 의하면 詩는 開元 11년(723) 正月에 지어졌다고 한다.

2 封唐 : 唐 高祖 李淵의 조부 李虎가 周를 도와 魏를 벌하여 功을 세웠다. 죽은 후에 그 공을 기록하여 唐國公에 봉해졌다. 李淵은 부친 李昞과 서로 세습하여 唐公에 봉해졌다. 隋 大業 13年에 李淵은 太原留守의 작위를 받고 오래지 않아 여기에서 군대를 일으켜 隋를 대적하였다.

3 晉野 : 周成王이 아우 叔虞를 唐에 봉했고 叔虞의 아들 燮이 국호를 바꾸어 晉이 되었다. 晉의 땅은 春秋때 지금의 山西省 대부분과 河北省 西南지구 지대로 晉野는 黃河 양 언덕을 이야기한다.

4 參虛 : 參과 虛는 모두 28개 별자리 중 하나이다. 별자리가 지평선에 가까워 오면 그 부분이 晉野이다.

5 龍躍, 鳳翔 : 모두 제왕이 흥기할 조짐을 말한다.

6 沛澤 : 물풀이 무더기로 생기는 沼澤地이다.

7 丕構 : 大業으로 帝業을 가리킨다.

8 孚 : 사람으로 하여금 믿게 한다.

9 黎人 : 백성이다. 唐人은 李世民의 諱를 피하여 “民”을 “人”으로 칭했다.

10 康衢 : 사통팔달의 대로이다. ≪列子・仲尼≫에 堯임금이 천하를 50년간 다스렸는데 변복하고 康衢를 거닐다가 아동들이 부르는 동요를 들었다. “立我烝民, 莫匪爾極, 不識不知, 順帝之則.(백성들 편안히 먹게 하였으니 그 분의 은덕이 아님이 없네. 알건 모르건 제왕의 법칙을 따라야지.)”

11 經綸 : 실을 정리하다. 국가를 다스리는 걸 비유한 것이다.

002 行次成皐途經先聖擒建德之所緬思功業感而賦詩[1]

성호로 가던 중 태종임금이 建德을 사로잡았던 곳을 지나가다 감회에 젖어 시를 짓는다

有隋政昏虐	수왕조 정치는 어둡고 포학하여
群雄已交爭	많은 영웅들 서로서로 다투었지
先聖按劍起	선왕 태종께서 칼을 빼어드니
叱吒風雲生[2]	위풍과 기개 당당하여 바람과 구름이 일어나네
飮馬河洛竭[3]	말을 먹이니 황하 낙수에 물이 마르고
作氣嵩華驚[4]	떨치고 일어나니 崇山 華山 모두 놀라 어쩔 줄 모르네
克敵睿圖就	전쟁에서 적을 이기고 큰 대업 이루어
擒俘帝道亨	적들을 사로잡으니 왕의 업적 창성하구나
顧慚嗣寶曆[5]	되돌아보니 황제자리 이어 받으면서도 부끄럽지만
恭承天下平	공손히 받들어 이 태평성대를 이어가리라
幸過翦鯨地[6]	거대한 원흉(竇建德)을 뿌리째 없앤 곳을 지나가다가
感慕神且英	감개무량하여 위풍당당한 태종황제를 그리워하네

주석

1 成皐 : 지금의 河南 滎陽縣 汜水鎭西이다. 先聖은 唐 太宗을 가리킨다. 建德은 竇建德(573~621)으로 隋末 농민 봉기를 했던 우두머리이다. 淸河漳南人(지금 河北 故城縣東北), 大業13년(617)에 樂壽에서 長樂王으로 칭함을 받았고, 년호는 丁醜이라 했다. 無德元年(618) 夏王이라 칭했고, 五鳳이라 연호를 바꾸었다. 王世充이 楊侗을 폐하고 황제가 되었을때 建德은 스스로 천자의 깃발을 세웠다. 四年, 李世民과 결전했는데 패하여 長安에서 포로로 잡혔다. 兩≪唐書・玄宗紀≫에 張九齡과 奉和詩"封岱出天關"等句가 보인다. 이 시는 開元 13년(725) 10月 東封泰山에서 成皐로 가는 길에 지어졌다.

2 "叱吒"句 : 梁 元帝 <過伐侯景檄> : "叱吒則風雲興起.(큰 소리로 꾸짖으니 바람과 구름이 일어났다.)"

3 河洛：黃河와 洛水이다.
4 嵩華：嵩山과 華山이다.
5 嗣：계승하다.
寶曆：나라의 복, 왕위를 말한다.
6 鯨：원흉을 비유, 여기에서는 竇建德을 가리킨다.

003 校獵義成喜逢大雪率題九韻以示群官[1]

의성에서 사냥하다 대설을 만나니 너무 기뻐 九韻으로 적어 관리들에게 보여준다

弧矢威天下	화살은 천하를 향해서 위엄 떨치고
旌旗遊近縣	깃발은 펄럭이며 근처 마을에서 노네
一面施鳥羅	한쪽 면에 새를 잡으려고 그물망 쳐 놓고
三驅教人戰[2]	세 군데에서 몰아 사람 시켜 사냥하네
暮雲成積雪	저녁 무렵 쌓인 눈 위에 저녁 구름 생기고
曉色開行殿	이른 아침 행궁의 대문이 열리네
皓然原隰同	넓은 뜰과 못은 밝고 쾌활한데
不覺林野變	깊은 숲 들판이 변했음을 몰랐구나
北風勇士馬	북풍 속에서 용사의 말은 달리고
東日華組練	동 트는 아침 햇빛아래 말고삐 빛나 눈이 부시네
觸地銀麞出	땅 위에서는 은색의 노루 풀 속에서 뛰어 오르고
連山縞鹿見	이어져 있는 산봉우리 사이 흰 사슴 희미하네
月兎落高矰[3]	급하고 빠른 화살로 달 속의 옥토끼가 맞지 않았을까
星狼下急箭[4]	하늘의 天狼星이 떨어지지 않았을까
既欣盈尺兆[5]	1척이나 쌓인 눈으로 이미 즐겁고
復憶磻溪便[6]	周 文王이 渭水에서 강태공을 만나는 행운을 생각하네
歲豐將遇賢	풍년의 해 또 현신을 만나니
俱荷皇天眷[7]	하늘의 축복을 받은 것이리라

✿ 주석

1 校獵 : 울타리 쳐서 짐승을 가둬두고 사냥한다. 고대 천자의 校獵은 대부분 무술을 연마하고 병을 훈련시키는 뜻으로 쓰였다.

2 三驅 : 삼 면에서 짐승을 몰아 한 쪽 길로 나가게 하니 즉 관대하게 용서해 준 것이다. 잘 살 수 있는 덕을 보여 준 것이다. ≪易 · 比≫

3 月兎 : 신화 속에 나오는 달 속의 토끼.
矰은 옛날 새를 쏠 때 사용하는 주살이다.

4 星狼 : 天狼星이다.
急은 全詩校에서는 "一作飛"

5 盈尺兆 : 謝惠連의 <雪賦> : "盈尺則呈瑞於豊年.(한 자 남짓 눈이 쌓이니 풍년들 상서로움 보이네.)"

6 磻溪 : 陝西 寶鷄市 동남쪽이다. 원래는 南山에서 나와 北쪽으로 흘러 渭로 들어간다. 전설로 姜太公이 이곳에서 낚시했다고 한다. 周文王이 사냥 나가 우연히 만나 절하고 스승 삼았다. 그 뒤로 周가 홍하고 殷이 멸하게 되었다. ≪漢詩外傳≫ 卷8에 보인다.

7 眷 : 관조하다, 생각하다.

004 賜諸州刺史以題座右[1]

자사들에게 좌우명을 하사하다

眷言思共理[2]	군신이 함께 국가를 다스릴 것을 깊이 생각하며
鑒夢想維良[3]	현신을 만날 꿈을 꾸네
猗歟此推擇[4]	아! 자사를 잘 뽑아서
聲績著周行[5]	명성과 공적 길거리에 드러나게 해야지
賢能旣俟進	현명하고 능력 있는 선비는 발탁되기를 기다리고
黎獻實佇康[6]	재주 있는 많은 선비들은 태평성세를 기다리네
視人當如子[7]	자사들은 응당 백성을 자녀로 생각하며 보호해야지
愛人亦如傷[8]	마음 상한 사람도 감싸 안으며 사랑하고
講學試誦論	가르쳐 육경을 토론하게 하고
阡陌勸耕桑	논밭에서 열심히 농사짓고 양잠하도록 도와야지
虛譽不可飾	허황된 명예 구하지 말고
淸知不可忘	맑은 지혜 잊어버리지 말아야지
求名跡易見	오로지 명성만 추구하면 비록 쉽게 행적이 드러나지만
安貞德自彰	편안하고 정숙한 덕은 스스로 품덕이 드러나지
訟獄必以情[9]	소송을 처리할 때에는 반드시 정으로 하고
敎民貴有常	백성들 깨우칠 때도 도에 맞게 해야지
恤惸且存老[10]	고아와 과부를 불쌍히 여기고 노인들은 잘 보살피고
撫弱復綏强	외롭고 약한 자 잘 보살피고 강한 자도 어루만져야지
勉哉各祗命[11]	겸손히 각자 자기의 사명을 다하도록 노력하면
知予眷萬方	내가 여러분들을 다방면으로 보살필 것이다

✿ 주석

1 ≪全唐詩≫題下注 : "개원 13년에 황제는 친히 조정에 있는 신하를 선택해서 여러 주의 자사로 삼았다. 許景先은 虢州, 源光裕은 鄭州, 寇泚은 宋州, 鄭溫琦는 邠州, 袁仁恭은 杭州, 崔志廉은 襄州, 李升期는 邢州, 鄭放은 定州, 蔣挺은 湖州, 裴觀은 滄州, 崔誠은 遂州, 모두해서 11人이다. 그들이 각 주에 갈 때 宰相 諸王 禦使에게 조서를 내려 洛水강가에서 조상에게 고하고 성대하게 연회를 열어 太常樂에게 연주하게 하고 비단으로 장식한 배를 타고 놀게 하면서 詩를 지어 座右명으로 삼도록 붓과 종이를 주어 스스로 짓게 명했다. 이것은 ≪唐詩紀事≫ 卷2에 기록되어 있다.
"十三年"은 원래 ≪唐詩紀事≫에는 "十六年"으로 되어 있었다. 지금은 史傳에 의해 고친 것이다. ≪唐書 · 許景先傳≫, ≪冊府元龜≫ 卷671, ≪通鑑≫ 卷212에 의거해서 詩는 開元 13년(725)二月에 지어진 것이다.

2 眷言 : 그리워하는 말, 사모하는 모양. 理 : 다스림.

3 鑒夢 : 殷 高宗 武丁이 꿈에 傅岩의 뜰에서 현상 傳說을 얻은 징조를 말한다. ≪史記 · 殷本紀≫에 보인다. 후에 이것으로 현자를 생각하는 정을 표현할 때 사용하였다.
維良 : 漢宣帝가 정신을 가다듬어 나라를 잘 다스릴 방법을 강구하였다.
夢 : 全詩校에는 '古'로 되어 있다.

4 猗歟 : 찬미를 표시하는 감탄사이다.

5 聲績 : 명성과 치적(정치상의 업적), 聲, 全詩校에서는 '評'으로 되어 있다.
周行 : 大路.

6 黎獻 : 매우 많은 현인들.

7 "視人"句 : 이 말은 본래 ≪禮記 · 表記≫에 있다. "백성을 자식같이 여기기를 부모 같이 하는데, 마음이 아프고 슬픈 사랑이 있고, 충과 리의 가르침이 있다."

8 "愛人"句 : 春秋시대에 "視民如傷"의 말이 있는데 통치자가 백성들을 돌보는데 상처를 받은 사람과 같이 생각하여 소란을 피우거나 놀라게 해서는 안된다. ≪左傳 · 哀公元年≫, ≪孟子 · 離婁下≫에 보인다.

9 "訟獄"句 : ≪左傳 · 莊公十年≫ : 크고 작은 감옥, 비록 살필 수는 없어도 반드시 情으로서 한다.

10 惸 : 근심하는 모양, 외로운 몸.
存老 : 노인을 봉양한다.

11 祗命 : 자신의 직분에 충실하다.

005 送忠州太守康昭遠等[1]

충주태수 강소원 등을 보내면서

端拱臨中樞	나는 단정하게 앉아 두 손을 맞잡고
緬懷共予理[2]	군신들과 함께 나라를 다스리길 바라네
不有台閣英	만약 조정에 뛰어난 인재가 없다면
孰振循良美[3]	누가 공무를 중히 여기고 법을 잘 지키겠는가?
分符侯甸內[4]	符信(부절)을 나누어서 경성 부근의 군대를 지키라 하니
拜手明庭裏	조정에서 두 손 모아 공손히 임명을 받았지
誓節期飮冰[5]	마음에 근심 걱정 가득하나 맹세했지
調人方導水[6]	백성을 교화함이 마치 홍수가 흐르는 듯 소통하고
嘉聲馳九牧[7]	아름다운 명성은 九州의 장관에게 전해지고
惠化光千祀[8]	인자한 교화는 천년을 비추게 되리
時雨侔昔賢[9]	옛 성현처럼 하늘에서 내려준 순조로운 비와 바람 얻고
芳猷貫前史[10]	향기로운 덕행은 역사서의 현신들과 함께 빛나게 되리
佇爾頌中和[11]	오랫동안 당신의 中和의 도를 찬양하여
吾將令卿士	나는 그대를 태수직으로 명하노라

✿ 주석

1 ≪寶刻叢編≫ 卷19의 ≪復齋碑錄≫을 인용하여 : "<唐明皇送康太守詩>, 唐明皇이 지은 시문은 行書를 병행했고 오른 쪽엔 篆字로 題 하였고 天寶13年2月에 세웠다." 또 "≪唐御制御書詩刻石記≫, 唐南賓太守 康昭遠이 삼가 진술하다. 天寶13年 甲子二月七日 癸酉에 건축하였다."라고 기록되어 있다.

忠州 : 지금의 四川 忠縣이다. 康昭遠은 일찍이 忠州太守로 임명되었고 그 외의 것은 알 수 없다.

2 共予理 : 함께 다스리는 것이다.

3 循良 : 공무를 중히 여기고 법을 지키다.

4 分符 : ≪史記 · 孝文本紀≫ : "처음에는 郡國守相에게 銅虎符, 竹使符를 주었다." 銅虎符와 竹使符는 모두 漢代 符信(증거, 계약서)이다. 매 符마다 郡國守相과 朝廷에서 각각 그 半을 가지고 있다. 후에 符信을 나눈다는 것은 州郡 長官으로 임명함을 비유하는 것이다.

侯甸 : 侯爵과 夏나라 제도로 왕성 주위 500里 이내의 땅. 고대 수도 부근의 땅을 말한다.

5 飮冰 : 근심하는 마음을 비유했다. ≪莊子 · 人間世≫ : "今吾朝受命而夕飮冰, 我其內熱與.(지금 나는 아침에 명을 받고 저녁에 근심하니 내 안이 뜨겁다.)"

6 導水 : 흐르는 물처럼 소통하다. 蔡邕<胡公碑> : "敷土導川, 俾順其性.(흙을 바닥에 깔고 물을 흐르게 하니 성품은 순리대로 따르게 하다.)"

7 九牧 : 九州. 또 九州의 長官을 칭하여 사용되기도 한다.

8 千祀 : 천년의 세월.

9 時雨 : 때맞춰 내리는 비. 敎化 · 恩澤을 비유하기도 한다. ≪孟子 · 盡心上≫ : "君子之所以敎者五, 有如時雨化之者...... 군자가 가르치는 방법에는 다섯 가지가 있다. 때맞춰 내린 비가 초목을 자라게 함과 같이 하는 것이 있고, 德을 이루게 해 주는 것이 있으며, 才能을 개발시켜주는 것이 있고, 물음에 대답해 주는 것이 있으며, 혼자서 몸을 닦게 해 주는 것이 있다. 이 다섯 가지는 군자가 사람을 가르치는 방법이다."

≪韓非子 · 主道≫ : "是故明君之行賞也, 暖乎如時雨, 百姓利其澤.(명군이 칭찬을 하는데 때맞춰 내리는 비처럼 따뜻하고, 은택으로 백성은 풍요롭게 된다.)"

侔 : 동등하다, 같다, 비등하다.

10 芳猷 : 향기로운 道, 美德을 가리킨다. 謝朓 <酬德賦>에 "結德言而爲佩, 帶芳猷而爲服.(덕스런 말을 하여 허리에 차고, 아름다운 덕을 행하여 옷을 입었네.)"

11 中和 : 바르고 화평하다.

006 送李邕之任滑台[1]

이옹을 활대로 보내며

漢家重東郡[2]	漢 왕조는 활주를 중요하게 여겼지
宛彼白馬津[3]	마치 저 白馬 나루터 같이
黎庶既蕃殖	백성들 이미 많아졌으니
臨之勞近臣	관리하느라 신하들 수고가 많구려
遠別初首路[4]	먼 길 떠나보내며 이별하려 하는데
今行方及春	떠나는 길엔 이미 봄이 왔네
課成應第一[5]	정치적인 업적 응당 제일 중요하지만
良牧爾當仁[6]	좋은 목자는 인자한 마음을 품는 것일세

주석

1 李邕：(675~747) 字는 太和, 揚州 江都(지금의 江蘇 揚州)人. 父 李善은 일찍이≪文選≫ 卷60을 注해서 세상에 크게 알려졌고, 아들 邕도 일찍부터 그의 재주와 이름이 널리 알려졌다. 특히 碑頌을 잘 지었고, 書法에 뛰어났다. ≪新唐書・藝文志≫에 문집 70권이 수록되어 있었는데 지금은 詩 6首만 남아 있을 뿐이다.

滑台：지금의 河南 滑縣 東쪽이다.

2 東郡：滑州를 말한다.

3 白馬津：黎陽津, 鹿鳴津이라고도 한다. 白馬水는 河南 滑縣 북쪽에 있고 옛날에는 河水가 갈라져 흐르는 곳으로 지금은 이미 파묻혀서 없어졌다.

4 首路：출발하다. 길을 떠나다.

5 課成：정치적인 업적이 우수하다.

6 當仁：≪論語・衛靈公≫："當仁不讓於師" 오늘날 成語로 "當仁不讓"을 사용함. 옳은 일은 사양하지 않는다, 의로운 일에 적극적으로 나선다의 뜻이다.

007 端午三殿宴群臣探得神字

단오날 삼전에서 군신들에게 연회를 베풀며 神字 韻으로 시를 짓게 하다

序：律中蕤賓[1]，獻酬之象著；火在盛德[2]，文明之義煇。故以式宴陳詩[3]，上和下暢者也。朕宵衣旰食，輯聲教於萬方[4]；卜戰行師，總兵鈐於四海[5]。勤貪日給，憂忘心勞。聞蟬聲而悟物變，見槿花而驚候改。所賴濟濟朝廷[6]，衹成鵷鷺[7]；桓桓邊塞[8]，責辦熊羆[9]。喜麥秋之有登[10]，玩梅夏之無事[11]。時雨近霽，西郊靃靡而一色[12]；炎雲作峯[13]，南山嵯峨而異勢[14]。正當召儒雅，宴高明。廣殿肅而淸氣生，列樹深而長風至。廚人嘗散熱之饌，酒正行逃暑之飲[15]。庖捐惡鳥[16]，俎獻肥龜。新筒裹練，香蘆角黍[17]，恭儉之儀有序，慈惠之意溥洽[18]。諷味黃老[19]，致息心於眞妙[20]；抑揚遊夏[21]，滌煩想於詩書。超然玄覽[22]，自足爲樂。何止柏枕桃門[23]，驗方術於經記[24]；彩花命縷[25]，觀問遺於風俗[26]，感婆娑於孝女[27]，憫枯槁之忠臣而已哉[28]。歎節氣之循環，美君臣之相樂。凡百在會[29]，咸可賦詩。五言紀其日端，七韻成其火數。豈獨漢武之殿,[30] 盛朝士之連章[31]；魏文之臺[32]，壯辭人之並作云爾。

서：음력 5월은 손님 초대하여 술잔을 권하는 상이 있고 火는 왕성한 기운에 있으니 文을 밝히고 義가 번창한다. 그러므로 평안히 시를 지으며 위아래 조화로운 관계를 표현해 본다. 나는 침식을 잊고 나랏일에 열중하니 천하가 화목하여 만방에 명성과 교화를 떨치네. 파병하여 전쟁을 하고 천하의 군대 지휘권을 마음대로 관장하였다. 매일 정무에 힘쓰고 천하를 걱정하는 마음도 힘든 줄 몰랐다. 매미소리 듣고서 비로소 기후의 변화를 알고 무궁화 꽃을 보고서 기후의 변화를 알게 되어 놀라는구나. 다행인 것은 여러 신하가 바르게 조정에서 배열하여 봉황과 백로같이 서열 지어 다니니 질서

가 잡히는 것이다. 웅장한 변새지방 방어는 용맹한 무장들에게 넘겨주고 나는 기쁘게 가을에 대풍 맞은 보리수확을 바라보며 한가하게 여름 풍경을 감상한다. 때맞춰 비 온 후, 하늘은 맑고 京城 서쪽 교외는 부드럽고 푸른 풀이 미풍에 하늘거리며 비취빛 들판 아름답구나. 여름 구름 산봉우리에 휘감고 산세는 기이한 바위로 우뚝하고 형태가 기이하다. 이때는 응당 우아한 유학자들 선비를 소집하여 연회를 열고 친구들과 고고하게 지내는 좋은 때이지. 높고 높은 궁전엔 엄숙하고 맑은 정기가 그 안에 요동치고 숲 속은 그윽하고 바람은 흔들흔들, 주방에서는 산해진미 준비하고 맛 좋은 술로 여름 더위 잊네. 주방장은 오리 같은 보통 요리는 하지 않고 접시 위에는 진귀한 요리만 있구나. 신선한 대나무 통 속에 가득한 쌀밥 이파리 속의 쫑즈 향기가 진동하네.

공손하고 근검절약하는 예의로 사람들은 모두 군자의 인자한 은혜를 받았다고 생각하네. 군신들은 황로의 도가사상을 논하고 편안한 마음과 몸으로 大道를 맛보네. 군신들은 공자의 학생 子遊와 子夏의 유학을 말하며 시서로써 마음속의 번뇌를 씻어버리네. 세상 물욕을 초월하고 하늘의 현묘함 생각하니 저절로 즐겁구나. 측백나무로 베개하고 문 위에는 꽃 무늬로 장식하여 경전 속의 핵심인 방사의 기이한 술책을 시험하고 아름다운 꽃을 잘라 명을 연장하는 띠에 붙이고 이렇게 여러 가지 기묘한 풍습을 마음껏 감상하는구나.

또 춤추다 죽은 효녀의 고사를 들으며 눈물 뿌리고 이야기 속의 고고한 충신을 불쌍히 여기네. 시절의 빠름과 헛되이 순환하는 절기를 느끼며 군신간의 신뢰를 찬미하며 즐겁게 누리네. 그러니 연회를 열어 있는 것은 모두 시로써 표현할 가치가 있지. 오언시, 칠언시로 모두 조정을 찬미하네. 어찌 漢 武帝 柏梁臺의 연회가 있어야 군신들의 시문이 풍부해지나, 어찌 魏 文帝의 銅雀臺 위에서야 웅장한 시인들의 작품이 나올까?

五月符天數[33]	오월의 오(五)는 역경에서 말하는 천수이고
五音調夏鈞[34]	오음으로 여름날 화음이 조화 되어
舊來傳五日	예부터 사람들은 매번 五일을 만나면
無事不稱神	만사가 형통하여 매우 신기하다고 여겼지
穴枕通靈氣	측백나무 베개는 신령스러운 기운 맑게 통하게 하고
長絲續命人	명주 끈 이어 놓으면 오랫동안 장수한다 하였지
四時花競巧	4계절 중에 여름 꽃이 가장 아름답고
九子椶爭新[35]	오색찬란한 쫑즈를 잘 만들면 모두 다 맛있어 하지
方殿臨華節	네모난 대전에서 우리들은 아름다운 계절을 감상하고
圓宮宴雅臣	둥그런 궁전에서 우아한 대신들 초청하여 연회를 여네
進對一言重	군신들이 군왕에게 바치는 것은 모두 중요한 말들
遒文六義陳[36]	모두 유가의 大道 眞理이네
股肱良足詠[37]	이렇게 내 곁의 대신들은 모두 칭찬할 가치가 있으니
風化可還淳	그들의 보좌로 천하의 기풍 순박하게 회복되었네

✿ 주석

1 律中蕤賓 : 夏曆 5월을 가리킨다.

2 火在盛德 : 옛날 사람들은 4계절에 각각 왕성한 기운이 있다고 여겼다. 봄은 생겨나는 것이고, 여름은 자라는 것이다. 하늘은 火位에서 왕성한 기운을 자라게 한다.
燀은 불꽃이 번창하는 모양이다.

3 式宴 : 안락하다. 편안하다.
陳詩 : 시를 짓는 것이다.

4 宵衣旰食 : 날이 새기 전에 옷을 입고, 해 진 뒤에야 밥을 먹는다. 침식을 잊고 나랏일에 열중하다.
輯 : 통괄하다. 통할하다. 화목하다.
聲教 : 명성과 위엄과 교화. ≪書, 禹貢≫ : "朔南暨聲教, 訖於四海.(북녘과 남녘에 미쳐 명성과 교화가 四海에 이르니.)"

5 兵鈐 : 鈐은 도장, 도장을 찍다. 兵鈐은 군대의 지휘권을 말한다.

6 濟濟：사람이 많은 모양. ≪詩・大雅・文王≫："濟濟多士, 文王以寧.(여러 신하가 있어 문왕도 마음 편하시네.)"

7 鵷鷺：원추새와 백로가 나는데도 순서가 있기 때문에 이것을 이용해 조정의 관원들의 서열을 비유하였다.

8 桓桓：위엄이 있고 굳센 모양, 용맹스러운 모양.

9 熊羆：≪書・牧誓≫："勖哉夫子, 尙桓桓, 如虎如貔, 如熊如羆" 곰과 큰 곰으로 용맹한 무사를 비유한다.

10 麥秋：더운 여름. 登：풍부한 수확.

11 梅夏：매실이 여름에 익는다. 그래서 여름을 梅夏라고 한다.

12 靃靡：풀이 약해서 바람에 따라가는 모양.

13 炎雲：여름 구름.

14 嵯峨：산세가 험준하여 우뚝한 모양.

15 酒正：官名이다. 酒官의 우두머리. 逃暑：피서. 옛날에는 술을 마시며 피서하는 법이 있었다. 이것을 "避暑飮"이라 불렀다. 曹조의 ≪典論≫에 보인다.

16 惡鳥：의심하건데 집오리(鶩)를 가리키지 않나 생각하다. 즉, 鴨이다. ≪風土記≫에 "仲夏端午烹鶩.(더운 여름철과 단오에 집오리를 삶아 먹는다.)" 말이 있다.

17 新筒裹練：5월 5일 초나라 사람들은 대나무 통에다 쌀을 채워서 채색실로 묶어 물에 던져 굴원을 제사하였다. ≪續齊諧記≫에 보인다.

角黍：줄 잎으로 찹쌀을 싸서 익힌다. 角黍라고 하기도 하고 粽子라고도 한다.

18 溥洽：보편적으로 두루두루. ≪漢書・匈奴傳≫："大化神明, 鴻恩溥洽.(크도다 신명이여, 큰 은혜 널리 두루 미치네.)"

19 黃老：黃帝, 老子를 道家에서는 始祖로 존중한다. 후에 '黃老'는 도가로 칭한다.

20 息心：① 잡념을 없애다. 마음이 고요하고 욕심이 없다. ② 마음을 놓다. 안심하다.

眞妙：道이다. ≪老子≫："玄之又玄, 衆妙之門.(현묘하고 또 현묘하네, 만물이 쏟아져 나오는 문이네.)"

21 遊夏：孔子의 제자 子遊와 子夏를 말함. 두 사람 모두 문・사・철을 잘 하는 사람이다.

22 玄覽：道家語로서 마음이 玄冥한 곳에 거하여 만물을 보는 것을 말함.

23 桃門：≪藝文類聚≫ 卷4의≪續漢書・禮儀志≫를 인용하였다.："五月五日, 朱索五色柳桃印爲門戶飾, 以止惡氣.(5월 5일에 다섯 가지 색깔의 버드나무 복숭아 나무 도장을 붉은 실로 묶어 문에다 장식하여 악한 기운을 막았다.)"

24 經記：經典과 기록.

25 彩花：채색 비단을 잘라 꽃을 만들다.

命縷：수명줄을 잇다. 일명, 長命縷라고도 한다. 5월 5일 오색실을 어깨에 매면 사람 수명이 길어진다. ≪風俗通≫에 보인다.

26 問遺：물건을 주면서 안부를 묻다. 옛날에는 5월 5일 여러 가지 물건을 서로 주는 풍습이 있었다. ≪初學記≫ 卷4에 보인다.

27 婆娑：춤추는 자세가 아름답다.

孝女：曹娥를 가리킨다. ≪世說新語・捷悟≫에서 <會稽典錄>에 기재된 것을 인용하면, 曹娥는 上虞人으로 아버지 盱가 節按歌를 두드리며, 빙글빙글 춤을 추며 神을 즐겁게 했다. 漢武帝 2년 5월 5일에 다섯 君神을 맞으러 파도를 거슬러 올라가다가 물에 빠졌다. 시체는 건지지 못했다. 娥가 나이 14살 때 강을 따라가며 7일간 주야로 곡을 하다가 강물에 뛰어 들어가 죽었다.

28 枯槁之忠臣：≪藝文類聚≫ 卷4의 <琴操>에 기재된 것을 인용하면 "介子綏가 충심으로 공자 重耳를 섬겼는데 나중에 산에 들어가 나오려 하지 않자 晉 文公(重耳)이 산을 태워 그를 나오게 했으나 子綏는 나무를 끌어안고 불에 타 죽었다. 文公은 백성들에게 5월 5일 불을 붙이지 말라고 명을 내렸다."

29 凡百：총괄하는 말이다. ≪詩・小雅・雨無正≫："凡百君子, 各敬爾身.(모든 관리들 각각 스스로 자신이 겸손해야 해.)"

30 漢武之殿：柏梁臺를 가리킴. 漢 長安城 북문 안에 있다. 漢武帝 元鼎2년(115)에 건축했는데 향기로운 측백나무로 대들보를 만들었다. 한무제는 그 위에 술을 차려놓고 군신들과 시를 주고받았다고 한다. ≪三輔黃圖≫ 卷5에 보인다.

31 連章：창화하다, 화답하다.

32 魏文之臺：魏 文帝 曹조가 문학을 좋아하여 늘 建安七子 등 文士들과 시를 지어 창화하여 鄴縣(河南省에 있는 현 이름) 아래에서 문인집단을 만들었다. ≪鄴中記≫："鄴城西北立臺, 皆因城爲基趾, 中央爲銅雀臺, 北則冰井臺.(업성 서북쪽에 누대를 세웠는데 모두 성으로 인해 토대가 닦여졌다. 중앙에 동작대가 있었고, 북쪽에 빙정대가 있게 되었다.)"

33 天數：≪易經≫에서 數는 天數와 地數가 있다고 한다. ≪易, 系辭≫ "天數五, 地數五, 五位相得而各有合.(천수5, 지수5, 천수와 지수가 짝지어져 오행을 나타낸다.)"

34 五音：宮・商・角・徵・羽를 말한다.
鈞은 악조이고 리듬을 말한다.

35 九子糭：≪樂府詩集≫ 卷49 晉人≪月節折楊柳歌矣 五月歌≫："버드나무 꺾어 九子粽을 만드니 매우 즐겁다."

36 六義：≪詩 大序≫에 六義는 風 雅 頌 比 賦 興을 말함.

37 股肱：군주를 보좌하는 대신을 말함. ≪書 益稷≫："乃賡載歌曰：元首明哉, 股肱良哉, 庶事康哉.(이어 노래하길 원수는 현명하고 신하는 선량하고 백성들은 편안하네.)"

008 溫湯對雪[1]

온천에서 눈을 만나다

北風吹同雲[2]	북풍이 먹구름 몰고와
同雲飛白雪	먹구름 속에서 흰 눈이 휘날리네
白雪乍迴散	흰 눈 때에 따라 왔다가 흩어지니
同雲何慘烈[3]	검은 구름 어찌 그리 처량한가
未見溫泉冰	온천 속의 얼음 아직 보이지 않고
寧知火井滅[4]	火井의 불이 꺼질지 어찌 알겠는가
表瑞良在茲	확실히 여기에 상서로움 나타나니
庶幾可怡悅	아마도 기쁜 일이 일어나려나

주석

1 溫湯 : 온천.

2 同雲 : 구름 일색으로 앞으로 눈이 내릴 징후이다. ≪詩・小雅・信南山≫ : "上天同雲, 雨雪雰雰.(하늘은 온통 구름 일색, 눈이 펄펄 날리네.)"

3 慘烈 : 몹시 참혹하다. 혹독하다.

4 火井 : ≪異苑≫ 卷4 : "臨邛有火井, 漢室之隆, 則炎赫彌熾. 暨桓靈之際, 火勢漸微.(臨邛에 火井이 있는데 한나라가 융성할 때 불길이 왕성했는데 桓靈 때에는 불길이 점점 쇠약해졌다.)"

009 登蒲州逍遙樓[1]

포주의 소요루에 올라

長楡息烽火[2]	長楡 변경지방의 봉화가 꺼지고
高柳靜風塵[3]	高柳城의 난리는 조용해졌네.
卜征巡九洛[4]	점을 쳐서 좋은 날 九州를 순행하러 가서
展豫出三秦[5]	三秦의 거대한 땅을 살펴보리라
昔是潛龍地[6]	여기는 옛날 舜임금 거주했던 곳
今爲上理辰[7]	지금처럼 천하가 잘 다스려졌지
時平乘道泰	천하가 태평하고 대도가 있어 평안하니
聊賞遇年春	잠시 봄날의 아름다운 경치 감상하네
黃河分地絡[8]	황하가 흘러가 대지의 맥을 갈라놓았는데
飛觀接天津	날아가 보니 하늘 끝에 맞닿아 있네
一覽遺芳翰[9]	옛사람이 남긴 필적 바라보니
千載肅如神	천년 후까지 神처럼 칭송 받는구나

✿ 주석

1 蒲州 : 오늘날 山西 永濟縣에 있다.
逍遙樓 : 縣西에 있다.

2 長楡 : 국경 변새지방 이름이다. 옛터는 지금의 內蒙古 託克託縣에서 陝西 楡林縣 북쪽 일대에 이르는 곳을 가리킨다. 漢나라 때에는 넓은 나무와 느릅나무 숲으로 변경을 삼아 그렇게 불렀던 것이다.

3 高柳 : 地名. 옛 성은 오늘 山西 陽高縣에 있다.

4 卜征 : 征은 시찰하다의 뜻이다. 옛날에 황제가 5년마다 한 번씩 시찰하는데 먼저 길과 흉의 점을 쳐서 5년간 다섯 번 점을 치는데 모두 길하면 시찰을 하게 된다.
九洛 : 九州와 같다.

5 展豫 : 방문하다. 유람하다.
三秦 : 項羽가 秦나라를 무찌르고 關中에 들어가 관중 땅을 셋으로 나누었다. 章邯은 雍王으로 추대하여 鹹陽의 서쪽 땅을 다스리게 했고, 司馬欣은 塞王이 되어 陽 동에서 費河에 이르는 땅을 다스렸고, 董翳는 翟王이 되어 上郡의 땅(지금의 섬서 북부)을 다스리게 했다. 그래서 합해서 三秦이 된 것이다.

6 潛龍 : 성현들이 숨어서 드러나지 않음을 비유한다. ≪易・乾≫ : "潛龍勿用.(물에 잠겨 있는 용은 쓰지 않는다.)"

7 上理 : 크게 다스림.

8 地絡 : 땅의 지맥.

9 遺芳翰 : 죽은 사람이 남긴 필적, 유묵.

010 經河上公廟[1]

하상공 묘를 지나가다

昔聞有耆叟	옛날에 듣자하니 한 노인이 있었는데
河上獨遺榮[2]	강가에 살면서 세속의 영화 버렸다네
跡與塵囂隔	행적은 속세 밖에 있었고
心將道德並[3]	마음은 大道와 함께 있었다네
詎以天地累	그곳에서 천지 만물의 구속을 피하고
寧爲寵辱驚[4]	세상의 영욕의 방해를 피할 수 있었네
矯然翔寥廓[5]	의기양양하게 우주 안에서 날고 있고
如何屈堅貞	그의 굳은 절조는 굴복 당할 수가 없었다네
玄玄妙門啓[6]	심오한 大道 문이 그에 의해 열리어
肅肅祠宇淸[7]	조용한 우주 안은 맑고 상쾌하였네
冥漠無先後[8]	현묘막측하여 먼저도 나중도 없는데
那能紀姓名	그런데 그 사람 이름은 알 수가 없다네

주석

1 河上公 : 仙人이라고 전해지는데, 그 이름은 밝혀지지 않는다. 漢文帝 때에 풀을 엮어 물가에 초가집을 지었다. 그래서 號가 河上公이 되었다. 文帝가 ≪老子≫를 읽으며 항상 의문이 생기면 그에게 가르침을 받았다고 한다. ≪神仙傳≫ 卷3에 보인다.
河上公廟 : 오늘날 河南 陝縣 서남쪽 鷄足山에 있다. ≪太平寰宇記≫ 卷6에 보인다.

2 遺榮 : 세속의 영화와 부귀를 버린다.

3 道德 : 도가 경전인 ≪道德經≫ 즉 ≪老子≫를 가리킨다.

4 寵辱驚 : '驚'은 무서워하다. 총애를 받거나 모욕을 당해도 두려워한다. 마음속으로 공명을 바라는 표현. ≪老子≫ 十三章 : "得之若驚, 失之若驚, 是謂寵辱若驚.(부귀영화를 얻으면 놀라는 것 같고, 그것을 잃어도 놀라는 것 같고, 이것을 일러 영화로움과 욕됨에 놀라는

것 같이 한다는 것이다.)"

5 矯然 : 의기양양하고 건강하다.

6 玄玄 : 道家의 言語이다. 대단히 심오한 뜻이 내포되어 있다. ≪老子≫ 一章 : "玄之又玄, 衆妙之門.(현묘하고도 또 현묘하도다. 만물이 쏟아져 나온 문이네.)"

7 肅肅 : 고요하고 그윽하다.

8 冥漠 : 현묘막측하다.

011 過王濬墓[1]

왕준묘를 지나가다가

吳國分牛斗[2]　　오나라는 견우와 북두칠성으로 나뉘어 있는데
晉室命龍驤[3]　　진나라는 王濬에게 吳나라를 정복하도록 명하였었지
受任敵已滅　　명을 받든 후 적들은 이미 멸망되었지만
策勳名不彰　　그의 공업은 넉넉하게 표창 받지 못했네
居美未盡善[4]　　좋은 자리에 거한다고 다 좋은 건 아니지
矜功徒自傷　　공을 자랑하면 자기를 해칠 수 있지
長戟今何在[5]　　날카로운 긴 창이 지금은 어디에 있을까
孤墳此路傍　　외로운 묘만이 이 길 옆에 남아 있구나
不觀松柏茂　　무성한 소나무 잣나무 보이지 않고
空餘荊棘場　　단지 낮은 가시나무 거친 들만 공허하네
歎嗟懸劍隴[6]　　아! 徐君 분묘 옆에 보검을 바쳤던 계찰
誰識夢刀祥[7]　　꿈속에 본 칼의 조짐 누가 알았을까

주석

1 王濬(206~286) : 字는 士治, 弘農湖縣(지금의 河南 靈寶서남)人. 晉 武帝 때 益州刺史였다. 太康元年(280) 수군을 이끌고 강 동쪽 아래에서 직접 吳나라 수도를 취하여 孫皓가 투항하는 것을 받아 들였다. 官은 撫軍大將軍을 지냈다. ≪晉書≫本傳에 보인다. 王濬의 묘는 山西長治縣西 柏公山에 있다.

2 牛斗 : 28개 별자리 중의 牛宿(견우성)과 斗宿(북두칠성)을 가리킨다. 옛 사람들은 북두칠성은 吳 나라 지역이고 견우성은 越나라 지역이라고 여겼다. 三國시대에는 吳나라 땅이 곧 옛 吳越이다.

3 龍驤 : 장군 이름이다. 西晉초에 吳나라에 동요가 있었다. "阿童復阿童, 銜刀浮渡江. 不畏岸上獸, 但畏水中龍.(아동 또 아동! 칼을 머금고 떠서 강을 건너네. 언덕 위 짐승은 두렵지

않네 무서운 것 물속의 龍이지.)” 王濬은 어렸을 때 字가 阿童이었다. 晉武帝가 王濬을 龍驤將軍으로 임명하고 비밀리에 함선을 수리하도록 해서 吳를 멸할 준비를 하였다. ≪晉書・羊枯傳≫에 보인다.

4 “居美”句 : 吳를 멸한 후에 王濬은 스스로 공이 크다고 여겨 귀한 직분을 받지 못한 감정을 (스스로 공격할 때의 노고와 억울한 상에 대해) 매번 황제를 알현하면 늘 불평을 말하곤 했다. 황제는 늘 그를 너그럽게 용서했다. 王濬의 外親 益州護軍 範通이 그에게 “卿의 공은 훌륭하다. 좋은 자리에 있지 못하는 게 한스럽구나.” ≪晉書・王濬傳≫에 보인다.

5 長戟 : 王濬이 일찍이 집을 나서는데 문을 열고 보니 집 앞 도로가 넓어 수십 걸음을 걸어야 했다. 사람들은 그것을 어떻게 건너나 의심했는데 濬은 “내가 긴 창을 사용하여 깃발로 할 것이다.” ≪晉書≫本傳에 보인다.

6 懸劍 : 春秋 때에 季箚이 출사하여 徐君에게 갔는데 마음속으로 돌아갈 때는 보검을 증정하리라 하고 결심했다. 돌아갈 때는 徐君은 이미 죽었고 계찰은 서군의 묘지 나무 위에 보검을 걸어 두었다. ≪史記・吳太伯世家≫에 보인다.

7 夢刀祥 : ≪晉書・王濬傳≫에 濬이 꿈속에서 三刀를 침실 대들보 위에 걸어두었는데 잠깐 동안 또 한 자루가 늘어났다. 主簿 李毅이 해석하길 三刀는 州字인데 또 한 자루가 늘어났으니 아마도 益州로 임명될 것이다. 후에 과연 益州刺史로 임명되었다.
祥은 조짐・징조이다.

012 初入秦川路逢寒食[1]

처음으로 진천 가는 길에 한식일을 만나다

洛陽芳樹映天津[2] 낙양의 아름다운 나무가 천진 강어귀에 비치고
灞岸垂楊窣地新[3] 灞水언덕엔 늘어진 수양버들 싱그런 토지를 어루만지네
直爲經過行處樂 줄곧 이 아름다운 곳 누비며 즐기는데
不知虛度兩京春 두 서울의 아름다운 봄날 그냥 지나치는지 모르겠네
去年餘閏今春早 작년은 윤년이라 금년 봄은 조금 이르고
曙色和風著花草 따뜻한 햇빛이 바람과 함께 화초 위를 비추고 있네
可憐寒食與清明 가장 좋은 때는 한식과 청명절이지
光輝並在長安道 따뜻한 봄빛이 장안 대로에 가득하네
自從關路入秦川 함곡관에서 秦川으로 들어오니
爭道何人不戲鞭 도로 위 사람들 다투듯 채찍 휘두르며 달려나가네
公子途中妨蹴鞠[4] 공자님 길 가면서 축구놀이 훼방하고
佳人馬上廢鞦韆[5] 아름다운 사람 말 위에서 그네를 잡아당기네
渭水長橋今欲渡[6] 위수 강가 긴 다리 건너려는데
蔥蔥漸見新豐樹 점점 울창해지는 新豊城의 나무가 보이네
遠看驪岫入雲霄[7] 멀리 바라보니 驪山의 산 계곡 구름 속에 쌓여 있고
預想湯池起煙霧 화청궁 온천에 아지랑이 일기 시작했네
煙霧氛氳水殿開[8] 안개와 아지랑이는 물속 궁전에서 천천히 드러나니
暫拂香輪歸去來 따뜻한 봄날 향기로운 가마타고 궁전에 돌아오네
今歲清明行已晚 올해의 청명절에는 이미 늦었으니
明年寒食更相陪 내년 한식을 기다렸다가 우리 함께 놀아보세

✿ 주석

1 秦川 : 陝西中部 渭河유역이다.

寒食 : 절기 이름으로 淸明전 1~2일이다. 春秋시대 晉나라 介子推가 重耳(晉文公)의 보좌였는데 나라로 돌아온 후 산중에 숨었다. 重耳는 산에 불을 놓아 그를 나오게 했는데 그는 나무를 껴안고 불에 타 죽었다. 文公이 그를 기념하여 推가 죽은 날 불을 피워 밥 짓는 것을 금지하여 차가운 음식을 먹게 했다. 이후로 풍습이 되어 寒食禁火가 생겼다.

2 天津 : 다리 이름이다. 洛陽 西南 洛水 위에 있다.

3 灞岸 : 灞水의 언덕에 옛날에 넓게 버들나무를 심었다.

窣地 : 땅에 닿아 스치다. 바스락거리다.

4 蹴鞠 : 옛날 군에서 무술을 연습하던 일종의 유희, 오늘날의 축구대회와 비슷하다.

5 鞦韆 : 중국의 전통유희. 당나라 때 궁중에서 매년 한식절기에 나무에 그네를 매어 놓고 시합하였다. 궁녀들이 웃으며 즐겼다. 당 현종은 그 놀이를 "半仙戲"라고 불렀다.

6 渭水長橋 : 東渭橋를 말하고, 지금 陝西 高陵縣境에 있다.

7 驪岫 : 驪山이다.

8 氛氳 : 여기에서는 안개가 무성하다의 뜻이다.

013 春台望[1]

춘대에서 바라보다

暇景屬三春	틈을 내어 봄날의 아름다운 경치를 보려고
高台聊四望	높고 높은 누각 위에 올라 사방을 둘러본다
目極千里際	눈이 천리 끝으로 가니
山川一何壯	산천대지 얼마나 아름다운가
太華見重岩[2]	華山 위에 바위 겹겹이 쌓여 있고
終南分疊嶂[3]	終南山의 산봉우리 첩첩이 둘러있네
郊原紛綺錯[4]	京城 교외 경치 끝없이 이어져 있고
參差多異狀	들판의 모습 가지각색으로 다양하구나
佳氣滿通溝[5]	좋은 기운 강과 산 계곡에 충만하고
遲步入綺樓	천천히 걸으며 아름다운 누각으로 돌아오네
初鶯一一鳴紅樹	처음 날아온 꾀꼬리 활짝 핀 꽃가지 위에서 울고
歸雁雙雙去綠洲	돌아온 기러기는 쌍을 이루며 綠洲를 떠나가네
太液池中下黃鶴[6]	太液池 가운데로 꾀꼬리는 훨훨 춤추며 날아오고
昆明水上映牽牛[7]	昆明湖 물 위에 견우성의 그림자 비치네
聞道漢家全盛日	듣기로 漢나라가 최고로 강성할 때에
別館離宮趣非一	행궁, 별장은 각각 특색이 있었지
甘泉逶迤亘明光[8]	甘泉宮은 구불구불 光明宮 사이에 가로 놓여 있고
五柞連延接未央[9]	五柞宮은 뻗어나가 未央宮과 붙어 있네
周廬徼道縱橫轉[10]	사방에서 순찰하며 종횡으로 배열하여 돌아오네
飛閣迴軒左右長	누각의 구불구불한 복도는 좌우로 길게 길게 뻗어 있고
須念作勞居者逸	잠시 궁전 지을 수고로움 생각하며 편안히 거하네

勿言我後焉能恤[11]　죽은 다음 일은 생각하지 말고 말할 필요도 없지
爲想雄豪壯柏梁[12]　영웅 호걸들 柏梁臺 위에서 누리고 있는 걸 생각하면
何如儉陋卑茅室[13]　어찌 堯舜이 거주했던 초라한 집과 비교할 수 있을까
陽烏黯黯向山沉[14]　金烏鴉의 태양은 천천히 서산으로 들어가고
夕鳥喧喧入上林[15]　저녁 무렵 새 무리들은 시끄럽게 上林苑으로 돌아오네
薄暮賞餘回步輦　황혼 무렵 마지막 미경을 감상하며 수레에 올라
還念中人罷百金[16]　漢 文帝의 절약을 생각하며 백금을 포기하려네

✿ 주석

1 春台 : 높이 올라가 조망하며 노는 높은 누각. ≪冊府元龜≫ 卷40에 의하면 위 시는 開元 8年(720) 봄에 지어졌다.

2 太華 : 西嶽華山이고 陝西 華陰縣 남쪽에 있다.

3 終南 : 終南山이고 陝西長安縣 남쪽에 있다.

4 綺錯 : 종횡으로 엇갈리다. 이리저리 얽히다. 복잡하게 얽히다.

5 通溝 : 잘 통하는 도랑, 계곡.

6 太液池 : 太液池는 연못 이름이다. 漢 太液池는 지금의 陝西 長安縣 서쪽에 있고, 唐 太液池는 唐 大明宮 안에 含涼殿 뒤에 있다. 그 유적지는 지금 陝西 長安縣 北에 있다.
黃鶴 : ≪漢書・昭帝紀≫ : "黃鵠下建章太液池中" 鵠은 鶴과 통한다.

7 牽牛 : 長安 昆明池에 두 개의 돌로 만든 사람이 있다. 왼쪽엔 牽牛가 있고 오른 쪽엔 織女가 있다. 은하수와 같은 모습이다. 班固의 <西都賦>와 ≪三輔黃圖≫ 卷4에 <關輔古語>에 보인다.

8 明光 : 漢의 궁전 이름이다. 武帝 때 지었다. ≪三輔黃圖・甘泉宮≫ : "明光宮, 武帝求仙, 起明光宮發, 燕趙美女二千人充亡.(明光宮에서 무제가 선녀를 구하는데 명광궁에서 시작해서 연나라 조나라 미녀 2천 명을 뽑아 충당했다.)" ≪雍錄≫ : "漢에 明光宮이 3개가 있는데 하나는 北宮에 있어 長樂과 서로 이어져 있고, 하나는 甘泉宮 안에 있는데 모두 尙書奏事하는 곳이다.

9 五柞 : 漢宮名이다. 지금 陝西 周至縣 동남 쪽에 있다. 다섯 그루의 상수리 나무가 있어 이로 이름 지은 것이다.
未央 : 漢 궁전 이름이다. 漢高祖 7年에 蕭何가 지었다. 주위가 28里로 굉장히 웅장하고 아름답다. 옛 터는 지금 陝西 西安市 西北쪽에 있다.

10 周廬 : 사방에 두루 오두막집을 지어 놓고 병을 주둔시켜 경비를 보게 했다.

徼道 : 순찰하는 도로이다.

11 我後 : 몸이 죽은 후에. 我는 全詩校에서 '身'으로 되어 있다.

12 柏梁 : 柏梁臺로 漢 長安城 北門 안에 있고 漢武帝 元鼎2年(115)에 건축하였다. 향기 나는 측백나무를 대들보로 해서 그 이름을 얻은 것이다. 한무제가 늘 그 위에 술을 차려놓고 신하들을 불러 시를 지으며 화창하며 지냈다. ≪三輔黃圖≫ 卷5에 보인다.

13 卑茅室 : 띠로 지붕을 덮었다. 堯舜의 집이라고 전해진다. ≪史記·太史公自序≫에 보인다.

14 陽烏 : 神話에서는 해 가운데 三足烏가 있다고 한다. 그러기에 태양을 칭하여 "陽烏"라 했다.

15 上林 : 秦나라 때 옛 정원이다. 漢 武帝가 증축하여 넓혔다. 옛 터는 지금 陝西 長安縣西쪽에 周至, 戶縣 경내에 있다. ≪史記·文帝紀≫에 "漢文帝嘗欲作露臺, 工匠估價爲百金, 文帝曰 "百金, 中民十家之產, 吾奉先帝宮室, 常恐羞之, 何以臺爲"遂罷.(한문제가 일찍이 露臺를 짓고 싶어 했는데 대를 만드는 공인 가격이 百金이었다. 文帝가 말하길 "百金은 중산층 10가구의 재산이다. 내가 선조황제의 궁에서 생활하는 것도 부끄러운 일인데 어찌 臺를 짓는단 말인가!" 하고는 그만두었다.)"

16 中人 : 중산층의 집이다. 末句에 漢의 文帝일을 이용했다.

014 過大哥宅探得歌字韻[1]

큰 형님댁을 지나가다 歌字韻으로 시를 짓다

魯衛情先重[2]	魯나라 周公 衛나라 召公형제는 정을 중시했는데
親賢愛轉多	우리 형제들의 사랑의 정 또한 깊었지
冕旒豐暇日[3]	종전에 선왕이 한가할 때에
乘景暫經過	경치를 보려고 잠시 들렀었지
戚里申高宴[4]	황제 외척들이 모여 사는 거리에서 크게 연회를 열고
平台奏雅歌	평대에서 아름다운 음악 연주했었지
復尋爲善樂[5]	다시 좋은 일 찾으며 즐거워하니
方驗保山河	강산을 지킨 효과가 있구나

✿ 주석

1 大哥 : 李憲(679~741)을 가리킨다. 睿宗의 장자이고 武後 때 太子로 세워졌다. 睿宗이 東宮을 건축할 때 憲은 平王(玄宗)이 큰 공이 있다고 여겨 平王에게 太子를 양보하려고 했다. 雍州의 牧, 楊洲의 大都督, 太子太師를 거쳐 司空, 太尉를 거치고 寧王에 봉해졌다. 죽은 후의 시호는 皇帝라 했다. ≪舊唐書≫ 卷95, ≪新唐書≫ 卷81에 전한다.

2 魯衛 : 周公 旦이 魯에 봉해지고, 그 아우 康叔은 衛에 봉해지고, 형제가 화목했다. 후에 魯衛는 王室의 일가 형제를 비유하여 지칭되었다.

3 冕旒 : 면류관, 고대 예관 중 최고 귀중한 것. 후에 황제의 대칭으로 사용하였다.

4 戚里 : 제왕의 외척들이 모여 있는곳.

5 爲善樂 : ≪後漢書・東平憲王蒼傳≫ : "日者問東平王 : '處家何等最樂?' 王言 : '爲善最樂.'(지난날, 동평왕에게 물었다. "집안 일 처리하는 데 어떤 게 가장 즐거운가?" 왕이 말하길 "좋은 일 할 때가 가장 즐겁다.")"

015 同玉真公主過大哥山池[1]

옥진공주와 함께 큰 형님댁 부근 산과 못을 지나가다

地有招賢處	그곳은 현자 찾는 곳
人傳樂善名[2]	선을 베풀기 좋아하는 사람으로 입에 오르내렸지
鶩池臨九達[3]	물새는 즐겁게 큰길가 근처의 못에서 놀고
龍岫對層城	용은 산 계곡 신선이 살고 있는 성 앞에 있네
桂月先秋冷[4]	8월은 가을의 서늘함 느끼게 해 주고
蘋風向晚淸	부평초에 부는 바람 저녁 무렵 더욱 맑구나
鳳樓遙可見	봉황누각 희미하게 보이는데
仿佛玉簫聲[5]	마치 옥피리 소리 들리는 듯 하네

주석

1 玉眞公主 : 睿宗의 열 번째 딸. 字는 持盈, 처음에는 崇昌縣主로 봉해졌다가 오래지 않아 다시 上淸玄都大洞三景師로 불리었다. 天寶 3년(744) 公主호칭을 버릴 것을 청하여 邑司봉읍지 관리직을 그만두고 王府로 돌아왔다. 寶應때 죽었다. ≪新唐書≫ 卷83에 전한다.

2 樂善 : 善을 행하며 즐거워 한다. ≪孟子 · 告子上≫ : "仁義忠信, 樂善不倦天爵也.(인과의를 존중하고 성실과 신의를 지켜 선을 즐겨 하기를 게을리하지 않음이 사람에게 주어진 하늘의 벼슬이다.)"

3 九達 : 사통팔달의 큰길.

4 桂月 : 八月을 가리킴.

5 鳳樓, 玉簫 : 春秋시대 소사(蕭史)가 퉁소불기를 좋아하였다. 秦 穆公의 딸이 옥을 가지고 놀면서 그를 사랑하여 부부가 되었다. 매일 옥을 가지고 퉁소를 불어 수년 후 소리가 마치 봉황이 우는 것 같았다. 어느 날 봉황이 그 집에 오니 목공은 봉황을 위해 봉황대를 지었다. 후에 부부는 다 仙人이 되어 봉황 따라 가버렸다. ≪列仙傳≫ 卷上에 보인다.

016 經鄒魯祭孔子而歎之[1]

공자를 제사하는 곳을 지나가며 탄식하다

夫子何爲者	공자는 어떤 자인가
棲棲一代中[2]	일평생 바쁘게 다녔지
地猶鄹氏邑[3]	땅은 여전히 鄒氏 성읍이고
宅卽魯王宮[4]	저택은 漢 나라 魯王宮이네
歎鳳嗟身否[5]	탄식하는 봉황 몸이 말을 듣지 않으니 안타까워하고
傷麟怨道窮[6]	상처받은 기린 도가 끝났음을 원망하네
今看兩楹奠[7]	지금 두 대들보 사이에서 그의 祭奠을 바라보니
當與夢時同	당시 꿈 꿀 때와 똑같구나

주석

1 鄒魯 : 모두 春秋의 옛 나라 이름이다. 지금은 山東 曲阜 일대를 가리킨다. 孔子의 옛 집이 여기에 있었다. 양≪唐書 · 玄宗紀≫에 의하면 시는 開元13년(725) 11월 16일 玄宗이 동쪽의 泰山에서 작위 받은 후 孔子의 옛 집을 순행할 때 지었다고 한다.

2 棲棲 : 바쁘고 불안한 모양. ≪論語 · 憲問≫ : "丘何爲是棲棲者與?(구는 어째서 바쁘고 불안한가)"

3 鄹 : 春秋시대 魯나라의 이름. 지금 山東曲阜 동남쪽에 있다.

4 魯王宮 : 漢景帝의 아들 魯恭王劉餘 가 "宮室을 잘 정비하려고 공자의 옛 집을 헐어 궁을 넓히려고 했는데 종소리와 금슬의 소리가 들려 다시는 감히 허물지 못하였다 ; 그래서 벽 속에서 古文경전을 얻었다."고 ≪漢書 · 魯恭王餘傳≫에 실려 있다.

5 歎鳳 : ≪論語 · 子罕≫ : "子曰 : 鳳鳥不至, 河不出圖, 吾已矣夫!(봉황새는 날아오지 않고 황하에서 도문이 나오지 않으니 나는 이제 끝났다!)"
否 : 순조롭지 못하다.

6 傷麟 : ≪公羊傳 · 哀公14年≫ : "西狩獲麟, 孔子曰 : '吾道窮矣!'(서쪽에서 기린이 잡히니 공자는 '내 道가 곤궁해졌구나' 孔叢子에 "叔孫氏의 수레꾼 鉏商이 들에서 나무를 하다가 기린을 잡았는데 무리가 이를 알지 못하고 상서롭지 못하다고 생각했다. 공자가 가서 보시

고 울면서 말하길 '기린이다. 기린이 나와 죽었으니 내 道는 다 하였구나'고 하였다고 한다.)"

7 兩楹奠 : 正堂 위에서 제사지냄을 말한다.
楹은 廳堂의 기둥이다. ≪禮記·檀弓上≫ : "子曰 : '予疇昔之夜夢坐奠於兩楹之間. 夫明王不興, 而天下孰能宗予? 予殆將死也.' 蓋寢疾七日而歿.(나는 어제 밤에 두 기둥 사이에 앉아 제상 받는 꿈을 꾸었다. 현명한 왕이 없는데 천하에 그 누가 나를 존중할 것인가? 내가 아마 곧 죽을 것이다. 하고 병석에 누워 7일 만에 돌아가셨다.)"고 하였다. 兩楹之間은 곧 正堂이다. 공자 말년에 正堂에서 제사 받는 꿈을 꾸고 세상에 오래 있지 못함을 알았다는 말이다. 玄宗이 이 典故를 이용하여 당시의 제사를 바로 절실하게 하였다.

017 惟此溫泉是稱愈疾豈予獨受其福思與兆人共之乘暇巡遊乃言其志

이 온천은 병이 치료된다고 일컬어지는 곳이니 어찌 나 홀로 그 복을 받을까? 휴가를 틈타 순유하며 만백성에게 그 뜻을 전할 생각이다

桂殿與山連	계수나무로 지은 궁전 높은 산과 이어져 있고
蘭湯湧自然[1]	난초 향기 그윽한 온천 자연 속에서 솟아 나오네
陰崖含秀色	그늘진 절벽은 아름다운 색으로 가득하고
溫谷吐潺湲	산 계곡에서 따뜻한 물 졸졸 흘러나오네
績爲蠲邪著[2]	업적은 사악한 기운 없애야 드러나고
功因養正宣[3]	공업은 바른 정기를 길러 보호했기에 더 빛이 나지
願言將億兆[4]	원하기는 천만 백성들과 함께
同此共昌延	이 밝고 성대한 세상을 함께 누리는 것이지

✿ 주석

1 蘭湯 : 본래는 난초 삶은 뜨거운 물을 가리키며 목욕물로 공급하여 경건하고 정성스러움을 표시한다. 양무제 <懺悔詩> : "蘭湯浴身垢, 懺悔淨心靈.(난초 삶은 물로 몸의 때를 씻네. 참회하고 마음을 깨끗이 해야지.)" 여기에서는 따뜻하고 좋은 온천수를 칭한다.

2 蠲邪 : 사악한 질병을 없애다.

3 養正 : 본래는 정도(바른 도)를 함양하는 것을 가리키는데 여기에서는 체질을 증강시키는 뜻이다.

4 將 : 與, 和의 뜻이다.

018 旋師喜捷[1]

전투에서 이기고 돌아오는 기쁜 소식

邊服胡塵起[2]	변경에 있는 오랑캐 막 쳐들어오니
長安漢將飛[3]	장안성 안의 비장군들 즉각 출동하네
龍蛇開陣法[4]	龍陣, 蛇陣 여러 가지 병법을 사용하고
貔虎振軍威[5]	맹수 같은 장수들 위엄이 대단하네
詐虜腦塗地	교활한 적군은 뇌가 진흙땅에 있고
征夫血染衣	싸우는 장수는 피에 옷이 젖네
今朝書奏入	오늘 조정에 올린 상소문이 도착했으니
明日凱歌歸	내일 대장군은 개선하여 돌아오리

✿ 주석

1 旋師喜捷 : 全詩校에서는 <平胡>로 되어 있다.

2 邊服 : 변경.

3 漢將飛 : 李廣이 용맹스럽게 전쟁에서 이기니 흉노가 그를 두려워하여 말하기를 : "漢의 飛將軍이다." ≪史記 · 李將軍傳≫에 보인다.

4 "龍蛇"句 : 兵法에 靑龍陣, 常山蛇陣이 있다. ≪淮南子 · 兵略訓≫, ≪孫子 · 九地≫에 보인다.

5 貔虎 : ≪書 · 牧誓≫ : "勖哉夫子, 尙桓桓. 如虎如貔. 如熊如羆.(노력하는구나 그대! 늘 용맹스러우니 호랑이 같기도 하고 맹수 같기도 하고, 곰 같기도 하고, 큰곰 같기도 하다.)" 熊과 羆로서 용맹한 무사를 비유했다.

019 過老子廟[1]

노자의 묘소를 지나가다가

仙居懷聖德	신선이 거하는 곳에서 성인들의 덕행을 생각하네
靈廟肅神心	이 신령한 묘터에서 마음이 깨끗해지는구나
草合人蹤斷	들판의 풀은 총총한데 인기척은 없고
塵濃鳥跡深	안개 자욱하여 날던 새 보이지 않네
流沙丹灶沒[2]	사막에서 단약 만들던 주방은 없어져 버렸고
關路紫煙沉[3]	관산의 험악한 요새 자색 연기로 침침하네
獨傷千載後	나 홀로 천년 뒤의 일로 마음 아파하는데
空餘松柏林	눈앞엔 단지 소나무의 숲만 빽빽하구나

주석

1 老子廟 : 지금의 河南 靈寶縣 동북쪽에 있다.

2 流沙 : 사막. 노자가 함곡관에서 출발하여 서쪽 사막에서 놀다가 어디에서 죽었는지 알지 못한다고 전해진다. ≪列仙傳≫ 卷上에 보인다.
丹灶 : 도사가 단약을 만드는 부엌.

3 紫煙 : 노자가 서쪽에서 유람할 때 關令 尹喜가 상서로운 기운이 동쪽에서 오는 것을 멀리 보았다고 전해온다. ≪藝文類聚≫ 卷78의 <關令內傳>에서 인용하였다.

020 途次陝州[1]

섬주에서 잠시 머물며

境出三秦外[2]	경계는 三秦 밖으로 나와있고
途分二陝中[3]	도로는 陝西 陝東로 나누어 있네
山川入虞虢[4]	山川은 虞와 虢의 땅이니
風俗限西東	풍속도 동서가 다르네
樹古棠陰在[5]	옛 해당나무 여전히 있고
耕餘讓畔空[6]	경작하고 경계를 양보하던 땅도 비어 있네
鳴笳從此去	갈 잎 피리 소리 따라 계속 행진하니
行見洛陽宮	낙양의 궁전 곧 볼 수 있겠지

✿ 주석

1 陝州 : 지금의 河南 三門峽市이다.
次 : 도중에서 잠시 머물다.

2 三秦 : 항우가 秦을 치고 관중에 들어가 관중 땅을 세 갈래로 갈라 놓았다. 진에서 내려온 장군 章邯은 雍王이 되어 서쪽 땅 鹹陽을 다스렸고 司馬欣은 塞王이 되어 함양의 동쪽에서 費河의 땅을 다스렸고, 董翳는 翟王이 되어 상군의 땅(지금의 섬서 북부)를 다스렸다. 이 세 곳을 모두 합해 三秦이라 했다.

3 二陝 : 陝東과 陝西이다. 二陝은 周초, 周公, 召公이 나누어 다스렸던 곳으로, 陝의 東은 周公이 주관했고, 陝의 서쪽은 召公이 주관했다.

4 虞虢 : 春秋때 두 나라의 이름이다. 虞는 지금의 山西 平陸이고, 虢은 지금의 河南 靈寶이다.

5 棠陰 : 周武王때 召公 姬奭이 西伯이 되었는데 정치를 잘 하였다. 전하기로는 그가 일찍이 甘棠樹 아래에서 쉬고 있는데 사람들이 그를 기념하여 <甘棠>을 지었다. ≪詩・召南≫에 보인다. 후에 "甘棠", "棠陽"는 규칙을 잘 지키는 관리를 칭하는 데 사용되었고, 아름다운 덕을 회상하는 데 쓰였다.

6 讓畔 : ≪史記・五帝本紀≫ : "舜이 歷山을 경작했는데, 歷山의 사람들이 모두 경계를 양보했다." 畔은 밭의 경계이고 경작하는 자가 경계를 양보하는 것은 군왕이 덕정을 하는 것을 보여주는 증거이다.

021 野次喜雪

들판에 머무르며 기쁘게 눈을 만나다

拂曙闢行宮	동틀 녘, 행궁을 떠나
寒皐野望通[1]	차가운 산야 사방을 둘러보며 거침없이 달려가네
繁雲低遠岫[2]	짙은 검은 구름은 먼 산봉우리를 누르고
飛雪舞長空	함박눈이 빈 허공에서 춤추고 있네
賦象恒依物	형상을 묘사할 때는 언제나 물체의 모습대로 해야지
縈迴屢逐風	눈꽃은 빙빙 돌며 바람 따라 좇아가네
爲知勤恤意	근면하며 백성들 사랑하는 마음 알기에
先此示年豐	먼저 이처럼 풍년 조짐을 보여 주는구나

✿ 주석

1 皐 : 못, 물가의 언덕.
2 遠岫 : 먼 산의 봉우리.

022 送賀知章歸四明

하지장이 사명산으로 돌아간다 하여 송별한다

序 : 天寶三年, 太子賓客賀知章[1], 鑒止足之分[2], 抗歸老之疏[3], 解組辭榮[4], 志期入道. 朕以其年在遲暮, 用循挂冠之事[5], 俾遂赤松之遊[6]. 五月五日, 將歸會稽[7], 遂餞東路, 乃命六卿庶尹大夫[8], 供帳青門[9], 寵行邁也. 豈惟崇德尚齒[10], 抑亦勵俗勸人[11], 無令二疏[12], 獨光漢冊[13], 乃賦詩贈行.

서 : 天寶 3년에 太子의 빈객인 賀知章은 그칠 줄 알고 만족할 줄 아는 분수를 알고 조정에 사직서를 제출하고 인장끈을 내려놓고 즐겁게 고향으로 돌아가 수행하며 仙道를 이루려고 했다. 나는 그가 이미 연로했기에 옛 사람들이 벼슬을 버리고 귀은 했듯이 그러리라 여기고 그가 산림에 은거하여 仙人들과 함께 지내는 마음을 이해하였다. 5월 5일 會稽에 돌아가려고 준비하다가 長安 동쪽 길에서 그를 위해 송별연을 베풀었다. 각급 관원들에게 명을 내려 장안성 동쪽에 장막을 설치하고 그를 송별하며 그에게 특별한 은총을 표시하였다. 이것은 단지 도덕을 숭상하고 노인을 존중하고 세속에 있는 사람들을 격려하려고만 한 것은 아니다.

疏廣, 疏受의 사적을 漢代 역사서 속에서만 반짝이게 할 수는 없어 이 시를 쓴다.

遺榮期入道[14]	아름다운 명예 버리고 仙의 길로 가는구나
辭老竟抽簪[15]	늙어서 사직하고 머리 풀고 도사가 되었네
豈不惜賢達	어찌 현명한 선비를 아끼지 않겠는가
其如高尚心	더군다나 너와 같이 성품이 고상한 사람을

寰中得秘要[16]	세상에서 얻은 비밀스러운 기술은
方外散幽襟[17]	세상 밖에 버리고 자유롭구나
獨有青門餞	지금 青門에서 송별을 하며
群僚悵別深	신료들과 슬퍼하며 이별의 정 나눈다

주석

1 太子賓客：東宮 관리하에 唐代에는 4명을 두었다. 태자를 보호하고 시중들면서 바르게 충고하는 역할을 담당하였다.

2 止足之分：그칠 줄 알고 만족할 줄 아는 분수이다. ≪老子≫ 44章："知足不辱, 知止不殆.(만족할 줄 알면 욕됨이 없고, 그칠 줄 알면 위태하지 않다.)"

3 抗歸老之疏：抗疏는 상서하여 직언 하는 것이고, 歸老는 관직을 버리고 고향에 돌아가는 것을 말한다.

4 組：관직을 표시하는 끈이다.

5 挂冠：관직을 버리고 돌아감이다. ≪後漢書・逢萌傳≫載：逢萌見王莽無道, "卽解冠掛東都城門, 歸, 將家屬浮海, 客於遼東.(봉맹이 왕망의 도가 없음을 보고, 즉시 관을 벗어 동도의 성문에 걸어놓고 돌아갔는데, 집에서도 적응을 못하고, 요동의 손님으로 지냈다.)"

6 赤松之遊：赤松子는 고대 仙人이고 道에 입문하여 仙을 구하는 것을 말한다. ≪史記・留侯世家≫："願棄人間事, 欲從赤松子遊耳.(인간세상의 일 다 버리고, 적송자를 좇아 놀고 싶을 뿐이다.)"

7 會稽：지금의 浙江省 紹興이다.

8 六卿庶尹大夫：조정의 각 직급의 관원을 가리킴.

9 青門：長安城 東門이다. 동쪽의 색이 青色이므로 이름 하였다.

10 崇德：덕이 있는 사람을 높인 것이다.
尙齒：노인을 공경하는 것이다.

11 勵俗：풍속을 격려함.

12 二疏：疏廣, 疏受를 가리킴. 漢 宣帝 때 疏廣은 太子太傅였고 그 조카 疏受는 太子小傅가 되었다. 태자는 매번 조정에 있으면 廣은 앞에서 受는 뒤에 있었다. 조정에서는 그것을 명예롭게 여겼다. 후에 동시에 퇴직하여 고향으로 돌아가는데 황제는 금을 하사하고 공경대부는 장안 동문 밖에서 송별연을 베풀어주었다. 보내는 자의 수레가 수백 대였다. ≪漢書・疏廣傳≫에 보인다.

13 漢冊：漢代의 歷史 책이다.

14 遺榮：명예와 부귀를 버리다.

15 抽簪：簪은 비녀이다. 고대 관직에 있던 사람은 반드시 갓(冠)을 썼다. 抽簪은 갓을 벗은

것이다. 즉, 관직을 버리고 은퇴하다의 뜻이다.
16 秘要 : 심오한 뜻, 정의.
17 方外 : 세속 밖.
幽襟 : 깊고 고상한 생각이다.

023 軒遊宮十五夜[1]

헌유궁에서 보름날 밤에

行邁離秦國	먼 길 가느라 秦나라를 떠나
巡方赴洛師[2]	순방길에 낙양으로 갔지
路逢三五夜	가는 도중 보름밤을 만났는데
春色暗中期	봄날의 풍경도 조용히 왔구나
關外長河轉	함곡관 밖은 큰 강물 흐르고
宮中淑氣遲	궁전 안에는 향기로운 기운 천천히 들어오고
歌鐘對明月	노랫소리 종소리는 밝은 달 아래 연주하고
不減舊遊時	즐거운 기분은 옛날과 다름 없구나

✿ 주석

1 軒遊宮 : 唐代 宮 이름. 지금의 河南 靈寶縣에 있다. ≪新唐書・地理志二≫에 보인다.

2 洛師 : 洛은 洛陽을 가리키고 師는 수도 서울을 가리킨다. 즉, 洛京이다.

024 觀拔河俗戲[1]

줄다리기 놀이를 바라보며

序 : 俗傳此戲, 必致年豐, 故命北軍[2], 以求歲稔[3].

서 : 풍속에서 이러한 놀이는 풍년을 가져온다고 한다. 그래서 나는 금위군에게 명령하여 이 놀이를 하게 해서 풍년을 기도한다.

壯徒恒賈勇[4]	건장한 용사 용기 과시하려고
拔拒抵長河	줄다리기를 하며 서로 버티네
欲練英雄志	영웅의 장대한 기골 단련하려고 하니
須明勝負多	누가 이기고 누가 지는지 분명히 볼 필요가 있지
噪齊山岌嶫[5]	내지르는 함성 산봉우리를 뛰어 넘고
氣作水騰波	열정은 끓어 오르는 파도와 같네
預期年歲稔	짐작컨대 올해는 풍년이리
先此樂時和	먼저 즐겁게 경축하자

✿ 주석

1 拔河 : 줄다리기하다. 각자 양쪽에서 줄 끝을 잡고 힘을 겨루는 체육활동이다. 본래 민간에서 성행하였다. 특히 湖北襄陽 일대에서 성행하였다. 당나라 때는 궁중에서도 줄다리기 놀이를 하였는데 줄다리기하는 자가 천여 명에 이르렀다고 한다. 당시의 풍속으로 풍년을 기원하기 위함이었다. ≪封氏聞見記≫ 卷6 <拔河>에 보인다.

2 北軍 : 漢代 서울을 보위하기 위해 주둔한 보위병이다. 그들은 長安城 안의 북부에 거주하여 北軍이라 칭했다.

3 稔 : 풍년을 의미한다.

4 賈勇 : 용기를 잃지 않고 의연하다. '餘勇可賈(발휘할 용기가 충분히 남아 았다.)'의 축약어이다. ≪左傳・成公二年≫ : "欲勇者賈餘餘勇" 賈는 장사, 상인의 뜻이 있지만 여기서는 '과시하다'의 뜻이다.

5 岌嶪 : 산이 높고 험준하다.

025 同劉晃喜雨[1]

유황과 함께 단비 맞으며

節變寒初盡　　계절이 변하니 차가운 기운 금방 가시고
時和氣已春　　날씨가 따뜻해지니 봄이 이미 와버렸네
繁雲先合寸[2]　　빽빽한 검은 구름 천천히 두터워지고
膏雨自依旬[3]　　귀한 봄비가 열흘에 한 차례씩 내려주네
颯颯飛平野[4]　　쏴 쏴 부는 바람 넓은 들판에서 날고
霏霏靜暗塵[5]　　주룩주룩 내리는 비 조용히 먼지를 씻어 주네
懸知花葉意[6]　　이파리와 꽃은 언제 필까 생각하며
朝夕望中新　　아침저녁 기다리는 중 이미 피어 버렸네

✿ 주석

1 劉晃 : 汴州 尉氏(지금의 하남성)人이다. 劉仁軌의 손이고 樂城公의 작위가 있다. 일찍이 連州刺史를 지냈다. 開元 11年(723) 司勛郎中을 맡았었다. 그 후에 秘書少監 · 給事中 · 太常少卿 등의 직위에 있었다. 지금 그의 시는 1首가 전한다.
2 合寸 : 一寸의 두께이다.
3 依旬 : 열흘에 한차례.
4 颯颯 : 의성어로서 쏴쏴 하는 빗소리.
5 霏霏 : 가는 비가 주룩주룩 내리는 모양.
6 懸知 : 추측하다, 상상하다의 뜻이다.

026 千秋節賜群臣鏡[1]

천추절에 신하들에게 거울을 하사하다

鑄得千秋鏡 천추절에 사용할 거울을 만들었는데
光生百煉金 백 번이나 단련해 황금처럼 빛이 나네
分將賜群後[2] 제후들에게 나누어 준 후
遇象見淸心 물건을 비추어 보니 깨끗한 마음 본 듯 하네
台上冰華澈[3] 누각 위의 맑은 빛 거울 속에 비치고
窗中月影臨 창문 안으로 달그림자 들어오네
更銜長綬帶[4] 더욱 품고 있는 건 긴 인장 매는 끈
留意感人深 마음에 두고 있으니 더욱 사람을 감동시키네

주석

1 千秋節 : 唐 玄宗이 8월 5일 태어났는데 開元 17년(729) 源乾曜, 張說 등이 表를 올려 이 날을 千秋節로 삼자고 했다. 그래서 생긴 것이다. 이 날은 四品 이상에게 金鏡, 珠囊, 縑彩를 하사하고 五品 이하에게는 비단을 주었다. 天寶2년(743) 天長節로 고쳤다가 元和 二年부터 지내지 않았다. ≪唐會要≫ 卷29, ≪舊唐書・玄宗紀上≫에 보인다.

2 群後 : 여러 제후이다. 四品 이상의 관원들을 가리킨다.

3 冰華 : 거울의 빛이다. 얼음 무늬와 같다.

4 綬 : 全詩校에는 '壽'라고 되어 있다.

027 賜道士鄧紫陽

도사 등자양에게 하사하다

太乙三門訣[1]	천신 태을 삼문의 비결은
元君六甲符[2]	도사 원군의 부적 만드는 기술에 있지
下傳金版術[3]	아래로는 금판 위에 선가의 비밀스런 기술 전하고
上刻玉淸書[4]	위로는 옥청 선계의 신스러운 글 새기네
有美探眞士[5]	즐겁게 도 닦는 도인 찾아가니
囊中得秘書	주머니 속에 비밀스런 책들 가지고 있네
自知三醮後[6]	나는 알고 있지 몇 차례 단위에 올라 기도한 후에
翊我滅殘胡[7]	나를 도와 남은 오랑캐 멸할 것을

주석

1 太乙三門 : 太乙은 天神 중에서 가장 존귀한 자이다. 하늘에는 太乙이 있고, 五將三門이 있다. 太乙의 규정은 모든 사건들은 三門에서 출발하여 五將에 따른다. 三門은 여는 문, 쉬는 문, 생기게 하는 문이다.

2 元君 : 道敎에서 여자들이 仙에 오르는 것을 아름답게 칭한 것이다.
六甲符 : 도교에서 귀신과 사악한 것을 피하는 부적.

3 金版術 : 金版 위에 仙家의 비밀스런 기술을 새긴 것.

4 玉淸書 : 道書에 玉淸, 上淸, 太淸의 三境이 있다. 모두 天帝가 거주하는 곳이다.

5 眞士 : 진리를 닦고 도를 얻는 선비.

6 醮 : 도사가 단을 세우고 기도함. 승려나 도사가 제단을 만들어 놓고 지내던 제사.

7 翊 : 보좌함. 돕는다.

028 幸蜀回至劍門[1]

촉에 갔다가 검문에 이르다

劍閣橫雲峻[2]	웅장한 劍閣은 구름의 끝자락에 가로 놓이고
鑾輿出狩回	멀리 간 왕의 수레 사냥에서 돌아오네
翠屛千仞合	짙푸른 산봉우리 병풍처럼 둘러있고
丹嶂五丁開[3]	높이가 천길인 붉은 절벽은 오정이 개척한 곳
灌木縈旗轉	양쪽의 관목은 깃발 따라 질서 있게 행진하고
仙雲拂馬來	신기한 구름은 말을 따라 오네
乘時方在德[4]	한 시대에 우뚝 서려면 꼭 덕이 있어야지
嗟爾勒銘才[5]	劍閣 위에 새겨 놓은 옛 명문들 감개무량하구나

주석

1 ≪舊唐書・玄宗紀≫에 의하면 이 시는 至德二年(757)에 지어졌고 10월 玄宗이 蜀에서 서울로 돌아오다 劍門을 지나올 때 지었다. 回 : ≪全唐詩≫에서는 "西"로 되어 있다. ≪唐詩紀事≫의 오류 때문이다. 지금 <開天傳信記>와 王仲鏞의 ≪唐詩紀事校箋前言≫에 의해 고친다.

2 劍閣 : 劍門關이다. 지금의 四川 劍閣縣 동북쪽 오십 리쯤에 있다. 크고 작은 劍山 사이에 다리가 있는데 이것이 劍閣이다.

3 "丹嶂"句 : 전설에 의하면 옛 촉나라에 五丁이라는 힘센 선비가 있었는데 산을 옮길 수 있었다. 秦 惠王은 蜀王이 여자를 좋아하는 것을 알아 다섯 딸을 蜀에 시집보냈다. 蜀은 五丁을 보내 그들을 맞이하게 했다. 황후가 이르렀을 때 큰 뱀이 동굴로 들어가는 것을 보고 五丁이 큰 소리 지르며 뱀을 잡자 산이 붕괴되고 五丁과 다섯 여자는 압사했다. 그래서 산이 나누어져 다섯 봉우리가 생겼다. ≪華陽國志・蜀志≫에 보인다.

4 在德 : ≪史記・吳起傳≫ : "在德不在險. 若君德不修, 舟中之人盡爲敵國也.(덕에 있지 험난한 데 있지 않다. 만약 그대가 덕을 닦지 않는다면 같은 배 안에 있는 사람도 다 적국이 될 것이다.)" 張載≪劍閣銘≫ : "興實在德, 險亦難恃.(흥함은 실제로 덕에 있으니 험난함 또한 믿기 어렵네.)"

5 勒銘 : 금석 위에 명문을 새김. 晉 武帝가 사신을 파견해서 張載≪劍閣銘≫을 劍閣山에 새기게 했다. ≪晉書·張載傳≫에 보인다. 全詩注 : "肅宗 至德2年에 普安郡守 賈深이 돌에 새겼다." ≪唐詩紀事≫ 卷2에서 인용한 것이다.

029 答司馬承禎上劍鏡[1]

사마승정이 검과 거울을 바침에 화답하다

寶照含天地	진귀한 거울이 천지를 밝게 비추고
神劍合陰陽[2]	신기한 검은 음양의 기가 합해졌네
日月麗光景	해와 달 밝은 빛 아름답고
星斗裁文章	하늘의 별 문장을 만들어 내네
寫鑒表容質	거울은 얼굴 모습을 비춰볼 수 있고
佩服爲身防	보검은 몸에 지녀 자신을 보호하지
從茲一賞玩	이것들을 늘 바라보면
永德保齡長	덕행이 고상하고 몸은 편안해지겠지

주석

1 司馬承禎 : 字는 子微. 河內 溫縣(지금의 河南)人이다. 어렸을 때부터 배우기를 좋아하고 벼슬아치가 되는 것을 부끄러워해 道士가 되었다. 도사 潘선생으로부터 부적과 선인이 되는 기술을 배웠다. 명산을 두루 다니다 天台山 紫霄峰에서 살았다. 일찍이 武則天, 唐 睿宗, 唐 玄宗의 부름을 받아 만난 적이 있다. 조서를 받들어 王屋山에 거했다. 죽은 후에 貞一先生이란 호칭을 얻었다. 전서와 예서를 잘했고, 시문을 좋아했다. 宋之問・沈佺期・李白과 교류했다. 兩≪唐書≫ 本傳에 그의 사적이 있고 전하는 시는 一首가 있다.

2 "神劍"句 : ≪吳越春秋・闔閭內傳≫에 吳나라 사람 幹將이 칼을 만드는데 그 처 莫邪가 머리를 자르고 손톱을 잘라 화로 속에 집어넣었다. 그러니 쇠가 부드럽게 되어 드디어 칼이 잘 만들어졌다. 陽은 幹將이고, 陰은 莫邪였다.

030 送趙法師還蜀因名山奠簡[1]

조법사가 촉의 명산에 기도하러 가는 데 환송하다

道家奠靈簡	도가의 제사의식은 대단히 장엄하지
自昔仰神仙	예부터 신선을 우러러보고
眞子今將命[2]	진실한 사람이 지금 명을 받드니
蒼生福可傳	하나님이 온 누리에 복음을 내려주실 걸세
江山尋故國	강산의 옛 고향 찾으니
城郭信依然	성곽도 여전하구나
二室遙相望[3]	太室山 少室山이 아득하게 보이고
雲回洞裏天	흰 구름 유유히 신선이 사는 동네로 돌아오네

주석

1 奠簡 : 도교에서 기도하는 형식 중의 하나이다.

2 眞子 : 잘 수양하여 道를 얻은 사람.
將命 : 명을 받들어 일을 행함.

3 二室 : 太室山과 少室山을 가리킴. 太室山은 지금의 河南 登封縣 북쪽에 있고, 그 서쪽에 少室山이 있는데 모두 합해서 嵩山이라 칭하기도 한다.

031 送道士薛季昌還山[1]

산에 돌아가는 도사 설계창을 전송하다

洞府修眞客	산 중에 거주하며 도 닦는 그대
衡陽念舊居	衡山 남쪽의 옛 거주지를 그리워하네
將成金闕要[2]	천제가 거하는 궁궐의 비밀책을 만들어
願奉玉淸書[3]	옥청서로 받들어지길 원하네
雲路三天近[4]	구름길은 三天과 매우 가까운데
松溪萬籟虛	소나무 숲 속 산 계곡 온갖 소리 공허하네
猶期傳秘訣	비결이 전해지길 기원하며
來往候仙輿	신선 가마타고 다시 오길 기다려야지

주석

1 薛季昌 : 河東人. 南嶽 衡山에 거하며 도를 닦았다. 司馬承禎을 우연히 만나 玉동굴에서 경을 가르쳤다. 玄宗이 그 이름을 듣고 불러들여 도를 묻고 찾아 衡山에 돌아오게 했다.

2 金闕 : 도가에서 천제가 거하는 宮을 말한다.
要 : 비결, 요결.

3 玉淸書 : 027 주석 4 참고.

4 三天 : 도가에서 이르는 淸微天, 禹餘天, 大赤天을 말한다. ≪十洲記≫에 보인다.

032 送玄同眞人李抱朴謁灊山仙祠[1]

현동진인 이포박이 잠산의 신선사당으로 가는데 전송하다

城闕天中近[2]	성곽은 높이 솟아 하늘 가까이 있는데
蓬瀛海上遙[3]	봉래와 영주는 바다 위 멀리 있네
歸期千載鶴[4]	천년 만에 돌아오는 학 기다리니
春至一來朝	봄이 되면 하루아침에 오겠지
采藥逢三秀[5]	약초 캐다 三秀 영지를 만나고
餐霞臥九霄[6]	노을로 식사하고 하늘 끝에서 잠을 자네
參同如有旨[7]	연단하고 수련하는 도인 마치 뜻을 얻은 듯
金鼎待君燒[8]	금화로는 그대가 단약 끓이길 기다리네

✿ 주석

1 灊山 : 天柱山, 霍山으로도 칭하며 安徽 霍山縣 서북쪽에 있다. 道家에서 이르는 신선이 거하는 곳 36개의 小洞天 중 하나이다.

2 天中 : 하늘의 정중앙이다.

3 蓬瀛 : 전설로 東海에 三神이 사는 산이 있는데 蓬萊, 方丈, 瀛州山이다. ≪史記·封禪書≫에 전한다.

4 千載鶴 : 전설에 遼東人 丁令威가 道를 배워 신선이 되었다. 후에 학이 되어 遼에 돌아왔는데 사람들이 알아보지 못하고 활을 들어 그를 쏘려 하자 丁이 노래 부르며 말하길 : "새가 되었네 새가 되었네 丁令威, 집을 버리고 천년 만에 왔더니 성곽은 여전한데 사람들은 아니구나" ≪搜神後記≫ 卷1에 보인다.

5 三秀 : 靈芝의 별명이다. 식물이 꽃이 피면 대단히 아름답다. 靈芝는 1년에 세 차례 꽃이 피므로 三秀라 칭했다. ≪九歌·山鬼≫ : "采三秀兮山間.(영지를 산 속에서 캐다.)"

6 餐霞 : 전설에 신선들은 아침노을로 식사한다고 한다.
九霄 : 머나먼 하늘 가. 하늘에서 가장 높은 곳.(신화에 의하면 하늘에는 아홉 개의 층이 있다고 전한다.)

7 參同 : 서로 합하여 하나가 됨. 도가에서 단련하고 수련하는 기술.

8 金鼎 : 연단하는 솥(화로).

033 春日出苑遊矚[1]

봄날 동산에 나와 놀다

三陽麗景早芳辰[2]　봄날 아름다운 경치 향기로운 새벽
四序佳園物候新[3]　사계절 중 뜰이 아름답고 만물이 새로운 때 이네
梅花百樹障去路　수백 그루의 매화나무는 도로를 막아 버리고
垂柳千條暗回津　수천 그루의 버드나무는 굽은 나루터를 덮고 있네
鳥飛直爲驚風葉　바람에 흔들리는 이파리에 새들이 놀라 달아나고
魚沒都由怯岸人　언덕배기 오가는 행인들로 고기는 숨어 버리네
惟願聖主南山壽[4]　단지 원하기는 남산 같은 무궁함이니
何愁不賞萬年春　오랫동안 봄을 감상할 수 없을까 어찌 걱정하나

주석

1 題下原注에는 "태자 때에 지은 시"라고 하고 全詩校에서는 "張說이 지은 시"라고 하는데, ≪張說之文集≫ 卷1, ≪文苑英華≫ 卷179에서는 확실히 唐 玄宗이 태자를 위해 지은 시라고 한다. 張說의 詩題는 <奉和春日出苑遊矚應令>이다.

2 三陽 : 봄이 시작한다. 옛 사람들은 ≪易≫의 괘상에 의거하여 冬至가 一陽生이고, 12월은 二陽生이고 正月은 三陽生이다. 겨울이 가고 봄이 오면 음이 소멸하고 양이 자란다. 그래서 길하고 형통한 상이 있게 된다.

3 四序 : 네 계절이다.

4 南山壽 : ≪詩・小雅・天保≫ : "如南山之壽, 不騫不崩.(남산의 무궁함 같으며 이지러지지도 무너지지도 않으며.)" 이 문장을 후에 祝壽의 頌辭로 연용해 썼다.

034 春晚宴兩相及禮官麗正殿學士探得風字[1]

봄밤에 두 재상과 예관 여정전 학사들과 연회를 즐기며 風字 운으로 시를 짓다

序：朕以薄德，祗膺曆數[2]，正天柱之將傾[3]，紉地維之已絶，故得承奉宗廟，垂拱岩廊，居海內之尊，處域中之大。然後祖述堯典，憲章禹績，敦睦九族[4]，會同四海。猶恐烝黎未乂[5]，徭戍未安，禮樂之政虧，師儒之道喪。乃命使者，衣繡服[6]，行郡縣，因人所利，擇其可勞，所以便億兆也。乃命將士，擐介胄，礪矢石[7]，審山川之向背，應歲月之孤虛[8]，所以靜邊陲也。乃命禮官，考制度，稽典則，序文昭武穆[9]，享天地神祇，所以申嚴潔也。乃命學者，繕落簡，緝遺編，纂魯壁之文章[10]，綴秦坑之煨燼[11]，所以修文教也。故能使流寓返枌榆之業[12]，戎狄稱藩屛之臣[13]，神祇歆其鑄祀[14]，庠序闡其經術[15]。旣家六合，時巡兩京，函秦則委輸斯遠[16]，鼎邑則朝宗所利[17]。封畿四塞，從來測景之都[18]；城闕千門，自昔交風之地[19]，陰陽代謝，日月相推，豈可使春色虛捐，韶華並歇。乃置旨酒，命英賢，有文苑之高才，有掖垣之良佐[20]，擧杯稱慶，何樂如之。同吟湛露之篇[21]，宜振淩雲之藻[22]。於時歲在乙丑，開元十三年三月二十七日。

서 : 나의 덕행이 천박하나 공경히 천명을 이어 받아 하늘의 기둥이 넘어질 때 하늘의 기둥을 부여잡고 땅이 단절 되었을 때 땅을 얽어매어 일어났다. 그리하여 비로소 종묘책임을 계승할 수 있었고 궁중 안에서 옷소매를 늘어뜨리고 팔짱을 끼고 아무 것도 하지 않으면서도 천하가 잘 다스려질 수 있었다. 국내에서 존귀함을 받고 우주 내에서는 최대 인물이 되었다.

나는 堯의 경전을 계승하고 大禹의 업적을 모방하여 九族을 화목하게 하고 온 세상을 한 마음이 되게 하였다. 그런데 나는 여전히 백성들이 평안하지

못할까 두려워하고 변방이 잘 지켜질까 예의와 정치가 잘 될까 유학이 높임 받을까 등등으로 걱정근심 되었다.

그래서 사신들에게 명령하여 御使를 만들어 각 군현을 순찰하게 하고 백성들이 필요로 하는 것을 선택하여 백성들을 위해 수고하며 많은 인민을 편리하게 했다. 장군들에게 명령하여 갑옷을 입고 병기를 날카롭게 갈아 산천의 지체를 살피고 출병날짜를 잘 선택해서 변방이 평정되기를 바랐다. 예관에 명령하여 제도를 살피고 경전에 의거해서 종족질서를 분명히 하고 천지신령에게 제사하여 자신의 곧고 정결함을 나타내기를 희망했다. 또 학자들에게 명하여 서적을 잘 손질하고 전해오는 경전들은 정리하고 魯國의 벽 속에 발견된 문헌도 편찬하고 秦 나라 때 불 타고 남은 문헌도 보충하여 문을 밝히고 교화할 것을 바랐다. 그래서 떠돌아다니고 집이 없는 사람들을 고향으로 돌아오게 하고 변경 이족을 신하로 여기는 군주가 되어 신령하게 그들의 제수물을 받을 것이다.

각 학교는 학술을 넓게 펴고 나는 온 天下를 집으로 삼고 늘 兩京을 순시하고 함곡관 서쪽의 秦 땅에서 천하의 소작료를 멀리멀리 보내어 사방에서 낙양으로 와 이 조정에 인사하게 할 것이다. 멀리 있는 변방의 땅은 태양을 측량할 수 있는 도읍지이고 도시 안에 있는 수천 수많은 집은 풍습이 모이는 장소가 될 것이다. 음양이 바뀌고 일월이 지나가는 변화를 대하니 우리들의 그렇게 아름다웠던 봄날이 어찌 그리 쉽게 가 버리고 아름다운 청춘도 변해 버렸을까?

지금 우리들은 술을 내 놓고 영재들이 모였는데 그들 중에는 문단의 재주 있는 자도 있고 조정의 신하도 있으니

우리 함께 술을 들며 서로 축하하며 즐기니 얼마나 즐거운가!

우리 함께 ≪詩經·小雅·湛露≫ 편을 읊어 보세!

우리들 뛰어난 재주를 펴 보세!

이때는 乙丑年 開元 13년 3월 7일이다.

乾道運無窮[23]	하늘의 도는 무궁무진하게 운행되며
恒將人代工[24]	항상 인간세상을 끊임없이 도와주네
陰陽調曆象	음양은 만물과 조화하고
禮樂報玄穹[25]	사람들은 예와 악으로 창공에 보답하네
介胄清荒外	무사들은 멀리 있는 변경에서 나라를 보위하고
衣冠佐域中	사대부들은 천하의 각지에서 군왕을 보필하네
言談延國輔	군왕은 늘 중신들과 함께 대사를 의논하고
詞賦引文雄	문에 뛰어난 친구들과 함께 시를 짓네
野霽伊川綠[26]	들판에 날이 개이자 伊水 지역은 푸르고
郊明鞏樹紅[27]	교외는 환하게 鞏縣의 숲 속 붉은 꽃 만개했네
冕旒多暇景	조정의 한가하고 아름다운 경치에
詩酒會春風	군신들은 봄바람 속에서 연회를 거행하네

주석

1 兩相 : 左右에 있는 丞相.
禮官 : 예의를 담당하는 관리.
麗正殿 : 唐 궁전 이름. 開元 7年(719) 궁전 안에 修書院을 설치하고 校理史部群書를 관장하게 했다. ≪唐六典≫ 卷9에 보인다. <序>에 의하면 詩는 開元 13년(725) 3월 27일에 지어졌다.

2 祗膺 : 공경하며 명을 받다(祗 : 삼가다. 공경하다. 膺 : 수여하다. 받다.).

3 "正天"句 : 神龍 元年(705) 韋後를 죽인 것과 先天2年(713) 太平公主를 파멸시키고 왕위를 찬탈한 음모를 가리킨다.

4 九族 : ≪尙書・堯典≫에 "以親九族"의 말이 있고 후인들이 두 가지 해석을 하고 있다. 하나는 성이 다른 친족을 말하며, 즉, 父族四, 母族三, 妻族二 등이다. 또 하나는 고조에서부터 손자의 손자에 이르기까지 같은 종족의 친족인 직계촌을 가리킨다.

5 烝黎 : 서민이다.
乂 : 治, 安의 뜻이다.

6 繡服 : 漢代 御使를 시중드는 사람은 수놓은 옷을 입었다. 후대에서는 "綉衣"는 御使를 대칭하여 사용되었다.

7 擐 : 뚫는다.

8 孤虛 : 허망하다. 옛날에 점을 쳐 때를 추론하는 방법이다. 天幹은 日이고 地支는 辰이고, 일진이 완전하지 않으면 허망하다. 점이 孤虛가 되면 주된 일이 성사되지 않았다.

9 文昭武穆 : 고대 종법제도에서 종묘 혹은 묘지의 배치 순서는 始祖가 가운데 거하고 2, 4, 6대는 始祖의 왼쪽에 위치한다. 昭라고 칭하는 3, 5, 7대는 오른쪽에 위치한다. 穆이라고 칭하는 것은 종족 내부의 장유 친소와 원근에 따라 분류해서 쓴다. 周 文王은 周에서 穆이고, 武王은 즉 昭가 되었고, 成王은 穆이 되었다. 후에 文昭武穆을 역대 조상으로 널리 지칭하였다.

10 魯壁 : 漢 景帝의 아들 魯恭王 劉餘가 궁실을 확장하려고 孔子의 옛 집을 헐었는데 벽 속에서 고문 경전 ≪尙書≫, ≪孝經≫, ≪論語≫ 등 수십 편이 있었다. 전하는 바로는 孔鮒가 감춰둔 것이라고 한다. 孔安國≪尙書序≫에 보인다.

11 秦坑 : 秦始皇이 책을 불태운 구덩이. 옛 터는 지금의 陝西 臨潼 동남쪽 驪山 아래에 있다. 진시황은 李斯의 건의를 받아들여 33年(BC214) 명령을 내려 秦記, 醫藥, 蔔筮, 種樹書 외 민간이 소장하고 있는 ≪詩≫, ≪書≫, ≪百家書≫ 등을 불태웠다. 유생 460여 명도 매장했다. 역사적으로 "焚書坑儒"라 칭한다. ≪史記・秦始皇本紀≫에 상세히 기록되어 있다.

12 枌楡 : 漢 高祖 劉邦이 豐邑 枌楡사람이다. 처음에 전쟁할 때 枌楡社에서 기도했다. ≪史記・封禪書≫에 보인다. 후에 枌楡는 고향으로 대칭하여 썼다.

13 戎狄 : 옛날 중국의 西部, 北部 소수민족을 부를 때 사용했다.

藩屛 : 사방을 둘러싼 영토. 울타리가 병풍처럼 둘러싸이다. 후에 제후의 나라를 비유해서 사용되었다.

14 禋祀 : 제사.

15 庠序 : 고대 지방에 설치한 학교. 후에 학교로 널리 쓰였다.

16 函秦 : 函谷關 서쪽의 三秦의 땅을 가리킨다. 즉 關中이다.

委輸 : 운송하다.

17 鼎邑 : 낙양을 가리킨다.

18 測景 : "測影"으로도 썼다. 즉, 測은 해의 그림자를 재는 것, 옛날 天文활동 중 하나이다. 唐나라 때 測景臺가 河南府(지금의 河南 洛陽) 궁성 안에 있었다.

19 交風 : 풍속이 모이다. 풍습이 교차되다.

20 掖垣 : 본래는 궁중의 담장을 지칭한다. 늘 조정을 가리킬 때 사용되었다.

21 湛露 : ≪詩・小雅≫의 편명. 천자가 제후들에게 연회를 베풀 때 부른 노래이다.

22 凌雲 : 높이가 구름을 뚫고 들어감. 패기가 넘치고 필력이 씩씩하고 힘 있는 것을 비유하여 사용된다.

23 乾道 : 天道이다.

24 將 : 부축하다. 도와주다.

人代 : 사람 사는 세상.

25 玄穹 : 창공.

26 伊川 : 洛陽 남쪽에 있다.

27 鞏 : 鞏縣, 洛陽 동북쪽에 있다.

035 首夏花萼樓觀群臣宴寧王山亭回樓下又申之以賞樂賦詩[1]

초여름 화악루 영왕 산정에서 신하들과 연회를 열어 즐겁게 시를 짓는다

序：萬物莫不氣兆乎上，而形視乎下。鐵石異品，雲蒸並濕；草木無心，春來咸喜。故聖人弘道，先王法天，酒星主獻酬之義[2]，需卦陳飲食之象[3]。近命群官，欣時樂宴，盡九春之麗景[4]，匝三旬之暇日[5]。暢飮桂山[6]，棹歌沁水[7]，醇以養德，味以平心，本將導達陽和，助成長育，亦朝廷多慶，軍國餘閑者也。前月之晦，細風飄雨，繁弦中止，列席半醉，佳辰易失，絶興難追，良可惋也。今年帶閏，節候全晚，暑氣猶淸，芳草未歇。申布雅意，復敍初筵，披樂善之虞邸，坐忘憂之觀[8]，東郊跬步[9]，南山在目，足以締夏首之新賞[10]，補春餘之墜歡[11]。朕登覽上宮，俯臨長陌，暢衆心之怡，懽歸騎之逶迤，鼓之以琴瑟，侑之以筐篚[12]，衢尊意洽[13]，場藿思苗[14]，賦我有嘉賓之詩[15]，奏君臣相悅之樂，踟躕西日，吟玩乘風，不知衷情之發於翰墨也。

서 : 만물은 모두 신기한 기운이 먼저 있고 난 다음에 형체가 나타난다. 철과 돌멩이는 똑같지 않고 구름과 안개는 모두 축축하다. 초목은 마음은 없는데 봄이 오면 영화롭게 기뻐한다. 그래서 성인이 도를 넓고 크게 드러내며 선왕이 하늘의 도를 본받을 때 연회를 매우 중시한다. 酒旗星은 서로 술을 권하는 의미를 가진 별이다. ≪易經≫ "需"괘는 연회를 열어 술을 마시는 상이다. 오늘과 같이 나는 군신들에게 명을 내려 즐겁게 이 연회를 즐기고 봄날 아름다운 풍경을 감상하며 휴가의 유쾌함을 맛본다. 계수나무 산언덕에서 즐겁게 마시고 공주의 별장에서 배를 저어가며 순후한 품덕을 기르고 평정한 심성을 기를 것이다. 이와 같은 연회는 사람들의 심정이 조화롭고 만물이 잘 길러지고 조정에 기쁜 일 많아지고 나라에 일들이 그다지

바쁘지 않기에 열 수 있는 것이다.

지난 그믐날 가랑비 오고 잔잔히 바람 부는데 그때 연회는 반쯤하다 그쳤지. 손님도 반 쯤 취해 좋은 시간 가는 걸 아쉬워했지. 좋은 흥 다시는 얻을 수 없으니 정말 아쉬웠다.

금년에 윤달 있으니 계절 기후도 비교적 느리다. 여름이 오는데도 날씨가 그다지 덥지 않고 화초도 여전히 예쁘다. 더 나아가 내 호의를 표시하기 위해 다시 한 차례 연회를 여는데 누관을 열고 즐거운 마음으로 이해득실을 잊어버리고 모름지기 가는 것만 바라보니 동쪽 뜰은 단지 몇 걸음의 위치에 있고 남산도 눈앞에 있는데 여기서 족히 이번 초여름의 연회가 충분히 아름답지만 한편으론 봄 끝자락의 연회로 느끼는 게 유감이구나.

나는 누관에 올라가 궁전을 바라보다가 몸을 굽혀 길고 긴 대로를 바라본다. 모두 다 그렇게 즐거워하며 놀고 돌아오는 사람이 저렇게 많구나. 우리들은 거문고 비파 타며 음식 가득 든 그릇을 바쳐들고 천하에 있는 사람들에게 임금의 은택 누리게 할 목적이 있지. 손님들에게 여기에서 자유와 즐거움을 누리게 하고, 손님들은 시가를 음송하고 군신들 서로 즐거운 음악 연주하고 석양 아래 배회하며 저녁 바람 즐겁게 맞으니, 부지불식 간에 나는 먹물을 들고 나의 심정을 써내려 가는구나.

今年通閏月[16]	금년 윤달
入夏展春輝	여름으로 들어섰는데 봄날의 광채 여전하네
樓下風光晚	누각 아래 저녁 무렵 아름다운 풍광
城隅宴賞歸	성곽 변두리의 아름다운 경치 감상하다 돌아오네
九歌揚政要[17]	九歌는 정치 교화를 위해 사용되었고
六舞散朝衣[18]	六舞에서 사대부들의 고상한 취미를 볼 수 있었네
天喜時相合	천지가 편안하고 시절에 맞는 일상

人和事不違	사람들 마음 화해하며 만사가 형통하네
禮中推意厚	예악 중에 심후한 정을 이해하고
樂處感心微	음악소리 속에서 사람들 세미한 마음 느끼네
別賞陽台樂[19]	더욱 애정이 주제인 악무를 감상할 때면
前旬暮雨飛	아름다운 저녁비 춤추며 사람을 감동시키지

✿ 주석

1 花萼樓 : 꽃 받침 모양이 있고 서로 광채가 나는 누각을 칭한다. 興慶宮 서남쪽 구석에 있다. 寧王 憲, 申王 撝, 岐王 範, 薛王 業의 저택이 서로 바라보고 있고 宮의 측면에 둥글게 되어 있어 明皇이 "花萼相輝"라 이름을 지었다. ≪詩・小雅・常棣≫에서 땄는데 형제들이 서로 사랑하는 뜻이다. ≪舊唐書・玄宗紀≫에 의하면 이 시는 開元 18년(730) 4월 丁卯에 지었다.

2 酒星 : 술을 주관하는 별이고 酒旗星이라고도 한다.

3 需卦 : ≪易≫ 64卦 중 하나. 乾 아래 坎 위에 있다. 구름이 하늘 위에 있고 건하 감상의 괘(때를 기다리면 이루어지는 상)가 나오면 군자는 음식을 차리고 연회를 연다.

4 九春 : 봄 90일을 말한다.

5 三旬之暇日 : 唐의 제도로 조정의 신하가 10일에 한 번 휴가가 있다. 그래서 旬假라 칭했다. ≪唐會要≫ 卷82에 보인다.

6 桂山 : 계수나무가 많은 산.

7 沁水 : 漢의 明帝의 딸 沁水公主에게 뜰이 있었는데 竇憲이 빼앗았다. ≪後漢書・竇憲傳≫에 보인다. 후에 沁園을 공주의 원림으로 칭했다.

8 忘憂 : 우려와 근심을 잊다. ≪論語・述而≫ : "其爲人也, 發憤忘食, 樂以忘憂, 不知老之將至云爾.(그 사람됨이 학문에 열중하면 식사를 잊으며 도를 즐기면 근심을 잊어 늙음이 장차 닥쳐오는 것조차 모르고 있다.)"

9 跬 : 발걸음을 내디디다.

10 締 : 체결하다. 맺다.

11 墜歡 : 이미 가버린 기쁨.

12 侑 : 돕다 권하다. 예물을 권하다. 고대 주인이 손님에게 연회를 베푸는데 정성스럽게 하지 않았다고 여기면 또 돈과 비단을 주었다. 광주리가 모두 비단으로 가득 채운 대나무 그릇이었다. 네모난 것은 筐이고, 둥근 것은 篚이다.

13 衢尊 : 衢尊의 원 뜻은 사통팔달의 도로에 술그릇을 놓고 사람들 마음대로 마시게 하는 뜻이다. 후에는 은택을 비유할 때 사용하였다.

14 塲藿思苗：≪詩・小雅・白駒≫："皎皎白駒, 食我塲苗. 縶之維之, 以永今朝. 所謂伊人, 於焉逍遙. 皎皎白駒, 食我塲藿. 縶之維之, 以永今夕. 所謂伊人, 於焉嘉客.(새 하연 망아지가 내 밭의 곡식 쌀을 먹었다 하고 붙잡아 매어놓아 이 아침 다가도록 잡아두어 바로 저 사람이 이곳에서 노닐도록 하리라. 새하얀 망아지가 내 밭의 콩 싹을 먹었다 하고 붙잡아 매어놓아 이 저녁 다 가도록 잡아두어 바로 저 사람 이곳의 좋은 손님이 되게 하리라.)"

15 我有嘉賓之詩：≪詩・小雅・鹿鳴≫, 그중의 3章에 모두 "我有嘉賓.(내게 좋은 손님이 있다.)"의 句가 있다.

16 "今年"句：이 해는 윤 6월이었다.

17 九歌：夏의 樂歌이다. ≪尙書・大禹謨≫에 보인다.

18 六舞：翌舞, 羽舞, 帗舞, 旄舞, 幹舞, 人舞이다. ≪漢書・禮樂志≫에 보인다.

19 陽台樂：남녀가 모여 즐기는 음악. 宋玉≪高唐賦≫에 초왕이 꿈에 巫山의 神女와 만나는 꿈을 꾸었다. 신녀가 가면서 말하길 "첩은 巫山의 남쪽 높은 언덕의 요새에서 아침엔 구름이 되고 저녁엔 비를 내리고 아침저녁 陽台 아래에 있습니다."라고 했다.

036 同二相以下群官樂遊園宴[1]

재상 이하 신하들과 낙유원 뜰에 모여 놀다

撰日岩廊暇[2]	조정이 한가할 때 좋은 날 택해
需雲宴樂初[3]	≪周易・需卦≫처럼 군자가 연회를 여네
萬方朝玉帛[4]	각 곳의 제후들 조공 들고 오고
千品會簪裾[5]	수많은 귀족들 연회에 참석하네
地入南山近	이 樂遊園의 별장은 종남산과 매우 가깝고
城分北斗餘[6]	성은 북두칠성 끝자락에 나뉘어 있네
池塘垂柳密	연못가에 드리워진 버드나무 무성하고
原隰野花疏	들판 위의 들꽃 성겨 있구나
帟幕看逾暗[7]	조그만 장막 점점 어두워지니
歌鍾聽自虛	노랫소리 악기소리 점점 멀리 사라지네
興闌歸騎轉	흥이 시들어 말을 타고 궁전으로 돌아왔는데
還奏弼違書[8]	또 군왕의 과실을 교정하는 상소문을 접하는구나

✿ 주석

1 ≪全唐詩≫題下注 : "二相謂張說, 宋璟.(두 재상은 張說, 宋璟을 말한다.)"
樂遊園 : 장안성 동남쪽에 있고 지세가 매우 높아 사방을 시원하게 잘 볼 수 있고, 내려다 보면 온 성이 다 보인다. 놀기에 아주 좋은 곳이다. ≪文苑英華≫ 卷175에 실렸다. 화답시를 한 자는 張說, 宋璟, 蘇頲, 崔沔, 張九齡, 趙冬曦 등 아홉 명이다. 대부분의 시는 다 봄의 경치를 썼는데 九齡, 冬曦시는 분명히 "二月"을 말했다. 張說은 開元 元年에 재상을 버리고 서울을 떠났다가 9年 9月에 재상으로 돌아왔다. 蘇頲은 8年에 益州長史가 되었고 13년에 禮部尙書가 되었고 15년에 죽었다. 崔沔은 12년에 魏州를 방문하고 14년에 左散騎常侍가 되었다. 張九齡은 14년 5월에 冀州를 방문했다. 이런 것들을 살펴보면 시는 開元 14년(726) 2월에 지어졌다.

2 撰日：撰은 "選"과 같다. 撰日은 날을 선택하다의 뜻이다. 全詩校에서는 '選'으로 되어 있다.

3 需雲：035 주석 3 참고.

4 玉帛：상서로운 옥과 비단 묶음. 조정에 들어갈 때의 선물이다. ≪左傳・哀公 7年≫："執玉帛者萬國".

5 簪裾：귀한 자의 복식. 고귀한 자를 가리킴.

6 "城分"句：漢 長安城 남쪽이 南斗形이고 城의 북쪽은 北斗形이라서 斗城이라 칭했다. ≪三輔黃圖≫ 卷1에 보인다.

7 帟：작은 장막이다.

8 弼違：군주의 과실을 교정함. ≪尙書・益稷≫에 나온다.

037 集賢書院成送張說上集賢學士賜宴得珍字[1]

집현서원이 완성되어 장열을 집현학사로 보내며 珍字 운으로 시를 지었다

廣學開書院	학술을 널리 확대하려고 서원을 열었지
崇儒引席珍[2]	유학을 널리 숭상하려고 유학대사를 초빙하였네
集賢招袞職[3]	집현전에서 혁혁한 공이 있는 三公을 모집하여
論道命台臣[4]	요직을 주고 함께 학문을 토론하네
禮樂沿今古	예와 악은 고금의 관습을 따르고
文章革舊新	문장의 화려한 수식은 끊이지 않고 새롭게 변했네
獻酬尊俎列	맛있는 술 올려놓고 접시를 진열하고
賓主位班陳	손님과 주인 각각 제 위치에 앉았네
節變雲初夏	계절은 변하여 이미 초여름인데
時移氣尚春	시간이 흘렀지만 아직도 봄의 향기 남아 있네
所希光史冊	바라는 바는 역사책에 업적이 빛나는 것
千載仰玆晨	천년 후에도 이 아름다운 새벽을 찬양하리라

✿ 주석

1 集賢書院 : 集賢殿書院을 말하고 長安 大明宮 안에 있다. 開元 13년(725) 張說 등을 소집해서 集仙殿에서 연회를 열었는데 殿의 이름을 고쳐서 集賢이 되었다. 원래 이름은 麗正殿書院이었는데 集賢殿書院으로 고친 것이다. 五品 이상은 學士가 되었고, 六品 이하는 眞學士가 되었다. ≪唐六典≫ 卷9에 보인다.

張說 : 張說(667~730)字는 道濟이고, 한편으로 字를 說之라고도 했다. 洛陽人이다. 玄宗 開元 元年(713)檢校中書令을 제수받고 燕國公에 봉해졌다. 후에 폄적되어 相州刺史・河北道按察使・嶽州刺史・荊州의 大都督府長史 등을 두루 거치다가 開元 9年 조정에 들어와 兵部尙書가 되었고 11年에 中書令이 되고 후에 集賢殿書院學士와 知院事를 겸했다. 죽은 후에 시호는 文貞이었다. ≪張設之集≫ 30권이 세상에 전한다. ≪舊唐書≫ 卷97, ≪新唐書≫ 卷

125 本傳이 전한다.
≪唐會要≫ 卷64, ≪舊唐書 · 玄宗紀≫와 ≪張說傳≫에 의하면 이 시는 開元 13년 4월에 지은 것이다.

2 席珍 : 공자가 유학하는 선비들의 몸에 재주와 덕이 자리위의 보배로운 옥과 같이 있는지 초빙을 기다렸다가 물었다. ≪禮記 · 儒行≫에 보인다. 후에 재주와 덕이 많은 사람을 칭할 때 명예롭게 사용했다.

3 袞職 : 三公의 직분. 그 당시 張說은 宰相으로 集賢學士 · 知院事가 되었다.

4 台臣 : 三公宰相. ≪尙書 · 周官≫ : "玆惟三公, 論道經邦, 燮理陰陽.(이 삼공은 도를 논하고 나라를 다스리며 천지의 도를 조화시키네.)"

038 王屋山送道士司馬承禎還天台[1]

도사 사마승정이 천대산으로 돌아가니 왕옥산에서 환송한다

紫府求賢士[2]	仙府에서는 현명한 선비 구하고
淸溪祖逸人[3]	청계산에서는 특별한 사람 숭배한다네
江湖與城闕	강호와 도시
異跡且殊倫	사람들의 행동은 같지 않고 성품도 다르네
間有幽棲者	그 사이에서 은거한 사람들 있는데
居然厭俗塵	그들은 여전히 세속의 생활 싫어하지
林泉先得性	산림과 강가에서 더욱 진실한 마음을 얻고
芝桂欲調神	영지와 계수나무는 정신을 맑게 길러주네
地道踰稽嶺[4]	멀리 회개산령을 넘어
天台接海濱	천대산은 해변 끝에 이어 있네
音徽從此間	이 사이에서 훌륭한 소식 전하니
萬古一芳春	만고의 세월 속에 당신은 향기를 남기리

✿ 주석

1 王屋山 : 河南 濟源縣 서쪽에 있다.
天台 : 山 이름이다. 오늘의 浙江 天台縣 북쪽에 있다.

2 紫府 : 道家 전설에서 하늘의 仙府에 위치해 있다.

3 淸溪 : 靑溪를 말한다. 산 이름이고 지금의 湖北 當陽縣 서북 쪽에 있다. 전설에 의하면 鬼穀子가 은거하던 곳이라 한다. ≪文選・郭璞<遊仙詩>≫李善注에 보인다.

4 稽嶺 : 會稽山을 가리킨다. 지금의 浙江 紹興市 동남쪽에 있다. 稽 : 全詩校에서는 '鷄'로 되어 있다.

039 早度蒲津關[1]

아침에 포진관을 넘으며

鐘鼓嚴更曙	종소리 북소리에 새벽빛이 비치고
山河野望通	넓은 들 산하가 사방으로 뚫려 있네
鳴鑾下蒲坂[2]	방울소리 울리며 포진의 제방에 내려와
飛旆入秦中	깃발을 나부끼며 진나라 땅으로 들어가네
地險關逾壯	지세가 험악하나 주변의 관문은 더욱 웅장하고
天平鎭尙雄	천하가 태평한 것처럼 관문도 위엄이 있네
春來津樹合	봄이 오니 나루터 가의 나무들 빽빽이 자라있고
月落戍樓空	달빛이 점점 희미해지니 戍樓 속은 텅 비어 허전하네
馬色分朝景	말들의 안색에 새벽빛이 드리워졌고
雞聲逐曉風	수탉의 울음소리 동틀 녘의 바람 따라가네
所希常道泰	바라는 것은 큰 도가 펼쳐져 천하가 태평하고
非復候繻同[3]	출입증 바라는 일 없었으면

주석

1 蒲津關 : 蒲關 · 臨晉關 · 河關이란 이름으로도 불린다. 山西 永濟縣 서쪽, 陝西 大荔縣 동쪽, 黃河 서쪽 언덕에 있다. 兩≪唐書 · 玄宗紀≫에 의하면 이 시는 開元 11년(723) 2월 幷州 남쪽에서 돌아가는 길에 蒲津關을 지나가다 썼다.

2 蒲坂 : 山西 永濟縣 서쪽에 있다. 위에 關이 있는데 즉, 蒲津關이다.

3 繻 : 고대 關門을 출입할 때의 출입증이다. 즉, 글자를 비단위에 써서 하나를 둘로 나누어 계약서 같은 것으로 사용했다. 候 : 全詩校에서는 '俟'로 되어 있고, 또 '棄'라고도 쓰여 있다.

040 途經華嶽

화악산을 지나가다

飭駕去京邑[1]	좋은 수레 준비하여 수도 장안을 벗어나
鳴鑾指洛川	방울소리 울리며 낙수 해변가로 향하네
循途經太華	큰길 따라 가는데 太華山을 지나가다
回蹕暫周旋	수레를 멈추고 잠시 서성이네
翠崿留斜影[2]	푸른 산기슭에 비낀 그림자 남아 있고
懸岩冒夕煙	절벽 위에 걸려 있는 저녁안개가 피어오르네
四方皆石壁	사방은 모두 거대한 석벽
五位配金天[3]	다섯 방향 중에 이 위치는 금이 있는 곳이지
彷佛看高掌[4]	흡사 거대한 손바닥 보는 듯 하고
依稀聽子先[5]	희미한 가운데 신인 子仙의 소리 들리는 듯하네
終當銘歲月	응당 세월이 쉽게 가는 걸 명심하고
從此記靈仙	여기에서 신령한 선인을 기억하자꾸나

✿ 주석

1 飭駕 : 거마를 정비하다.

2 翠崿 : 푸른 산기슭.

3 金天 : 서쪽. 五行에서 서쪽은 金에 속한다.

4 高掌 : 華山 동쪽 봉우리 곁에 돌이 있었다. 스스로 아래를 내려다보니 마치 손바닥 같았다. 다섯 손가락이 전부 갖추어 있었다. ≪藝文類聚≫ 卷7에서 <述征記>를 인용했다. "華山對河東首陽山, 黃河流於二山之間, 雲本一山, 巨靈所開. 今睹手跡於華嶽, 而脚跡在首陽山下.(화산은 하동 수양산 맞은편에 있는데 황하가 두 산 사이로 흐른다. 본래 하나의 산이었는데 힘이 센 신이 갈라놓았다. 지금 보니 손은 華嶽에 남아 있고 발은 首陽山 아래에 흔적이 있네.)"

5 子先 : 仙人 이름이다. ≪列仙傳≫ 卷下에 실렸는데 子先은 백여 세이고 용을 타고 華陽山에 오른다. 항상 산 위에서 큰 소리로 "子仙이 여기 있다"고 외쳤다 한다.

041 喜雪[1]

눈이 내리네

日觀卜先征[2]	일관봉에 오르기 전 먼저 점을 치고
時巡順物情	계절의 순서에 따라 만물의 이치에 순응하리
風行未備禮	큰 바람 동행하는데 준비된 예물 없어도
雲密遽飄霙[3]	검은 구름 하늘을 덮고 눈꽃 송이 펄펄 날리네
委樹寒花發	나무 위에 떨어진 눈 추위 속에 꽃송이가 피어 있는 듯
縈空落絮輕	눈꽃 송이 공중에서 펄럭이며 춤을 추네
朝如玉已會	아침에는 옥 같이 모여 있더니
庭似月猶明	정원은 달빛 보다 더욱 밝네
旣覩膚先合[4]	방금 구름이 모여 있는 것 보았는데
還欣尺有盈[5]	큰 눈 쌓여 일척의 높이가 되니 기쁘구나
登封何以報[6]	태산에 올라가 제사 지낼 때 하나님께 뭐라고 보고할까
因此謝功成	나는 이 눈으로 공업을 이루어 감사하다 하겠네

주석

1 詩의 첫 구에 "日觀卜先征.(일관봉에서 먼저 점을 치고 길을 떠나다.)" 이와 같은 문장을 볼 때 이 시는 開元 13년(725) 10월에 동쪽에서 泰山에 올라 제사 지내려고 東都를 출발할 때 지었다.

2 日觀 : 봉우리 이름이다. 泰山 위에 있고 일출을 보는 곳이다.

3 霙 : 눈꽃, 눈송이.

4 膚先合 : 구름이 모여 있는 모양.

5 尺有盈 : 눈이 쌓여 1척의 두께가 되었다. 謝惠連<雪賦> : "盈尺則呈瑞於豐年.(일척이 쌓이니 풍년들 징조이네.)"

6 登封 : 산에 올라 제사 지냄. 산에 올라 봉선하는 것은 제왕이 천지에 제사 지내는 의식이다.

042 幸鳳泉湯[1]

봉천온천을 가다

西狩觀周俗	서쪽을 순찰하다 周 땅의 풍속을 관찰했지
南山曆漢宮	종남산 일대에서 나는 한나라 궁전의 유적지를 보았지
薦鮮知路近	조공 드리는 식물 신선함을 길 가까울수록 알겠네
省斂覺年豐	조금 적게 세금을 거두어도 풍족하지
陰谷含神爨[2]	북쪽 계곡에 신선들이 쓰던 부뚜막이 남아 있고
湯泉養聖功	온천 못도 성군들의 업적을 이루는 데 도와주었지
益齡仙井合	장수를 돕는 신선은 우물물과 함께 흘러가고
愈疾醴源通	질병을 치료하는 醴泉과 서로 소통하네
不重鳴岐鳳[3]	나는 봉황이 岐山에서 울부짖는 신화 중시하지 않고
誰矜陳寶雄[4]	상서로운 길조가 있는 陳寶의 출현도 개의치 않네
願將無限澤	바라는 것은 하늘이 내려주는 끝없는 은혜로
霑沐衆心同	천하의 백성들 흡족하게 하늘의 은혜를 받는 거라네

주석

1 鳳泉 : 지금의 陝西 眉縣 동남쪽에 있다. 隋 나라가 막 시작될 때 황제가 거하는 곳에 鳳泉宮을 세웠다.

2 爨 : 부엌을 말한다.

3 鳴岐鳳 : 봉황이 岐山에서 울었다. ≪國語・周語上≫ : "周之興也, 鸑鷟鳴於岐山.(주나라가 흥할 때 봉황이 기산에서 울었다.)"

4 陳寶雄 : 고대 전설에 陳寶라는 이름을 가진 神이 있었는데 그 모습이 마치 닭과 같았다. 수컷을 얻으면 왕의 업적을 이루고 암컷을 얻으면 패권을 얻는다고 전한다. ≪史記・封禪書≫에 보이는데 司馬貞 <索隱>에서 <列異傳>을 인용했다. 鳳泉은 岐州에 있고, 岐州 寶鷄縣은 전설 중에 陳寶가 나타나는 땅이다.

043 南出雀鼠谷答張說[1]

남쪽 작서곡을 지나가다 장열에게 화답하다

雷出應乾象	천둥소리 나니 乾卦의 모습이네
風行順國人	맑은 바람 스치는 건 백성들이 순응하는 것이지
川途猶在晉	강 따라가니 晉나라에 있는 것 같은데
車馬漸歸秦	수레는 점점 秦으로 들어가네
背陝關山險	등 뒤에 섬현 관산이 험하고
橫汾鼓吹頻[2]	汾河 강변의 북소리는 더욱 빈번해지네
草依陽谷變	푸른 풀은 남쪽 산골짜기에 의지하여 변하고
花待北岩春	예쁜 꽃은 북쪽 산 언덕의 봄을 기다리네
聞有鵷鸞客[3]	듣자하니 원추새와 같은 그대가 있어
清詞雅調新	훌륭하게 쓴 문장 우아하고 맑구나
求音思欲報	군왕에 보답할 생각으로 소식 알리는데
心跡竟難陳	마음속의 업적은 진술하기 어려워하는구나

✿ 주석

1 ≪全唐詩≫題下注：≪紀事≫雲："帝登封泰山，南出雀鼠穀，張說獻詩，帝答之，仍命群臣應制. (황제가 泰山에 올라 봉선하고 남쪽으로 雀鼠穀을 지나다가 張說이 헌시하자 황제가 화답하였다. 거듭 군신들에게 명하여 응제하게 했다.)" 그런데 생각해 보니 ≪唐詩紀事≫가 오류인 것 같다. ≪元和郡縣圖志≫ 卷13에 의하면 雀鼠穀은 山西 介休縣 서남쪽에 있고 泰山을 건너 갈 수 가 없다. 시 중에 행적이 기록 되었는데 "在晉", "歸秦" 등의 말이 있는데 때를 기록할 때는 "春"이라고 했다. 張說이 원래는 <扈從南出雀鼠穀>에 "平路半春歸", "汾河送羽旂" 張九齡이 이 시에 화답하여 분명히 "二月"이라 말했다. 그러므로 시는 開元 11년(723) 2월 幷州 남쪽 장안으로 돌아가는 중에 雀鼠穀을 지날 때 지었다.

2 橫汾鼓吹：한무제가 하동으로 행차하다 분하를 건너며 <추풍사>를 지었다. 그중에 "秋風

起兮白雲飛(가을바람 불고 흰 구름 흩날리고)", "泛樓船兮濟汾河.(누각선 띄우고 분하를 건너가네.)", "簫鼓鳴兮發棹歌.(퉁소와 북을 울리며 노 젓는 노래 부르며.)"의 句가 있다. ≪文選≫ 卷45에 보인다.

3 鵷鸞 : 봉황의 종류이다. 현명한 재주가 있는 것을 비유했고 여기서는 張說을 가리킨다.

044 賜崔日知往潞州[1]

최일지가 노주로 가니 배웅하다

潞國開新府　　潞國에 새로운 관저를 짓는데
壺關寵舊林[2]　　호관의 옛 숲을 사랑했다네
妙旌循吏德　　아름다운 깃발 관리의 덕행이 드러나고
持悅庶氓心[3]　　백성들 설득하는 마음 특별히 좋아했었지
禮樂中朝貴　　조정에서는 줄곧 예와 악을 중시하고
神明列郡欽　　군현들은 모두 천지 신명을 존중하였지
揚風非贈扇[4]　　부채를 선물한 게 아닌데 큰바람 불어오고
易俗是張琴[5]　　弦歌禮樂을 이용하여 풍속을 바꾸네
藩鎭謳謠滿　　藩鎭의 인민들 즐거운 노랫소리 가득하고
行宮雨露深　　행궁은 비와 이슬로 깊어가네
會書丞相策[6]　　그때 나는 승상에게 책서를 내려
先賜潁川金　　먼저 百金으로 상을 주겠네

주석

1 崔日知 : 字는 子駿이고 滑州靈昌(지금의 河南滑縣 서남쪽)人이다. 어렸을 때부터 가난하여 힘써 공부해서 明經에 급제했다. 여러 차례 兵部員外郎을 지냈고 두루 요직을 거쳤다. 開元16年(728) 潞州長史가 되었다가 연로하여 그만두었다. 죽어서 시호는 襄이다. 지금 전하는 시는 2首가 있다. ≪舊唐書≫ 卷99, ≪新唐書≫ 卷121에 전한다.
潞州 : 과거 지방 관공서가 있던 곳으로 山西 長治市에 있다. ≪舊唐書・崔日知傳≫ : "開元16年, 出爲潞州大都督府長史.(최일지는 개원 16년에 潞州의 大都督府長史가 되었다.)" 시는 이때 지었다고 본다.

2 壺關 : 山西 壺關縣이다.

3 持 : 全詩校에는 '特'으로 되어 있다.

4 "揚風"句 : 袁宏이 吏部郎에서 나가 東陽郡에 갔는데 謝安이 부채 하나를 그에게 주었다. 宏이 대답하길 "輒當奉揚仁風, 慰彼黎庶.(곧 仁風을 받들어 높이 드날려 저 백성들 위로해야지.)" ≪晉書·袁宏傳≫에 보인다.

5 張琴 : 弦歌를 가리킨다. 예와 악으로 교화하는 것을 가리킨다. 子遊가 武城宰가 되었을 때 공자가 그 지역을 지나가다가 弦歌를 들었다. ≪論語·陽貨≫에 보인다.

6 "會書"句 : 漢 宣帝 때에 黃覇兩度가 穎川太守가 되었는데 그 치적이 천하제일이었다. 황제가 金 百斤을 하사했고 太子太傅라 불렀다. 官은 丞相에 이르렀고 봉건 제도에서 제후가 되었다.(봉건제도의 관직 5등급 작위 가운데 두 번째) ≪漢書·循吏傳≫에 보인다.
策 : 策書이다. 황제의 명령 중 하나로 봉토를 줄 때 작위를 수여하고 三公에 임명한다.

045 爲趙法師別造精院過院賦詩

조법사가 별도로 지은 정원을 지나가다 시를 짓는다

序：秋九月，聽政觀風，存乎遊息。退朝之後，曆西上陽[1]，入清虛院[2]，則法師所居之地也。法師得玄元之法[3]，養浩然之氣[4]，故法此仙家，特建眞宇，紫房對聳，綠竹羅生。旣親重其人，每經過其地，以怡神洗雪，進德修業，何必齋心累月，遠在順風。因而賦詩，用適其意云爾。

서：9월 가을에 나는 조정의 정치를 들으며 공무를 처리하다가 적당한 휴식이 필요했다. 조정에서 나와 上陽宮 서남쪽을 거쳐 淸虛院에 들어갔는데 여기는 법사가 거주하던 곳이다. 법사는 玄元 대도의 도리를 깨닫고 자기의 호연지기를 길러 신선처럼 살려고 특별히 이 도관을 지었는데 도관 속의 집이 건립되었을 때 푸른 대나무가 우뚝우뚝 나열지어 자라있었다.

나는 이 사람을 매우 중시했고 매번 이곳을 지날 때면 마음이 넓어지고 정신이 고요해져 마치 흰 눈에 씻기는 것 같았다. 자기를 수양한다는 것은 오랜 세월 동안 고요히 수양해서 이루어지는 것만은 아니고 멀리 신선을 찾아가야만 한다.

지금 이 시를 써서 이 마음을 표현해 본다.

宗師心物外	大宗師의 마음 물질 밖에 기탁했네
爲道運虛舟[5]	도를 닦으며 소요자적한 인생철학을 길렀네
不戀岩泉賞	산천의 아름다운 경치를 감상하기 위한 것은 아니니
來從宮禁遊	나는 궁에서 금하는데도 이곳에 와서 논다네
探玄知幾歲	현명한 이치를 몇 살이나 되어야 알까

習靜更宜秋	조용히 학습하기는 더욱 가을이 적합하지
煙樹辨朝色	안개 가득한 숲 속에서 새벽 햇빛 분별할 수 있고
風湍聞夜流	바람 격렬하게 부는 밤에도 물소리 들을 수 있네
坐朝繁聽覽	조정에서 번뇌가 많으면
尋勝在淸幽	이곳의 그윽한 환경을 찾는다네
欲廣無爲化[6]	無爲의 다스림의 교화를 생각했는데
因玆庶可求	여기에서 구할 수 있겠네

✿ 주석

1 西上陽 : 洛陽 上陽宮 서남에 있다.

2 淸虛院 : 法師가 계곡을 피해서 氣를 단련한 곳으로 淸虛라고 불렀다.

3 玄元 : 道이다. 唐初 老子를 존경하여 太上玄元皇帝가 되었다.

4 浩然之氣 : ≪孟子・公孫醜上≫ : "我善養吾浩然之氣.(나는 내 호연지기를 잘 기른다.)"

5 虛舟 : ≪莊子・列禦寇≫ : "巧者勞而智者憂, 無能者無所求, 飽食而遨遊, 泛若不系之周, 虛而遨遊者也.(재주 있는 사람은 괴롭고, 지혜 있는 사람은 걱정이 많고, 무능한 사람은 아무것도 구하는 것 없이 배불리 먹고 즐겁게 노는 것이다. 그것은 마치 둥실 떠서 매이지 않은 배와 같아서 텅빈 마음으로 스스로 즐겁게 노는 것이다.)" 虛舟를 빌려 담백하고 감정을 잊는 것을 뜻하는 데 사용하였다. 마음대로 소요하는 인생철학이다.

6 無爲化 : 무위로 다스리다. ≪老子≫ 57장 : "我無爲而民自化.(내가 무위로 다스리면 백성은 스스로 교화된다.)"

046 端午[1]

단오

端午臨中夏[2]	단오날 한 여름이 가까워 오니
時淸日復長	절기는 새롭고 낮은 다시 길어지네
鹽梅已佐鼎[3]	소금과 매실 모두 솥 속으로 들어갔으니
麯糵且傳觴[4]	맛있는 술도 곧 잔 속으로 들어오겠지
事古人留跡	옛 사람의 남긴 흔적 존중하여
年深縷積長[5]	해마다 사람들은 실을 매달아 길게 길게 잇는구나
當軒知槿茂	창문을 열고 무성한 무궁화나무 감상하고
向水覺蘆香	흐르는 물 대하니 갈대꽃의 향기로움 느껴지네
億兆同歸壽	많은 백성들 모두 군왕 장수하길 기원하는데
群公共保昌	여러 신하들 함께 보호하고 번창하도록 해야지
忠貞如不替	충정이 있는 신하가 만약 버림받지 않는다면
貽厥後昆芳	더욱 좋은 향기 남길 수 있을 것이다

✿ 주석

1 全詩校에는 "端午武成殿宴群臣"로 되어 있다. ≪冊府元龜≫ 卷40, 卷110에 의하면 이 시는 開元 15년(727) 5월 5일에 지었다.

2 中夏 : 仲夏. 여름의 두 번째 달(음력 5월).

3 鹽梅 : ≪尙書 · 說命≫ : "若作和羹, 爾惟鹽梅.(국을 조화롭게 만들려면 오로지 소금과 매실이 있어야 한다.)" 이것은 殷 高宗이 傳說에게 명령하여 재상이 되도록 하는 말이고, 그는 국가에서 가장 필요로 하는 사람이라는 것을 말하는 것이다. 후에 훌륭한 재상의 업적을 말할 때 사용했다.

4 麯糵 : 술을 빚다. 이에 술을 가리킬 때 칭했다.

5 縷積長 : 5월 5일은 수명의 한 줄기를 계속 잇는 풍속이 있다. 命縷 : 수명을 잇는 실이다. 일명 長命縷라고도 한다. 5월 5일 오색채실을 팔에 묶으면 사람의 수명을 늘일 수 있다고 한다. ≪風俗道≫에서 볼 수 있다. 積은 全詩校에서는 '續'로 되어 있다.

047 春中興慶宮酺宴[1]

봄날 흥경궁에 모여 술을 마시다

序：夫抱器懷才，含仁蓄德，可以坐而論道者，我於是乎闢重門以納之。作扞四方[2]，折衝萬里[3]，可運籌帷幄者[4]，我於是乎懸重祿以待之。是故外無金革之虞[5]，朝有搢紳之盛；所以岩廊多暇，垂拱無爲，不言而海外知歸，不教而寰中自肅，元亨之道，其在茲乎。況乎天地交而萬物通，陰陽和而四時序。所寶者粟，所貴者賢。故以宵旰爲懷[6]，黎元在念。盡力溝洫[7]，不知宮室之已卑；致敬鬼神，不知飮食之斯薄。往以仲冬建子[8]，南至初陽[9]，爰詔司存，式陳郊祀。挹夷夏之誠請[10]，答人神之厚睠。煙歸太乙[11]，禮備上玄。足以申昭報之情，足以極嚴鑄之道。然心融萬類，歸雷雨之先春；慶洽百僚，象雲天而高宴。歲二月，地三秦[12]，水泛泛而龍池滿[13]，日遲遲而鳳樓曙[14]。青門左右[15]，軒庭映梅柳之春；紫陌東西[16]，帟幕動煙霞之色。撞鐘伐鼓，雲起雪飛。歌一聲而酒一杯，舞一曲而人一醉。詩以言志，思吟湛露之篇[17]；樂以忘憂，慚運臨汾之筆[18]。

서 : 재주가 많고 인자하고 덕이 많은 사람과 앉으면 도를 논할 수 있기에 나는 이 때문에 무겁고 무거운 궁중문을 열고 그들을 찾아간다. 그들은 사방을 지킬 수 있고 만리를 평정하고 장막에서 전략을 세우는 자 들로 나는 그들에게 봉록을 후히 주며 잘 대접한다. 이 때문에 밖은 전쟁의 위험이 없어지고 안으로는 현명한 신하가 많아졌다. 또 이 때문에 조정에는 한가한 시간이 많아져 군왕은 팔짱끼고 무위의 다스림을 할 수 있었고 말하지 않아도 밖에 있던 자들 다 돌아오고 가르치지 않아도 백성들은 스스로 정숙해져서 元亨大道가 곧 여기에서 이루어진다.

그뿐 아니라 천지가 태평하고 만물이 풍성하고 음양이 조화롭고 사계절이 순조로웠다. 양식은 천하의 진귀한 보배이고 현명한 신하는 천하에 귀한 것이다. 그래서 군왕은 힘써 정무에 임하고 백성들을 포용한다. 힘을 다하며 밭을 경작하느라 자신도 모르게 궁실이 황폐해지는 것 모르고 귀신을 공경하느라 자기의 음식이 아주 간단해진 것을 알지 못했다.

예전 한겨울 11월에는 홍경궁 동문에서 관원들을 불러모아 하늘에 제사하고 백성들의 가득한 정, 신의 두터운 은혜에 보답하였다. 연기가 최고의 천신에게까지 올라가도록 예를 갖추어 우리들이 하늘에 보답하던 마음을 표현하여 제사의 예절을 잘 갖추었다. 그러면서 만물이 잘 융합하여 이른 봄 우렁찬 천둥이 있었으면 하고 바라고, 또 여러 관리가 축하해 주었으면 하고 바라는 고상한 마음에서 연회를 열었다.

이 때문에 금년 2월에 三秦의 넓은 땅에서 물이 충만하게 흐르고 못에 물이 가득했고 낮이 길어지기 시작하자 노을빛이 봉황누각에 비쳤다. 청문 좌우에 화려한 정원 매화나무, 버들나무 서로 비치는 곳에 봄이 무르익었다. 황성의 교외는 동서로 큰길이 나 있고 화려한 장막 바람 속에 요동하는 게 연기와 같았고 종이 울리고 북이 울리니 구름이 일고 눈이 날렸다. 한 잔의 술에 노래 한 가락 노래 맞춰 춤추며 사람들은 취했다.

시는 뜻을 표현한다고 했지, 나는 ≪詩經・湛露≫ 편을 생각하며 즐겁게 시름을 잊고 천천히 붓을 들었다.

九達長安道	사통팔달의 장안의 큰길
三陽別館春	삼양궁 별관에 봄이 가득하네
還將聽朝暇	나는 조정이 한가하다는 소리를 듣고
回作豫遊晨	돌아와 새벽 한가함을 만끽하네
不戰要荒服[19]	전쟁하지 않으니 멀리 사람들이 돌아오고

無刑禮樂新　　가혹한 형벌 없으니 예와 악이 새롭구나
合酺覃土宇[20]　　모두 함께 연회를 열어 천하가 함께 술을 마시며
歡宴接群臣　　기쁘게 군신들을 대접하네
玉斝飛千日[21]　　아름다운 옥으로 만든 술잔 천일을 마셔도 끝이 없고
瓊筵薦八珍[22]　　아름다운 자리 각종 진귀한 음식들이 가득 차려져 있네
舞衣雲曳影　　춤 추는 옷자락 채색된 구름같이 하늘거리고
歌扇月開輪　　노래하는 부채에 둥근 달이 떠 오르네
伐鼓魚龍雜[23]　　북소리는 어룡의 잡기를 표현하고
撞鐘角觝陳[24]　　종소리는 힘을 비교하는 씨름을 표현하네
曲終酣興晩　　음악이 그치니 주흥도 끝나
須有醉歸人　　얼큰하게 술에 취해 돌아가는 자 있구나

✿ 주석

1 興慶宮 : 南內이다. 長安 皇城 동남쪽에 있는 興慶坊이다. 지금 옛터에는 興慶公園이 지어졌다.
酺宴 : 그 당시에는 신하와 백성들은 허가 없이 모여 술을 마시지 못했다. 단지 국가에 경사가 있으면 황제가 신하와 백성들을 모아 술을 마시게 했다.
2 作扞 : 지키다. 수호하다.
3 折衝 : 적을 제압하여 승리를 얻다. 외교적 절충을 하다.
4 運籌幃幄 : 장막 안에서 작전계획을 짠다. 후방에서 전술계략을 세우다.
5 金革之虞 : 전쟁의 위험.
6 宵旰 : 날이 새기 전에 옷을 입고 해진 뒤에야 밥을 먹다. 침식을 잊고 나랏일에 열중하다. 옛날에 제왕이 정사에 열중하는 것을 미화해 사용했다.
7 "盡力"四句 : ≪論語 · 泰伯≫ : "子曰, 禹吾無間然矣. 菲飮食而致孝乎鬼神, 惡衣服而致美乎黻冕, 卑宮室而盡力乎溝洫.(禹王은 내 조금도 흠 잡을 틈이 없다. 음식을 간략히 하고 조상의 제사는 풍성히 하여 효성을 다 했으며 의복은 검소하고 제사 때의 예복은 아름답게 했으며 궁실은 허술히 하고 농사에 물 댈 도랑에 힘을 다 했다.)"
8 建子 : 11월을 대칭해서 사용함.
9 初陽 : 홍경궁 남쪽에서 나가는 東門.

10 挹：취하다.

11 太乙：천신의 최고 높은 자리에 있는 자.

12 三秦：항우가 秦을 쳐부수고 관중 땅에 들어가 관중 땅을 세분하였다. 秦에 항복한 장수 章邯이 雍王이 되어 鹹陽 서쪽의 땅을 다스렸고, 司馬欣이 塞王이 되어 鹹陽 동쪽에서 費河에 이르는 땅을 다스렸고, 董翳가 翟王이 되어 上郡의 땅(지금 섬서 북부)을 다스렸다. 그래서 합해서 三秦이라 불렀다.

13 龍池：흥경궁의 흥경전 뒤에 있다.

14 鳳樓：궁안의 누각이다.

15 青門：장안성 동남쪽의 문이다.

16 紫陌：황제가 있는 도시 교외에 있는 도로를 가리킨다.

17 湛露：≪詩・小雅≫의 편명이다. 천자가 제후를 위해 연회를 베풀 때 부르는 노래이다.

18 臨汾之筆：汾河를 말하고, 山西에 있다.

19 要荒：要는 옷을 입어야 하는 것을 가리키고, 荒은 거친 옷을 가리킨다. 옛날에 왕성과 아주 멀리 떨어진 곳을 칭할 때 썼다.

20 覃：연기하다, 미루다, 미치다, 도달하다의 뜻이다.

21 斝：옛날에 술을 담는 그릇이다. 입구는 둥글고 발은 3개가 있다.

22 薦：나열되어 있다.

23 魚龍：옛날 여러 가지 곡예의 프로그램이다.

24 角觝：고대 일종의 힘을 비교해 보는 기술과 예술의 표현으로 대략 현대의 씨름이나 레슬링과 비슷하다.

048 千秋節宴[1]

천추절 잔치

序 : 令節肇開, 情兼感慶, 率題八韻, 以示群臣.

서 : 아름다운 계절이 되니 감회가 새롭고 즐거워 8운으로 시를 써서 여러 대신들에게 보여 준다.

蘭殿千秋節[2]	아름다운 성전에서 성대한 천추절 연회가 열려
稱名萬壽觴[3]	술잔을 들고 만수무강을 축원하네
風傳率土慶[4]	바람이 전하는 것처럼 백성들은 군왕의 생일 축하하네
日表繼天祥	멀리 있는 사람들까지 하늘에서 내려준 복을 누리네
玉宇開花萼[5]	花萼樓는 천당 아래에 활짝 핀 꽃잎과 같고
宮縣動會昌[6]	악기 울리니 메아리쳐 궁을 번영하게 하네
衣冠白鷺下	사대부들 질서 정연하게 백로가 내려 앉은 듯 배열하고
帟幕翠雲長	정교한 장막 안에는 비취빛 구름 왔다갔다 하네
獻遺成新俗	군왕께 예물을 봉헌하는 새로운 풍속이 생겼네
朝儀入舊章	오늘의 조정의식도 전통 예절 중에 들어가겠지
月銜花綬鏡[7]	둥근달 같은 거울위에 아름다운 인장 매는 끈 매달렸네
露綴綵絲囊	이슬 받는 주머니 영롱한 이슬 진주 같네
處處祠田祖[8]	천하 곳곳에서 신농씨에게 제사하고
年年宴杖鄉	해마다 연회열어 노인을 대접해야지
深思一德事	줄곧 덕스러운 일 깊이 생각하며
小獲萬人康	많은 이를 평안하게 해야지

주석

1 千秋節：唐 玄宗은 8月 5日生이다. 開元 17年(729)에 源乾曜, 張說 등이 表를 올려 이 날을 千秋節로 삼았다. ≪舊唐書・玄宗紀≫에 의하면 이 시는 開元 18년(730) 8월 5일에 지었다. 026 주석 1 참고

2 蘭殿：猗蘭殿을 말하며 漢의 殿名이다. 漢 武帝가 여기에서 태어났다. ≪洞冥記≫에 보인다.

3 萬壽觴：≪詩・豳風・7月≫："稱彼兕觥, 萬壽無疆.(술잔을 들어 만수무강을 빈다.)"
名：全詩校에서는 '君'으로 쓰여 있다.

4 率土：온 세상, 온 천하.

5 花萼：花萼樓를 말한다. 035 주석 1 참고

6 宮縣：옛날에 천자가 악기를 사면에 걸어 두었는데 宮室 같아서 宮懸이라 했다. 縣은 懸과 같다. 宮은 全詩校에서는 '金'이라 했다.

7 "月銜"二句：千秋節에 여러 신하들이 술을 들며 만수무강을 기원했고 금거울, 인장을 매는 끈과 구슬 받는 주머니를 바쳤는데 주머니는 비단 실로 만들었다. 민간들은 모조품을 만들어 절기 예절품목으로 삼아 서로 주고받았다. ≪舊唐書・玄宗紀≫, ≪唐會要≫ 卷29에 보인다.

8 "處處"二句：全詩校에 "開元 18年 禮部에서 임금께 청원했다. 秋社會가 곧 千秋節인데 먼저 白帝에 제사 지내고 신농씨에 제사 지낸 후에 앉아서 먹었다. 이 때문에 시에서 운운한 것이다." 원래는 "散之"로 쓰여 있는데 ≪冊府元龜≫ 卷2에 의해 바로 잡았다.
田祖：농사의 신, 즉 신농씨이다. 杖鄉：≪禮記・王制≫："六十杖於鄉(60지팡이는 고향에서)", 이후에 이로 인해 "杖鄉"은 60세의 노인들을 두루 칭한다. 또한 노인을 존경한다는 의미로 사용되었다.

049 左丞相說右丞相璟太子少傅乾曜同日上官命宴東堂賜詩[1]

좌승상 장열, 우승상 송경, 태자소부 원건요가 함께 같은 날 관직에 올라 동당에서 연회를 열어 시를 지으며 축하한다

赤帝收三傑[2]	漢 高祖는 3명의 호걸을 받아들였고
黃軒擧二臣[3]	황제 헌원씨는 두 명의 현명한 신하를 얻었었지
由來丞相重	승상의 직무는 예부터 매우 중요하여
分掌國之鈞	중요한 국가 권력을 분담하였다네
我有握中璧[4]	나는 손 안에 아름다운 옥을 부여잡고
雙飛席上珍[5]	내 자리에는 짝을 이룬 기이한 보물 있다네
子房推道要[6]	子房은 눈앞까지 도를 떠받들고
仲子訝風神[7]	仲子는 바람신처럼 빼어나 황제를 놀라게 하네
復輟台衡老	재상은 나이드니 모든 것 내려놓고
將爲調護人[8]	태자를 위한 교육자가 되었구나
鵷鸞同拜日	봉황새가 관직을 같은 날 임명 받아
車騎擁行塵	수레와 말이 빛나고 먼지가 날리네
樂聚南宮宴[9]	우리들은 즐겁게 南宮에서 모여 술잔드니
觴連北斗醇	북두술잔까지도 향기롭구나
俾予成百揆[10]	자네들 덕분에 정무를 잘 볼 수 있겠고
垂拱問彝倫[11]	자네들 덕분에 편하게 천지의 대도를 찾을 수 있겠지

주석

1 張說(667~730) : 字는 道濟인데, 說之라고도 했다. 洛陽人이다. 玄宗 開元 元年(713) 檢校中書令을 제수받고 燕國公이 되었다. 후에 相州刺史·河北道按察使·嶽州刺史 등의 직책을

맡다가, 開元 9년에 조정에 들어가 兵部尙書・中書令・集賢殿書院學士・知院事・左丞相까지 올라갔다. 죽어 시호는 文貞이다. ≪張說之集≫ 卷30이 세상에 전한다.

宋璟(663~737) : 邢州 南和(지금의 河北)人이다. 開元初에 禦史大夫를 제수받고 폄적당해 睦州刺史가 되었고 廣州都督이 되었다. 開元 4년(716) 姚崇이 재상이 되었을 때 당 현종을 도와 姚崇과 함께 "開元盛世"를 만들어 갔다. 姚崇과 함께 "姚宋"으로 병칭 되었다. 풍골이 늠름했다. ≪新唐書・藝文志≫에 그의 문집 10卷이 수록되어 있었으나 지금은 없어졌다. 지금은 시 6首가 남아 있다.

源乾曜(?~731) : 相州臨漳(지금의 河北)人이다. 開元 4년(716)에 京兆君이 되었고 17년에 太子少傅가 되었고, 安陽郡公으로 봉해졌다. 19년에 죽었다. 지금은 시 4首가 전한다. ≪舊唐書・玄宗紀≫에 張說은 右丞相에서 左丞相으로 직위가 바뀌었다. 宋璟은 吏部尙書에서 右丞相으로 직위가 바뀌었고, 源乾曜는 侍中에서 太子少傅로 바뀌었다. 모두 開元 17년(729) 8월 27일이었다. ≪舊唐書・宋璟傳≫에 "17년에 尙書右丞相으로 천거되고 張說, 源乾曜와 같은 날 관직에 임명되었다. 太官에게 명령하여 연회를 베풀고 太常이 음악을 연주하여 尙書 도성에서 문무 백관들을 모두 소집해서 현종이 시를 지어 칭찬하며 썼다."

東은 全詩校에서 '都'라고 했다.

2 赤帝 : 다섯 天帝중의 하나이다. 南方의 신이다. 여기에서는 漢 高祖 劉邦을 가리킨다. 劉邦은 스스로 赤帝子라고 했다. ≪史記・高祖本紀≫에 보인다.

三傑 : 張良, 蕭何, 韓信을 말한다. 劉邦은 일찍이 그들을 모두 인걸이라 칭했다. ≪史記・高祖本紀≫를 참고.

3 黃軒 : 황제 헌원씨이다.

二臣 : 황제의 두 현신인 風後, 力牧을 가리킨다. ≪史記・五帝本紀≫에 보인다. 여기서는 張說, 宋璟과 비교하였다.

4 握中璧 : 和氏璧을 말한다. 賢才를 비유한다.

5 席上珍 : 공자가 말하길 유생들이 몸에 재주와 덕을 품고 있는 것은 자리 위에 보배로운 옥과 같아서 그들을 사절로 보낸다. ≪禮記・儒行≫에 보인다. 후에 재주와 덕이 풍부한 사람을 칭찬할 때 사용하였다.

6 子房 : 張良은 字가 子房이다. 여기에서는 張說을 비교해서 사용하였다.

7 "仲子"句 : 宋弘은 字가 仲子이다. ≪後漢書≫本傳에 光武帝의 누이 湖陽公主가 남편을 잃어 황제가 조정의 신하들과 함께 논의하였다. 공주는 "宋公(弘)은 위엄이 있고 덕이 있어 여러 신하가 이에 미치지 못한다."는 말을 했다. 여기에서 宋弘은 宋璟을 대신한 것이다.

8 調護人 : 여기에서는 太子少傅를 가리킨다. 세 명의 스승의 도덕을 보고 태자를 교육하고 깨우치게 했다. ≪唐六典≫ 卷26에 보인다.

9 南宮 : 漢조정에 나열되어 있는 숙소중에 南宮의 모양을 따서 尙書百官府를 지어서 南宮이라 칭했다. 東漢 때 尙書令 鄭弘이 ≪南宮舊事≫를 지었다. 그곳에 상서성의 정무를 모두 기록해 두었다. 후에 南宮을 사용해서 尙書省의 대칭으로 사용하였다.

10 百揆 : 온갖 정치.

11 彝倫 : 이 세상에 있는 일반적인 도

050 早登太行山中言志[1]

아침 일찍 태행산에 올라가다 느낌을 적다

淸蹕度河陽[2]	깨끗한 길 하양을 지나
凝笳上太行	피리 불며 太行山에 오르네
火龍明鳥道	용처럼 이어진 등불 험준한 산길을 비추고
鐵騎繞羊腸	용맹한 기병은 羊腸山 길을 돌아가고 있네
白霧埋陰壑	흰 구름 안개는 그늘진 산 계곡을 덮고
丹霞助曉光	붉은 아침노을은 새벽빛을 더욱 밝게 해 주네
澗泉含宿凍	골짜기의 샘물 아직도 어젯밤의 차가움 머금고
山木帶餘霜	산림 수목 위에는 서리가 아직 남아 있네
野老茅爲屋	시골노인 띠로 집을 짓고
樵人薜作裳	나무꾼은 여지로 옷을 해 입었네
宣風問耆艾[3]	덕행을 잘 펴고 교화하며 노인을 찾아가 묻고
敦俗勸耕桑	풍속을 돈독히 하고 권면하여 뽕나무 경작하네
涼德慚先哲[4]	덕행이 부족하면 선현들에게 부끄럽고
徽猷慕昔皇[5]	군자의 아름다운 도 옛 선왕이 부럽네
不因今展義	만약 오늘날 인의 덕정을 실행하지 않는다면
何以冒垂堂[6]	앞으로 어떻게 위험을 무릅쓸까

✿ 주석

1 ≪舊唐書・玄宗紀≫에 의하면 이 시는 開元 11년(723) 1월 북쪽에서 幷州를 순행하고 太行山을 지날 때 지어졌다.

2 淸蹕 : 옛날 天子가 출행할 때 도로를 깨끗이 청소하고 사람들이 다니는 것을 금했다.

河陽 : 오늘 河南 孟縣이다.

3 耆艾 : 노인. 耆는 60세이고, 艾는 50세이다.

4 涼德 : 덕이 박한 것.

5 徽猷 : 훌륭한 계획, 아름다운 도 ≪詩·小雅·角弓≫ : "君子有徽猷, 小人與屬.(군자가 아름다운 도 지닌다면 소인들도 의지하게 될 걸세.)"

6 垂堂 : 집의 처마 아래 마루 끝 위험한 장소이다. 처마 기와가 떨어지면 사람이 다칠 수 있다. 그래서 위험한 지역을 비유한 것이다. 孫綽 <遊天台山賦> : "雖一冒於垂堂, 乃永存乎長生.(비록 마루 끝에 앉아도 개의치 않고 영원히 장생한다.)"

051 平胡

오랑캐를 평정하다

序：戎羯不虔[1]，竊我荒服[2]。命偏師之俘翦[3]，彼應期而咸殄。一麾克定[4]，告捷相仍。爰作是詩，聊以言志。

서：戎人과 羯人이 그렇게 충성스럽지 못하네. 그들은 우리 변방 지방을 약탈할 생각만 하지. 나는 군대에게 명령하여 철저히 토벌하여 멸망시키라 하네. 전선은 곧 평정을 찾고 승전보가 빈번하게 전해오니 그래서 이 시를 지어 내 마음을 전하노라.

雜虜忽猖狂	어지럽고 난잡한 오랑캐들이 갑자기 발광하여
無何敢亂常	아무 이유 없이 천하를 어지럽히는구나
羽書朝繼入[5]	긴급한 군 편지 끊이지 않고 조정에 전해오고
烽火夜相望	한밤중에 봉화불 연신 불을 붙이네
將出凶門勇[6]	용감한 장사는 북문으로 출정하고
兵因死地强[7]	사병들 위험한 곳에서도 더욱 용감하구나
蒙輪皆突騎[8]	수레바퀴에 뒤집어 씌운 방패로 사병들과 충돌하면
按劍盡鷹揚[9]	칼을 들고 용감히 숫매처럼 날고
鼓角雄山野	북소리 호각소리 산야를 뒤흔드는데
龍蛇入戰場	용맹한 용과 긴 뱀 전장에서 서로 싸우고 죽네
流膏潤沙漠	몸은 사막 속에서 뒤엉키고
濺血染鋒鋩	검붉은 핏자국 칼끝을 물들이네
霧掃淸玄塞[10]	요염한 안개 다 걷어내고 변방은 다시 고요하고

雲開靜朔方　　구름 안개 다 걷히고 북방은 편안해졌네
武功今已立　　무공은 이미 장사들이 거둔 것
文德愧前王　　애석하게도 나의 문덕 선왕들께 부끄럽구나

✿ 주석

1 戎羯 : 옛날 북방의 소수민족에 대한 호칭이다.
2 荒服 : 변방의 먼 지역. 옛날 왕성 밖으로 멀리 떨어진 곳을 가리킨다.
3 偏師 : 전 군대의 일부분을 가리킴. 별도로 주력하는 부대이다.
俘馘 : 포로로 잡아 죽이다.
4 一麾克定 : 任昉의 ≪宣德皇後令≫ : "白羽一麾, 黃鳥底定.(하얀 깃털로 지휘하니 꾀꼬리가 편안하네.)" 麾는 '揮 지휘하다'와 통한다.
5 羽書 : 새의 깃털을 꽂아 급함을 나타내던 격문, 즉 군사용 서신을 말한다.
6 凶門 : 상가 초상집이다. 또는 북쪽으로 나가는 문을 가리키기도 한다.
7 死地 : 죽을 곳, 불길한 곳(풍수지리상으로). ≪孫子・九地≫ : "投之亡地而後存, 陷之死地然後生.(망할 곳으로 던져진 후에도 존재하고, 죽을 곳으로 빠진 후에도 살아 있다.)"
8 蒙輪 : 차 바퀴에 갑옷을 덮어 큰 방패를 만듦. ≪左傳・襄公 10년≫에 보인다.
突騎 : 적진의 기병을 충돌함.
9 鷹揚 : 매가 날아가는 것처럼 용맹스럽다. ≪詩・大雅・大明≫ : "維師尙父, 時維鷹揚.(태사인 태공망이 마치 매가 날 듯 용맹스럽네.)"
10 玄塞 : 북부 변새지방. 오행설에 의하면 북쪽의 색은 玄에 속함.

052 遊興慶宮作

흥경궁에서 놀며

序：暇日，與兄弟同遊興慶宮，登勤政務本及華萼相輝之樓[1]，所以觀風俗而勸人，崇友于而敦睦[2]，詩以言志[3]，歌以永言，情發於衷，率題此什。

서 : 한가한 날 형제들과 함께 흥경궁에서 놀았다. 勤政殿의 務本樓, 花萼相輝樓에 올라 풍속을 살피면서 사람들에게 형제지간의 정을 나누며 화목하게 지내기를 권유했다. 시는 마음을 표현하고 노래는 길게 그 마음을 읊는 것이다. 감정은 마음 가운데서 나오니 나는 품고 있는 생각을 밝혀 이 시를 짓는다.

代邸青門右[4]	흥경궁은 장안 동문 우편에 있고
離宮紫陌陲	離宮은 장안 교외 부근에 있네
庭如過沛日[5]	정원은 漢 高祖가 沛縣에 돌아올 때처럼 시끌벅적하고
水若渡江時[6]	물은 楚 昭王이 강을 건널 때와 같이 흘러가네
綺觀連雞岫	화려한 누각은 鷄足山과 연이어 있고
朱樓接雁池	붉은 樓臺는 큰 기러기 노는 池沼에 붙어 있네
從來敦棣萼[7]	예부터 常棣는 형제지간 우애를 부른 노래였는데
今此茂荊枝[8]	지금도 常棣나무는 무성하기만 하구나
萬葉傳餘慶	천만 가지 이파리가 행복을 가져오고
千年志不移	천년의 정은 여전히 변하지 않네
憑軒聊矚目	창문에 기대어 잠깐 바라보다가
輕輦共追隨	가벼운 수레를 몰고 형제들이 다 함께 놀이를 가네
務本方崇訓	무본루에서 조상의 교훈을 숭상하고
相輝保羽儀	상휘루에서 가족이 서로 돕네

時康俗易漸　　천하가 태평하면 풍속이 쇠퇴하기 쉽고
德薄政難施　　덕이 박하면 정치를 잘 하기 어렵지
鼓吹迎飛蓋　　북치고 피리 불며 수레 덮게 날리며 달리고
弦歌送羽卮　　거문고 뜯으며 새 날개 술잔으로 술을 올리네
所希覃率土　　바라건대 온 세상 사람들
孝弟一同規[9]　　우리처럼 우애하고 화목하기를

주석

1 勤政務本：勤政殿에 있는 務本樓를 가리킴. 興慶宮의 花萼相輝樓 동남쪽에 있다. 지금의 陝西 西安市 興慶공원 내에 있다.

2 友于：≪尙書・君陳≫："友于兄弟"의 말이 있는데 형제가 서로 사랑하는 것을 이른다. 후에 "友于"로써 형제를 칭하기도 했다.

3 ≪尙書・舜典≫："詩言志, 歌永言.(시는 뜻을 말하고, 노래는 말을 읊는 것이다.)"

4 代邸：漢 文帝가 즉위하기 전에 代王에 봉해져 京城에 있는 관저를 "代邸"라고 칭했다. 이에 빌려 흥경궁을 지칭했다.

5 過沛：漢 高祖 劉邦이 黥布를 치고 돌아오는데 沛를 지나면서 沛宮에 술을 차려놓고 친구와 동향사람들을 다 불러 모아 술을 마시며 <大風>의 노래를 불렀다. ≪史記・高祖本紀≫에 보인다.

6 渡江：楚 昭王이 강을 건너다가 물건 하나를 얻었는데 크기가 한 말쯤 되었고 둥글면서 붉었다. 여러 신하도 알지 못해 사람을 시켜 공자에게 물었다. 공자는 이것을 마름열매라 했다. 더불어 "길상이로다. 오직 覇者만이 이것을 얻을 수 있다."고 했다. ≪孔子家語・致思≫에 보인다.

7 棣萼：형제의 우애를 가리킨다. ≪詩・小雅・常棣≫："常棣之華, 鄂不韋華. 凡今之人, 莫如兄弟.(상체꽃은 꽃송이가 울긋불긋, 모든 사람에게 형제보다 더한 것은 없지.)" '鄂'은 '萼(꽃받침 악)'과 같다.

8 茂荊枝：田眞의 형제 세 사람이 서로 재산을 분배할 것을 의논하다가 집 앞에 한 그루의 紫荊樹가 있어 세 쪽으로 자를 예정이었다. 그 나무는 즉 말라 죽었다. 형제가 대단히 놀라 슬픔을 이기지 못하여 다시는 나무를 나누지 않았다고 한다. 紫荊은 당연히 무성하게 자랐고 형제는 서로 생각하다가 다시는 분가하지 않았고 마침내 효자 가문이 되었다. ≪續齊諧記≫에 보인다.

9 孝弟："孝悌"와 같다. 부모에게 효도하고 순종하고 형제와 우애하고 어른에게 공경하는 것이다.

053 送張說巡邊[1]

장열의 순방길을 전송하며

端拱復垂裳[2]	공손하게 손을 맞잡고 자연스럽게 정치하며
長懷御遠方	늘 생각하네 먼 곳에 있는 사람 돌아오기를
股肱申教義[3]	대신들에게 교화하여 도를 펼치고
戈劍靖要荒	창과 방패로 변방을 평안하게 하네
命將綏邊服	조정에서 웅대한 계획을 세우고
雄圖出廟堂	장군에게 명령하여 변방을 편안하게 하네
三台入武帳[4]	三公 위치에서 武將으로 이동하고
八座起文昌[5]	八座에서 文昌星이 일어났네
寶胄匡韓主[6]	진귀한 갑옷을 입고 韓王을 보필하고
華宗輔漢王[7]	명문대가의 성을 가지고 군왕을 돕는구나
茂先慚博物[8]	張華는 학식이 깊지 않다고 부끄러워하고
平子謝文章[9]	張衡은 자기의 문장이 좋지 않다고 여기네
盡節Ệ時佐	충성스럽게 절조를 지키고 원만하게 군왕을 보필하여
輸誠禦寇場	더욱 전력을 다해 변방에 나가 적을 막는구나
三軍臨朔野	삼군이 북방의 황량한 들에 도달하니
駟馬即戎行	네 필의 말이 끄는 수레가 나열하여
鼓吹威夷狄	위엄 있는 북소리 오랑캐 향해 시위하고
旌軒溢洛陽	큰 깃발 낙양성에 펄럭이네
雲台先著美[10]	높은 누각 위의 충신들 이미 좋은 명예 얻었는데
今日更貽芳	오늘은 더욱 향기를 남기는구나

✿ 주석

1 兩≪唐書・玄宗紀≫에 의하면 開元 10년(722) "閏五月 壬申(2日), 兵部尙書 張說이 북방 군을 순찰했다." 이 시는 그 당시에 지은 것이다.

2 垂裳：無爲로 다스리는 것이다. ≪易・系辭下≫에서 황제, 요임금, 순임금은 의상을 드리우고 앉아 있어도 천하가 잘 다스려졌다고 한다.

3 股肱：군주를 보필하는 대신들을 가리킨다. ≪書・益稷≫ "乃賡載歌曰：元首明哉, 股肱良哉, 庶事康哉.(이에 화답하여 노래 부르길 천자께서 현명하고 신하가 선량하니 만백성 평안하네.)"

4 三台：태을성 옆에 있는 세 별인 三台星을 말한다. 上台, 中台, 下台星을 말한다 고대에 그 별들이 마치 인간세상의 三公을 상징한다고 여겨 그렇게 말한 것이다. ≪晉書・天文志≫에 보인다.

5 八座：唐은 尙書令 左右僕射와 六部尙書가 八座가 되었다. ≪通典≫ 卷22 참고. 文昌：≪晉書・天文志≫："文昌六星在北斗魁前, 天之六府也, 主集計天道.(文昌星은 북두칠성의 국자 머리에서 여섯 째 별이다. 하늘의 여섯 관청이다. 주로 하늘의 날씨를 담당한다.)" 천자의 六曹尙書가 그것을 닮았다. 그래서 文昌을 尙書省의 별칭으로 사용하였다.

6 匡韓主：張良이 처음으로 韓王을 보좌하여 秦을 멸하게 한 원수에 복수하는 것을 가리킨다.

7 華宗：명문대가의 성이다.
輔漢王：張良이 劉邦을 보좌하는 것을 말함.

8 茂先：張華(232~300) 字가 茂先이다. 範陽 方城(지금 河北 固安西)인이다. 西晉初에 黃門侍郎, 中書令이 되었고 官은 司空까지 했다. ≪博物志≫ 卷10이 있다. ≪晉書≫ 卷36에 전한다.

9 平子：張衡(78~139)의 字이다. 張衡은 南陽西鄂(河南 南陽)人이다. 東漢의 과학자이고 문학가이다. 官職은 侍中을 하였다. ≪東京賦≫, ≪西京賦≫, ≪四愁詩≫ 등의 저서가 있다. ≪後漢書≫ 卷59에 전기가 있다.

10 雲台：漢 궁중의 높은 누각이고 南宮 가운데 있다. 後漢 永平중, 明帝가 공신들을 추도하면서 화가 鄧禹 등 28인의 상을 그 위에 놓게 했다. ≪後漢書≫ 卷22에 보인다.

054 餞王畯巡邊[1]

왕준의 순방길을 전송하며

振武威荒服	무공을 떨쳐 황량한 변경지방 위협하고
揚文肅遠墟	문덕을 드넓혀 멀리 폐허된 곳 이끄네
金壇申將禮[2]	주군이 거주하는 장막 속에서 장수의 예를 펼치고
玉節授軍符[3]	옥으로 된 군사 인장 분별하여 넘겨주네
免冑三方外[4]	천하 대부분의 사람은 이미 갑옷을 벗어버렸는데
銜刀萬里餘	장수들은 무기를 들고 만리의 적들을 멸하려 하네
昔時吳會靜[5]	옛날 무사들은 오회땅을 안정시켰는데
今日虜庭虛	오늘의 장수들은 적의 궁전을 폐허로 만들었구려
分閫仍推轂[6]	문턱 밖은 장수들이 책임져야 한다고 말하며
援桴且訓車[7]	나는 의연하게 북을 치며 군대를 훈련하네
風揚旌旆遠	거센 바람에 전쟁터 깃발 펄럭이며 멀리 사라지고
雨洗甲兵初	방금 내린 장대비 장수들의 병기를 씻어 주네
坐見台階謐[8]	한밤중 하늘의 삼대성을 보니 매우 편안하고
行聞祲祲除[9]	요상한 기운 곧 없어진다고 들리는듯
檄來雖揷羽[10]	깃털 꽂아 격문이 날아오고
箭去亦飛書	화살은 가고 편지 또한 날고 있네
舟檝功須著[11]	현명한 신하들 공적 드러나고
鹽梅望匪疏[12]	명성이 드높은 재상 도적들과 소통하길 바라네
不應陳七德[13]	군왕의 무공칠덕을 펴지 않아도
欲使化先敷[14]	먼저 교화하며 천하에게 베풀어야지

✿ 주석

1 王晙(약 662~732) : 滄州 景城(지금 河北 滄州市西)人이다. 나중에 洛陽으로 이사했다. 약관의 나이에 明經과에 급제해서 清苑尉 · 永昌令 · 殿中侍禦史. 渭南令을 지냈다. 開元 2년(714)吐藩을 물리친 공로로 原州都督 · 幷州長史를 역임했고 8년 突厥을 물리친 공로로 兵部尙書 · 朔方軍副大總管中山郡公을 맡았다. 10년 太子詹事를 맡았고 여러 차례 中山郡公에 봉해졌다. 11년에 兵部尙書였는데 中書門下三品과 같았다. 마지막 지위로 戶部尙書 · 朔方軍節度使를 지냈다. 20년에 죽을 때 나이는 70여 세였다. 시호는 忠烈이다, 현존하는 시는 1首이고 ≪舊唐書≫ 卷93, ≪新唐書≫ 卷111에 그의 업적이 전한다.
≪舊唐書 · 玄宗紀≫에 의하면 이 시는 開元 11年(723) 6월에 지었다 한다.

2 金壇 : 주로 장수가 거하는 곳.

3 玉節 : 옥으로 만든 부절.

4 免胄 : 투구를 벗다.

5 吳會靜 : 吳會는 吳越을 말하는 것 같다. 지금의 江, 浙 일대에 있다. 鹹寧 5년(279), 晉이 吳를 벌하고 조서 중에 "上下戮力, 以南夷句吳, 北威戎狄" 등의 말이 있다.

6 分閫仍推 : ≪史記 · 馮唐傳≫ : "臣聞上古王者之遣將也, 跪而推轂, 曰 '閫以內者, 寡人制之 : 閫以外者, 將軍制之.(신들이 들으니 옛날엔 왕이 將軍을 싸움터로 보낼 때에만 꿇어 앉아서 수레의 바퀴를 밀어주면서 말하길 "궁전의 문지방 안은 과인이 통제하겠소, 문지방 밖은 장군이 통제 하시오)" 閫 : 문지방, 문턱. 轂 : 차 바퀴의 중심 부분, 수레를 가리킨다.

7 援桴 : 손으로 북채를 집는다. ≪呂氏春秋 · 執一≫ : "援桴一鼓, 使三軍之士樂死若生.(북채를 들어 북을 한번 울려 삼군의 병사들로 하여금 죽기를 사는 것처럼 즐기게 한다.)"
訓車 : 군대를 훈련하는 것.

8 台階 : 三台星을 말함.

9 襖祲 : 천지 사이에서 비정상적으로 현상이 변한다. 재앙을 일으키는 기운.

10 檄 : ≪漢書 · 高帝紀≫注 : "檄은 欞으로 책을 만드는 것이다. 길이는 한 척 三寸이다. 징집을 소집할 때 사용되는 것이다. 기타 급한 일은 새의 깃털을 꽂아 둔다. 신속하게 질주하는 것을 표시한다."

11 舟檝 : 세상을 구제하는 현명한 신하를 비유함. 나라가 어려울 때 몸 바쳐 나서는 충신. ≪書 · 說命上≫載殷高宗命傳說爲相之辭 : "若濟巨川, 用汝作舟檝.(은나라 고종이 부열을 재상으로 임명하며 "만약 큰 강을 건너려면 자네가 배와 노가 되어 주어야 해.)"라고 기재되어 있다.

12 鹽梅 : ≪尙書 · 說命≫ : "若作和羹, 爾惟鹽梅" 이것은 殷 高宗이 傅說을 宰相으로 삼으면서 한 말인데 그는 국가에서 가장 필요로 하는 사람이라고 말한 것이다. 후에 훌륭한 재상의 업적으로 칭할 때 사용했다.

13 七德 : 무예의 7가지 德을 말하는데 禁暴, 戢兵, 保大, 定功, 安民, 和衆, 豊財 등 일곱 가지이다. ≪左傳 · 宣公12년≫에 보인다.

14 化 : 교화.
敷 : 설치하다. 퍼뜨리다. 널리 펴다.

055 巡省途次上黨舊宮賦[1]

성을 순시하다 잠시 상당의 옛 궁터에 머물며 시를 짓다

序：朕昔在初九[2], 佐貳此州[3], 未遇扶搖之力[4], 空俟海沂之詠[5]。洎大橫入兆[6], 出處斯易, 一揮寶劍, 遽履瑤圖[7]。承曆數而順謳謠[8], 著天衣而御區夏[9]。嗟乎, 向時沉默, 駕四馬而朝京師；今日逍遙, 乘六龍而問風俗[10]。爰因巡省, 途次舊居, 山川宛然, 人事無間, 忽其鼎革, 周遊館宇, 觸目依然。雖跡異漢皇, 而地如豐邑[11], 擊筑慷慨[12], 酌桂留連[13], 空想大風, 題玆短什。

서：내가 옛날에 제후였을 때 이 지방의 潞州別駕의 관직을 맡았었다. 그때에는 줄곧 위로 상승일로를 걸을 수 없으면서도 공연히 왕상처럼 해변의 찬가를 기다리고 있었다. 제후를 계승하면서부터 일을 하며 쉬워졌다. 보검을 휘두르며 국가를 장악하였고 역법의 규율을 계승하고 가요의 징후에 순응하며 천자의 예복을 입고 중원 땅을 관리해 나갔다.

오! 그때를 생각하며, 마차를 타고 수도에 와서 참배하고 오늘 이렇게 한가롭게 거닐며 천자의 수레를 타고 천하의 풍속을 알아보는구나. 성을 순찰하다가 옛 궁에 묵으니 산과 개울 여전하네. 홀연히 왕조가 바뀌어 여러 곳을 순찰하다 옛 궁에 오니 예와 다름없구나. 비록, 업적은 한나라 황제와 다르지만 땅은 풍읍과 같이 축금을 두드리며 대풍가를 부르며 술잔을 들고 오로지 나라가 강건하고 정기 충만하기만 생각하다가 짤막한 시를 적는다.

三千初擊浪	대붕 새와 같이 삼천리의 물보라를 치며
九萬欲摶空	구만리 구름 속을 날며 바람을 일으키니
天地猶驚否[14]	하늘과 땅 모두 여전히 커다란 변화에 놀라고

陰陽始遇蒙[15]	음양은 성왕이 세운 업적 보호해 주네
存貞期曆試	마음은 정갈하여 끊이지 않는 시련 받아들이고
佐貳佇昭融[16]	군왕을 보좌하며 천하가 평안하길 기원하네
多謝時康理[17]	천하가 태평성세니 너무 기쁘고
良慚實賴功[18]	비록 약간의 업적 세웠지만 부끄럽구나
長懷問鼎氣[19]	줄곧 천하를 뺏을 뜻을 품고 있었고
夙負拔山雄[20]	줄곧 산을 뽑을 만한 커다란 기개 있었지
不學劉琨舞[21]	劉琨처럼 닭 우는 소리 들으며 춤을 추지는 않지만
先歌漢祖風	한 고조 유방처럼 <大風歌> 부르며 천하를 바라보네
英髦旣包括	뛰어난 젊은이들 모두 포용하고
豪傑自牢籠[22]	호걸들 스스로 구속했네
人事一朝異	사람들과 일은 매 조정마다 다르지만
謳歌四海同	태평한 노래 부르는 것은 온 세계가 같은 마음
如何昔朱邸	일찍이 붉은 대문의 저택 있었으니
今此作離宮	오늘 이처럼 제왕이 행군하네
雁沼澄瀾翠	큰 기러기 높이 나는 연못 속에 파도는 맑고 짙푸르고
猿岩落照紅	원숭이 기어 올라가는 산봉우리에 석양빛 내리 쬐이네
小山秋桂馥	조그만 산 위 계수나무에 가을의 향긋한 꽃향기
長坂舊蘭叢	긴 산비탈 위에는 옛 난초꽃 피어 있네
即是淹留處	이제야 걸음 멈춰 잠시 감상하는구나
乘歡樂未窮	마음껏 즐기며 끝없는 즐거움 누리자꾸나

주석

1 上黨 : 지금 山西 長治市이다.
舊宮 : 飛龍宮을 가리키는데 원래 현종을 위해 지은 潞州에 있는 옛집이었다. 兩≪唐書·

玄宗紀≫에 의하면 이 시는 開元 11년(723) 1월 북쪽의 幷州로 순시하러 가는 도중 上黨에서 쓴 것이다.

2 初九 : 易卦에서 가장 아래 위치에 있는 陽爻이다. ≪易·乾≫ : "初九 潛龍勿用.(初九는 물속에 잠겨 있는 상태의 용이니 사용하지 않는다.)" 여기에서는 "潛龍"의 말을 빌려서 현종이 臨淄王이 되었을 때를 가리킨다.

3 佐貳此州 : 현종 景龍2년(708) 4월에 衛尉少卿으로써 潞州別駕를 겸했다. ≪舊唐書≫本紀에 보인다.

4 扶搖 : 빙빙 돌아 올라가는 사나운 회오리 바람. ≪莊子·逍遙遊≫ : "鵬之徙於南溟也, 水擊三千裏, 轉扶搖而上者九萬裏.(붕새가 남쪽바다로 옮겨 가려 할 때 물결을 치면서 삼천리를 날은 다음 회오리 바람을 타고 구만리를 올라간다.)"

5 海沂之詠 : ≪晉書·王祥傳≫에 "於時寇盜充斥, 祥率勵兵士, 頻討破之, 州界淸靜, 政化大行, 時人歌之曰 : '海濱之康, 實賴王祥. 邦國不空, 別駕之功'.(王祥이 徐州別駕가 되었을 때 도적이 많았으나 병사들을 격려하며 자주 토벌하여 서주 변새지방이 편안했고 정치가 잘 이루어져 그 당시 사람들이 노래하길 : '해변이 편안하려면 실제로 王祥을 의지해야 하네. 나라가 비어 있지 않음은 別駕의 공일세')" 沂 : 해변이다.

6 大橫入兆 : 西漢 때 代王 劉恒이 大臣에 의해 황제로 세워졌다. 劉恒이 승낙하기 전에 점을 쳤는데 길조였다. 그 말은 '大黃庚庚'의 말이었다. 드디어 즉위했고 文宰가 되었다. 후에 황제를 세울 때 전고로 사용되었다. 여기에서는 玄宗이 先天 元年(712) 武德殿에 거하면서 일을 시작했음을 가리킨다.

7 瑤圖 : 국가의 영역.

8 順謳謠 : ≪孟子·萬章上≫에 실렸는데 堯가 죽고 천하 제후가 다 舜을 추대하였다. "謳歌者不謳歌堯之子, 而謳歌舜. (노래 부르는 자들은 堯의 아들을 노래하지 않고 舜의 德을 노래했다.)" 舜이 제위에 즉위하였다.

9 天衣 : 天子의 옷이다.
區夏 : 중국을 가리킨다.

10 六龍 : 천자의 수레는 말 여섯 마리가 끌었다. 龍은 큰 말을 가리킨다.

11 豐邑 : 유방의 고향이다. 오늘날 江蘇 豐邑이다.

12 擊筑 : 漢고조 유방이 고향에 돌아올 때 옛 악기 축금을 치며 <大風歌>를 불렀다. ≪史記≫ 本紀에 보인다.

13 桂 : 全詩校에서는 ≪紀事≫에 '杯'로 되어 있다고 소개되어 있다.

14 否 : ≪周易≫의 卦 이름이다. 坤下乾上이다. ≪易·否≫ : "天地不交而萬物不通也. (천지가 교합하지 못하면 만물이 생육하지 못한다.)"

15 蒙 : ≪周易≫卦 이름이다. 坎下艮上으로 ≪易·蒙≫ : "蒙以養正, 聖功也. (계몽을 통해 정도를 길러주는 일은 곧 성인의 과업이다.)"

16 昭融 : 태평의 뜻이다.

17 時康 : 태평성세이다.

18 實賴 : 全詩校에서는 '寶劍'이라 되어 있다.

19 問鼎 : 楚子가 일찍이 周의 사신에게 九鼎의 크고 작음, 무겁고 가벼움에 대해 물었다. ≪左傳 · 宣公3年≫에 보인다. 그래서 鼎은 국가의 상징이고 "問鼎"은 정권을 탈취하는 뜻을 가지고 있다.

20 拔山 : 項羽 <垓下歌>에 "九拔山兮氣蓋世"의 말이 있다. ≪史記 · 項羽本紀≫에 보인다.

21 劉琨舞 : 劉琨, 祖逖이 닭이 우는 소리를 듣고 일어나 춤을 추며 스스로 분발하며 몸을 건강히 하였다. 그래서 중원 땅을 회복할 것을 꾀하였다. ≪晉書 · 祖逖傳≫에 보인다.

22 牢籠 : 구속하다. 속박하다. 인재를 물색하여 자기 편으로 받아들이다.

056 潼關口號[1]

동관에서 읊는다

河曲回千里	강물 구불구불 흘러 천리를 도는구나
關門限二京[2]	동관의 관문 서경과 동경으로 나누어 지고
所嗟非恃德[3]	아! 많은 사람들 덕행에 의지하지 않고
設險到天平[4]	권력과 요새에 의지하여 태평을 구하네

✿ 주석

1 口號 : 옛 시의 제목. 입에서 나오는대로 읊은 시이다. 즉흥적으로 시를 짓는 것과 같다.
2 限 : 한계.
二京 : 西京인 長安과 東京인 洛陽이다.
3 恃德 : 공덕을 기반으로 삼다. 공덕에 의지하다. ≪史記・商君列傳≫ : "≪書≫曰 : '恃德者昌, 恃力者亡.(덕에 의지하는 자는 번성하고, 힘에 의지하는 자는 망한다.)"
4 到 : 全詩校에서는 '致'로 되어 있다.

057 千秋節賜群臣鏡

천추절에 신하들에게 거울을 하사하다

瑞露垂花綬	상서로운 이슬 예쁜 끈에 매달려
寒冰澈寶輪[1]	차가운 얼음 같은 맑고 귀한 거울
對兹台上月	누각 위의 달을 대하며
聊以慶佳辰	잠깐 아름답고 좋은 날 축하하자꾸나

✿ 주석

1 輪 : 옛날 거울 모양은 둥글기가 달과 같아 바퀴 륜(輪)자로 표현하였다.

058 續薛令之題壁[1]

설령지 시에 이어 시를 짓다

啄木嘴距長	딱따구리의 주둥이와 발은 긴데
鳳凰羽毛短	봉황의 깃털은 매우 짧구나
苦嫌松桂寒	소나무와 계수나무의 차가운 것 싫어한다면
任逐桑榆暖	뽕나무 느릅나무의 따뜻함을 좇아가렴

주석

1 薛令之 : 字는 珍君, 福州 長溪(지금의 福建 霞浦)人이다. 神龍 2년(706) 진사에 급제해서 개원 말 左補闕을 하며 東宮侍讀을 겸했다. 여러 해 동안 관직이 바뀌지 않자 원망이 생겨 '自悼'란 시를 지었다. 현종이 보고 달갑지 않게 여겨 그 시 옆에 시를 썼다. 령지는 나중에 병으로 퇴관해서 고향으로 돌아갔다. ≪全唐詩≫에 그의 시 2수가 기록되어 있다.

059 送胡眞師還西山

서산으로 돌아가는 호진사를 보내며

仙客厭人間	신선은 인간세계 싫어하지
孤雲比性閑	외로운 구름 한가로운 성품과 비교되네
話離情未已	떠난다고 말하지만 우리 정은 끝나지 않았는데
煙水萬重山	아지랑이 자욱한 첩첩산중으로 떠나는구나

060 過大哥山池題石壁[1]

큰 형님 댁 山池를 지나가다 석벽에 시를 짓다

澄潭皎鏡石崔巍　흰 거울 같은 깊은 못 높고 웅장한 바위
萬壑千岩暗綠苔　깊은 계곡과 바위 초록으로 뒤덮인 이끼
林亭自有幽貞趣[2]　숲 속의 정자는 원래부터 우아하고 깨끗한 정취 있었지
況復秋深爽氣來　더구나 가을이 깊으니 청량한 공기 더욱 더 맑구나

✿ 주석

1 大哥 : 李憲(679~741)을 가리킴. 睿宗의 장자이고 武後 때 太子로 세워졌다. 睿宗이 東宮을 세우고 憲은 平王(玄宗)이 큰 공을 세웠다고 여겨 平王으로 하여금 太子로 세워질 것을 주장했다. 雍州牧, 揚州大都督, 太子太師를 거쳐 司空, 太尉를 맡았고 寧王으로 봉해졌다. 죽고 난 뒤 시호는 讓皇帝이다. 《舊唐書》 卷95, 《新唐書》 卷81에 전한다.

2 幽貞 : 《易・履》 : "履道坦坦, 幽人貞吉.(가는 길이 탄탄 대로이다, 고독한 몸이지만 바른 도를 얻고 길하리라.)"

061 題梅妃畫眞[1]

매기 초상화를 보고

憶昔嬌妃在紫宸[2]	지난날 아리따운 梅妃가 황궁에 살았지
鉛華不御得天眞[3]	얼굴에 분바르지 않아도 귀여웠었지
霜綃雖似當時態	서리 같이 하얗고 명주실 같은 아름다운 자태
爭奈嬌波不顧人[4]	어째서 아리따운 교태로 다시는 돌아보지 않나

주석

1 梅妃 : 江妃(?~756?) 이름은 采蘋, 泉州莆田(지금은 福建에 속함)人이다. 開元 초에 高力士가 궁중에 입궁시켜 현종의 총애를 받았다. 매화를 심은 곳에 거주하여 현종이 그녀를 梅妃라 이름 하였다. 양옥환이 입궁한 후 채빈은 나날이 총애를 빼앗겼다. 안사의 난 중에 죽었고 문장을 잘 써서 謝道韞에 비유하기도 하였다. 지금 시 1首가 전하고 ≪全唐文≫에 문장 한 편이 남아 있다. 무명씨가 쓴 ≪梅妃傳≫에 기록되어 있다.
畫眞 : 畫像.

2 紫宸 : 황궁.

3 鉛華 : 얼굴에 바르는 분. 曹植<洛神賦> : "芳澤無加, 鉛華弗御.(기름을 바르지 않았고 분칠 하지도 않았다.)"

4 爭 : 어찌, 왜, 어째서.

062 鶺鴒頌[1]

척령새를 찬양하다

序：朕之兄弟，唯有五人，比爲方伯，歲一朝見，雖載崇藩屛，而有睽談笑[2]，是以輟牧人而各守京職。每聽政之後，延入宮掖，申友于之志，詠棠棣之詩[3]，邕邕如[4]，怡怡如[5]，展天倫之愛也。秋九月辛酉，有鶺鴒千數，棲集於麟德殿之庭樹[6]，竟旬焉。飛鳴行搖，得在原之趣[7]。昆季相樂，縱目而觀者久之，逼之不懼，翔集自若。朕以爲常鳥，無所志懷。 左淸道率府長史魏光乘，才雄白鳳[8]，辯壯碧雞[9]，以其宏達博識，召至軒檻，預觀其事，以獻其頌。夫頌者，所以揄揚德業，褒讚成功，顧循虛昧，誠有負矣。美其彬蔚[10]，俯同頌云。

서：내 형제가 다섯 있는데 규율과 제후의 관례대로 매년 한차례 만난다. 그들이 화려한 王侯府 저택 속에 살고 있지만 어디까지나 형제들이 함께 담소를 나누는 데는 장애가 되었다. 이래서 그들은 관리하는 일은 포기하고 京城 안의 직책을 맡았다. 매번 조회가 끝난 후 내가 그들을 후궁으로 불러 형제의 정을 나누며 ≪詩經·常棣≫ 편을 노래 부르며 화목하고 유쾌하게 천륜의 정을 나누었다.

가을 9월 辛酉日에 굉장히 많은 할미새가 麟德殿 궁정 뜰의 숲 속에 날아와 놀았다. 열흘이 지나도 이 鶺鴒이 여전히 떠나가지 않고 마지막에는 우리와 가까이 있어 옆에서 그들을 건드려도 날아갈 줄을 몰랐다. 그래서 현종은 이 가을에 함께 유쾌하게 하루 지내자고 다섯 형제들을 불렀다. 하늘을 빙빙 돌며 날면서 우는 울음은 마치 들판 위에서 함께 즐거워하는 것 같았다.

형제들은 함께 서로 위로하고 우리들은 함께 오랫동안 할미새를 바라보았다. 그것들 곁에 가까이 걸어가도 그들은 두려워하지 않고 마음껏 자연스럽게 하늘을 날다가 내려와 쉬기도 하였다. 나는 처음에는 늘 있는 보통의 새라고 생각했고 그것들을 가지고 내 마음속의 회포를 풀 생각은 하지 못했었다. 左淸道率府長史 魏光乘는 揚雄과 같은 재주도 있고 王褒처럼 말재주도 있었다. 박식한 그를 창문아래 불러들이고 함께 이 정경을 보고 그에게 시를 하나 짓도록 시켰다. 시를 지으니 덕행을 찬미하고 공업을 칭찬하는 것이었다. 자기의 못남을 돌아보며 성실하게 시 짓는 책임을 맡았다.

이에, 나는 그가 쓴 시를 감상하면서 한 수로 화답한다.

伊我軒宮	내 이 궁전에
奇樹青蔥	기이한 나무가 빽빽하게
藹周廬兮	사방에 무성하게 둘러싸여 있네
冒霜停雪	차가운 서리 무릅쓰고 눈은 멎고
以茂以悅	무성하고 여전히 생기발랄하게
恣卷舒兮	제멋대로 이파리 뻗어 있구나
連枝同榮	나뭇가지 서로 이어 있어 함께 무성하고
吐綠含英	푸른 싹을 틔우고 예쁜 꽃을 피우고
曜春初兮	아름다운 생기 초봄에 더욱 빛이 나네
蓐收御節[11]	가을 신이 와서 절기를 막으니
寒露微結	차가운 이슬방울 얼어붙기 시작하고
氣清虛兮	공기는 맑고 조용하네
桂宮蘭殿	계수나무 난초가 있는 궁궐은
唯所息宴	쉴 수 있고 안식할 수 있고
棲雍渠兮	할미새 서로 사이 좋게 머물 수 있는 곳

行搖飛鳴	날다가 울며 날다가
急難有情	곤란한 일 생기면 서로 돕고
情有餘兮	정이 많구나
顧惟德涼[12]	단지 덕행이 없는 것을 바라보며
夙夜兢惶	하루하루 밤마다 불안하고
慚化疏兮	교화가 잘 안되어 부끄럽기만 하구나
上之所教	위에 있는 군왕은 교육하고
下之所效[13]	아래에 있는 백성들은 본받는데
實在予兮	이 모든 게 나 한 사람에게 달려 있네
天倫之性	천륜의 성품은 같으니
魯衛分政[14]	魯國, 衛國 정치가 나누어 있지만
親賢居兮	함께 친하게 거하네
爰遊爰處	즐겁고 사이좋게 놀며
爰笑爰語	웃음소리 내며 놀다가
巡庭除兮	정원 뜰을 한 바퀴 도는구나
觀此翔禽	우리들이 이 날고 있는 날짐승을 감상하다가
以悅我心	내 마음 너무 기뻐
良史書兮	책에 잘 적어 놓는다

✿ 주석

1 鶺鴒 : 할미새인데 물 계곡에 사는 조그만 새이다. 머리와 등이 검고 이마와 배는 하얗다. 비행하면 파도를 일으킨다. 조용히 멈춰 있을 때는 늘 꼬리를 올렸다 낮춘다. ≪新唐書・讓皇帝憲傳≫ : "時有鶺鴒千數集麟德殿遷樹, 翔棲浹日, 左淸道率府長史 魏光乘作頌, 以爲天子友悌之祥, 帝喜, 亦爲作頌.(그때에 할미새 천여 마리가 麟德殿에 모여 놀고 있었다. 그 모습을 보고 左淸道率府長史 魏光乘에게 천자의 우애 깊음으로 頌歌를 짓게 했는데 황제가 기뻐하며 또한 頌을 지었다.)"

2 睽 : 사이를 두다. 떨어지다 이별하다.

3 棠棣 : ≪詩・小雅≫의 편명이다. 周公의 작품이라고 전한다. 형제 간의 화목하고 우애있는 정을 노래한 것이다. ≪詩序≫에 "<棠棣>, 宴兄弟也, 閔管, 蔡之失道, 故作<棠棣>焉(당체는 형제들이 잔치할 때 부른 노래라 하고 또 무왕의 형제인 管叔과 蔡叔이 失道하였음을 가엽게 여겨 이 시를 지었다고 되어 있다.)"

4 邕邕如 : 화목한 모습. 嵇康의 <遊仙詩> : "臨觴奏九韶, 雅歌何邕邕.(연회에서 九韶를 연주하니 우아한 노래 어찌 그리 화목한가.)"

5 怡怡如 : 온순하고 얌전한 모양. ≪論語・子路≫ : "朋友切切偲偲, 兄弟怡怡.(벗에게 간절히 권하고 자세히 힘쓰며 형제들에게 화목하게 하다.)"

6 麟德殿 : 長安 大明宮 안에 있는 仙居殿의 서북쪽에 위치해 있다.

7 在原 : ≪詩・小雅・棠棣≫에 "鶺鴒在原, 兄弟急難.(할미새가 들에 있으니 형제들이 급히 가서 돕네.)"의 句가 있다.

8 白鳳 : ≪西京雜記≫ 卷2 : "揚雄著 ≪太玄經≫, 夢吐鳳凰(≪紺珠集≫ 卷2 引 ≪殷蕓小說≫作 "夢吐白鳳凰"集≪玄≫之上" 후에 白鳳을 이용해서 훌륭한 文才를 칭할 때 썼다.

9 碧雞 : 西漢 諫議大夫 王褒가 일찍이 宣帝의 조서를 받고 益州에 가서 金馬碧鷄의 神에게 제사지냈다. 촉 땅 益州에 金馬와 碧鷄의 神이 있는데 제사를 지내 그들을 불러 올 수 있다는 方士의 말을 듣고 漢 宣帝가 諫議大夫 王褒를 그곳에 사신으로 보낸 것이다. ≪漢書≫ 卷64下 郊祀志에 보인다. 여기에서 '碧鷄'의 전고를 사용하여 魏光乘에게 王褒의 말재주 있음을 묘사한 것이다.

10 彬蔚 : 문채(文采)가 화려하다. 陸機 <文賦> : "頌優遊以彬蔚.(유유자적하며 문채가 화려함을 칭송하다.)"

11 蓐收 : 가을의 신. 하늘에서 인간의 형벌을 맡아 본다는 신. ≪禮記・月令≫ : "孟秋之月, ...其帝少皞, 其神蓐收.(7월 달에는...... 그의 황제는 少皞이고 그 신은 蓐收이다.)"

12 德涼 : 덕행이 천박함

13 "上之" 二句 : ≪白虎通・三教≫ : "教者效也, 上爲之, 下效之.(가르치는 것은 본받는 것이다. 위에서 그렇게 하면 아래에서 그것을 본받는다.)"

14 魯衛 : ≪論語・子路≫ : "子曰 魯衛之政, 兄弟也.(노나라와 위나라의 정치는 형제와 같다.)" 周公이 魯에 봉해지고 그 아우 康叔은 衛에 봉해졌다.

063 傀儡吟

꼭두각시 인형

刻木牽絲作老翁	나무를 조각하고 실을 얽어매어서 노인을 만들었는데
雞皮鶴髮與眞同	피부는 닭 껍질 머리는 하얀 학 정말 신선과 같네
須臾弄罷寂無事	잠시 놀다가 아무 일도 없던 것처럼 한 편에 버려두니
還似人生一夢中	이게 바로 한바탕 꿈과 같은 인생이구나

064 薛王疾愈幸其第置酒燕樂更爲初生之歡

설왕의 병이 회복되어 술을 차려놓고 다시 태어난 것을 축하한다

昔見漳濱臥[1]　　옛날에 병이 나서 장강 가에 가서 요양 했었는데
言將人事違　　급기야는 병이 깊어 세상과 하직하려 했었지
今逢慶誕日　　지금 새롭게 태어났으니 생일을 축하해야지
猶謂學仙歸　　마치 신선이 일을 다 배운 후에 다시 오듯이
棠棣花重發　　해당화가 다시 피듯이
鴒原鳥再飛　　할미새가 들에 다시 날라 오듯이

주석

1 漳濱臥 : 劉楨<贈五官中郎將四首>其二에 "餘嬰沉痼疾, 竄身淸漳濱.(아이가 어렸을 때 깊은 고질병을 앓았는데 맑은 장강가에 가서 병을 몰아냈다.)"의 句가 있다. 후에 '漳濱臥'는 병이 나 눕게 되는 것을 읊을 때 썼다.

065 昭州丹霄驛[1]

소주 단소역에서

驛前南面架危橋	역 앞 남쪽 높은 다리 놓여 있어
久欲登臨畏路遙	일찍이 올라가 보고 싶었지만 길이 너무 멀어 두려웠지
今日偶然尋得到	오늘 우연히 이곳에 오니
直從平地上丹霄	평평한 땅 위에 곧게 구름과 노을이 이어져 있구나

✿ 주석

1 위 시는 ≪全唐詩≫ 卷末에 덧붙여 놓은 시이다. 王象之 ≪輿地碑記≫에 明皇 <昭州丹霄驛> 시를 기재했는데 후인이 멋대로 실은 것이 아닌가 의심되지만 이곳에 덧붙인다.